海外汉学研究新视野丛书

张宏生 主编

[美] 康达维 著

赋与学

选学

康 达 维

自 选 集

南京大学出版社

《海外汉学研究新视野丛书》序

张宏生

作为对中国文化的研究的一个重要组成部分，海外汉学已经有了数百年的历史。1949 年以来，由于特殊的历史原因，海外汉学基本上真的孤悬海外，是一个非常邈远的存在。直到 1978 年以后，海外汉学才真正进入中国学术界的视野，而尤以近三十年来，关系更为密切。

在这一段时间里，海外汉学家的研究在中国已经得到一定程度的关注，先后有若干套丛书问世，如王元化主编《海外汉学丛书》、刘东主编《海外中国研究丛书》、郑培凯主编《近代海外汉学名著丛刊》等，促进了海内外学术界的交流。不过，这类出版物大多是以专著的形式展示出来的，而本丛书则收辑海外汉学家撰写的具有代表性的单篇论文，及相关的学术性文字，由其本人编纂成集，希望能够转换一个角度，展示海外汉学的特色。

专著当然是一个学者重要的学术代表作，往往能够体现出面对论题的宏观性、系统性思考，但大多只是其学术生涯中某一个特定时期的产物，而具有代表性的论文选集，则就可能体现出不同时期的风貌，为读者了解特定作者的整体学术发展，提供更为全面的信息。

一个学者，在其从事学术研究的不同历史时期，其思想的倾向、关注的重点、采取的方法等，可能是有所变化的。例如，西方的汉学家往往将一些新的理论或者新的思路，迅速引入中国学研究领域，因此，他们跨越不同历史时期写作的论文，不仅是作者学术历程的某种见证，其中也很可能体现了学术风会的某些变化。即以文学领域的研究而言，从注重文本的细读分析，到进入特定语境来研究文本，进而追求多学科的交叉来思考文本的价值，就带有不同历史时期的痕迹。因此，从一个学者不同时期的学术取向，也可以一定程度上看到时代的影子。

海外汉学的不断发展，说明了中国文化所具有的世界性意义。虽然海外汉学界和中国学术界，在研究对象的选择上，或许没有什么不同，但前者的研究，往往体现着特定的时代要求、文化背景、社会因素、学术脉络、观察立场、问题意识、理论建构等，因而使得其思路、角度和方法，以及与此相关的结论上，显示出一定的独特性。当然，在一个全球化的时代，所谓"海外"，无论是地理空间，还是人员构成，都会有新的特点。随着学者彼此的交流越来越多，了解越来越深，也难免出现你中有我、我中有你的现象，不一定必然有截然不同的边界。关键在于学术的含量如何，在这个问题上，应该"无问西东"。《周易》中说："天下同归而殊途，一致而百虑。"既承认殊途，又看到一致，并通过对话，开拓更为多元的视角，启发更为广泛的思考，对于学术的发展来说，是非常重要的，也是非常有意义的。

自序

我是美国蒙特拿州人，生于 1942 年，现为美国西雅图华盛顿大学亚洲语文系退休教授。

　　当我还在西雅图高中念书的时候，我就立志研究化学，希望将来做一名医生。这是因为我的母亲是一名护士，她很早就希望我能从事医学。高中的最后一年，我选读了"远东史"这门课，指定的读物有两本，一本是赛珍珠的《大地》（*The Good Earth*），另一本是老舍的《骆驼祥子》英译本。我们的任课老师邀请华盛顿大学的卫德明教授（Hellmut Wilhelm，1905—1990）就这两本指定的读物来课上做一场演讲。

　　虽然我听过很多大学教授的演讲，但独有卫教授的演讲给我留下最深刻的印象。他的演讲不但对两本著作具有高度启发式的诠释，而且他对故事的内容和时代的背景也做了详细的说明，同时他所呈现的是对文学不同寻常的敏感性和鉴赏力。最让我感到震惊的是，英文翻译对于《骆驼祥子》的结局做了如此大的变动——为了配合西方读者的喜好，竟然将悲剧改成喜剧收场。虽然我当时的兴趣主要是在科学方面，但是我真正喜爱的是语言和文学。

　　卫教授演讲之后，他坐下来回答几位同学的问题。他的耐心给我留下了极为深刻的印象。有些问题对他来说，可能既可笑，也太肤浅，但是他为了回答我们的问题，在演讲之后，至少还停留了一个小时。另外，卫教授对中国最直接的（第一手资料的）认知和了解，也给我留下了极为深刻的印象。卫教授是德国人，在青岛出生，他在中国现代史上最艰难的一段时间住在中国，对中国的文学和历史都有广博、精深的研究，但是对着我们这群高中学生，他能将他渊博的学识降低到我们高中学生的层面，让初次接触中国文化的高中学生能够了解。在听过卫教授的演讲之后不久，我开始重新考虑上大学以后要研读的科目。虽然对研究中国的学科只有一些模糊的印象，但是我决定正式开始研究中国的历史、语言和文学。

我上华盛顿大学以后，成了这方面的本科生，而不是化学或生物学的。到三年级的时候，我才有信心选修卫教授的课，我选修第一门卫教授的课是整学年的"中国历史"，第二年选的是"中国文学史"。就是在"中国文学史"课上，我第一次接触了中国的汉赋。我写的第一篇有关汉赋的研究报告是"扬雄的赋"。后来，在卫教授的亲自指导下，我完成了题目为《扬雄、辞赋及汉代修辞研究》的博士论文。在文中，我将扬雄所有的赋作都译为英文并详加批注与分析。

当我在华盛顿大学研读辞赋的时候，我发现有另一位美国学者也是赋学专家，他就是哈佛大学的海陶玮教授（James Robert Hightower，1915—2006）。大学毕业之前，我曾跟卫教授商量过，他鼓励我申请哈佛大学的研究所，幸运的是，哈佛大学接受了我的申请。海教授那时候已经出版了两本有关辞赋的专著，第一本就是《中国文学论题》。直到今天，这本书仍是有关中国简明赋学史的最佳英文著作。当我开始学习的时候，这本书我至少读了十几遍。

当我开始研习赋学的时候，美国或是欧洲研究这方面的学者并不多。过去几十年来，我可能是西方汉学家中唯一继续从事这方面研究的人。

我自 1980 年代以来即着手英译《昭明文选》的工作，预计将六十卷《文选》译为八册英文。《文选》中的选文包含了许多罕见的奇字或术语，要做通盘的研究才能将其翻译成适当的英文。在《文选》所包含的各种文体中，尤以赋体最具有挑战性。我对翻译的信念是：执着作品的原文和原意。我十分赞同俄裔美国作家和翻译家纳博科夫（Vladimir Nabokov，1899—1977）的金科玉言："最笨拙的逐字翻译要比最流利的意译有用千倍。"译文的流畅和可读性是每位翻译家所追求的目标，但是翻译古代或是中古时代的中国古典文学作品，翻译家就必须勇敢地做到美国著名的汉语、日语语言学专家罗伊·安德鲁·米勒（Roy Andrew Miller，1924—2014）所说的名言：翻译必须具有"字字斟酌、探讨语言和文字本义的勇气"。

我个人认为，在英译的过程中，必须尽可能正确地传达中文文本的原意，并且尽可能地保留或许会令读者惊讶的比喻说法，甚至是一些非比寻常的措辞用语，只有这样，才能尽可能地还原汉赋气势雄浑的铺陈之美。我赞成纳博科夫翻译的方式，就是在翻译中加入大量的注释。因此在《文选》翻译的过程中，我对赋中的动物、植物及矿物的学名与俗名，皆加以辨识，天文星名、地名及典故，亦加以考释。1983年普林斯顿大学出版社出版了第一册《文选》赋篇第一部分的翻译，1987年出版了赋篇第二部分的翻译，1996年出版了赋篇第三部分的翻译，《文选》赋篇部分的翻译全部完成。

目前在退休之年，我专心从事《文选》尚未翻译的部分，每日神游古人诗句之间，揣摩古人为诗作文的心态、学习古人遣词造句的结构，阅读古今中外学者的注释、对照不同版本字句的出入、找寻合适恰切的英文辞句，秉承翻译信、雅、达的理念，希望早日完成《文选》全部的翻译工作。

康达维

2019年9月9日

刘歆《遂初赋》论略 [*]

* 本文曾收入陈致主编《中国诗歌传统及文本研究》（北京：中华书局，2013）。

本文将以相传为汉代刘歆（公元 23 年卒）所作的长文《遂初赋》为研究对象。刘歆约出生于公元前 50 年，[1] 乃汉高祖刘邦四弟楚元王刘交的五世孙刘向（公元前 79—前 8）之少子。刘歆既是西汉皇室宗亲，又是著名学者刘向的儿子，故仕途颇为显达。西汉成帝时（公元前 33—前 7 年在位），他先是担任黄门侍郎。约公元前 26 年，他又与其父刘向一同负责整理校订国家收藏的书籍，编订综合性的皇家图书分类目录《七略》。公元前 8 年，刘歆的父亲刘向去世，皇帝任命刘歆为中垒校尉，统领校书工作，以继承父业。汉成帝死后，汉哀帝继位，西汉王朝的统治权逐渐落入外戚王莽（公元前 43—公元 23）手中。由于刘歆与王莽是关系密切的朋友，刘歆得到王莽的赏识，官至侍中太中大夫，此后又逐渐升为骑都尉奉车光禄大夫，成为显赫的皇室宗亲。公元前 6 年，刘歆改名为刘秀。因此，他的名字经常与东汉的开国皇帝刘秀混淆。很可能在王莽的推动下，哀帝任命刘歆负责编修五经，以完成刘向未完成的任务。公元前 6 年，刘歆曾上书请求将《左氏春秋》《毛诗》《逸礼》《古文尚书》列为太学必读典籍。这一请求即遭朝廷大臣和“五经博士”的强烈反对与指责。刘歆谴责他们冥顽不化的立场，然而这一举动触怒了当时大儒师丹（公元 3 年卒）。师丹上书弹劾刘歆，认为他“改乱旧章，非毁先帝所立”[2]。惧于遭受惩处，刘歆自动请求外调他地，担任地方上的职务。他首先担任河内（今河南省内的黄河流域）太守，但因“宗室不宜典三河”（三河指河内、河南、河东三郡），于是调任北部的五原（今内蒙古包头西北）太守。这实际上无异于放逐。刘歆在赴任五原的途中，写了这篇《遂初赋》。《遂初赋》的序言和部分残文被保留在《艺文类聚》里，[3] 而完整的文本则载于《古文苑》。但由于现存完整版本的《遂初赋》有两个，分别载于九卷本和稍晚出的二十一卷本《古文苑》，故当中也有一些文字上的差异。[4] 下文中，我会进一步讨论两种文本间的异同。对于这个问

[1] 参考陆侃如，《中古文学系年》（北京：人民文学出版社，1985），页 5；钱穆，《刘向父子年谱》，《燕京学报》，1930 年第 7 期，页 1189—1318；钱穆，《两汉经学今古文评议》（香港：新亚研究所，1958），页 1—163；徐兴无，《刘向评传附刘歆评传》（南京：南京大学出版社，2005）。

[2] 信的文本载于《汉书》卷 36，页 1968—1972，《文选》卷 43，页 1952—1955。关于翻译，参 Erwin von Zach, Die Chinesische Anthologie : Übersetzungen aus dem Wen Hsüan, Ilse Martin Fang ed. (Cambridge : Harvard University Press, 1958), pp. 801–805 ; Eva Chung, "A Study of the Shu (Letters) of the Han Dynasty (206 B.C.—220A.D.)," Ph. D. diss., University of Washington, pp. 482–495.

[3] 见 唐 欧阳询，《艺文类聚》（北京：中华书局，1963），卷 27，页 490。

[4] 九卷本见《古文苑》（《岱南阁丛书》本），卷 2，页 11a—14b；二十一卷本见《古文苑》（《四部丛刊》本），卷 5，页 1b—7a。

题，宋代学者章樵（1208 年登进士）曾作过评论。此外，也还有一些现代的评论。[5] 然而，这个问题终究没有得到现代学者的重视。[6] 有见及此，本文将对刘歆《遂初赋》作详细的讨论，着力探讨"遂初"的涵义、内容结构及种种相关问题。

《遂初赋序》作于后代编者之手，其序云："是时朝政已多失矣，歆以论议见排摈，志意不得，之官，经历故晋之域，感今思古，遂作斯赋，以叹征事，而寄己意。"序文中的"晋"是春秋时期最强大的国家，而《左传》里也有很多关于晋国的记载。事实上，刘歆在《遂初赋》中运用《左传》作论述，这不仅是对过去历史的评价，也涉及刘歆对汉朝当代事件的评论。

一、"遂初"的涵义

"遂初"见该赋的首句"昔遂初之显禄"，故以为篇题。何谓"遂初"？《汉语大词典》对此有两种不同的解释。[7] 首先，据汉蔡邕《协和婚赋》"考遂初之原本，览阴阳之纲纪"的句意，"遂初"指"早先""以前"，这两个词语在英文中可译作"previously"或"before"。在二十一卷本的《古文苑》中，"遂"字也作"邃"，章樵认为"邃初"即是"往古"之意。[8]《汉语大词典》的第二种解释乃据孙绰《遂初赋》，"遂初"则指遂其初愿，谓去官隐居。据《晋书·孙绰传》："居于会稽，游放山水，十有余年，乃作《遂初赋》以致其意。"[9] 孙绰《遂初赋》可翻译为"完成了最初的愿望"。基于这点，费振刚与其合作者认为刘歆《遂初赋》的"遂初"意谓"辞去官职，实现隐退的本愿"[10]。然而，笔者认为以上两种解释并不切合刘歆《遂初赋》的意旨。若仔细考察该赋的第一句，"遂"在这里明显作动

[5] 见曲德来，《历代赋：广选·新注·集评》（沈阳：辽宁人民出版社，2001），卷1，页389—398；龚克昌，《全汉赋评注》（石家庄：花山文艺出版社，2003），卷1，页419—433；费振刚等校解，仇仲谦等校注，《全汉赋校注》（广州：广东教育出版社，2005），页316—326；费振刚等校释，《文白对照全汉赋》（广东：广东教育出版社，2006），页240—247。

[6] 最好的研究仍是中島千秋，《賦の成立と展開》（松山：関洋紙店印刷所，1963），页438—449。最近的研究都比较简短，例如：张宜迁，《博采史传 情词美矗——刘歆〈遂初赋〉简析》，《古典文学知识》，1997年第2期，页28—32；张宜迁，《〈遂初赋〉与两汉之际赋学流变》，《阜阳师范学院学报（社会科学版）》，2002年第2期，页15—18、33；蒋文燕，《疏阔悲凉 苍茫隽永——读刘歆〈遂初赋〉和班彪〈北征赋〉》，《名作欣赏》，2004年第6期，页62—64。

[7] 罗竹风，《汉语大词典》（上海：汉语大词典出版社，1994），卷10，页1090A。

[8] 二十一卷本《古文苑》（《四部丛刊》本），卷20，页4b。《蔡中郎集·外集》（《四部备要》本），卷3，页1b亦作"邃"。

[9] [唐] 房玄龄等撰，《晋书》（北京：中华书局，1974），卷56，页1544。

[10]《全汉赋校注》，页119。

[11] 这里的意译参《历代赋：广选·新注·集评》，页 390，注 1，其文言："以往得遂获得显禄的愿望。"

[12] [清] 陈元龙辑，《历代赋汇》（南京：江苏古籍出版社，1987)，卷 2，页 567。

[13] 见于浴贤，《六朝赋述论》（保定：河北大学出版社，1999)，页 75—76。亦见 David R. Knechtges, "Poetic Travelogue in the Han Fu," *Proceedings of 2nd International Conference on Sinology. Section on Literature* (Taipei : Academia Sinica, 1989), pp. 127-152 ; rpt. in David R. Knechtges, *Court Culture and Literature in Early China* (Aldershot : Ashgate Publishing, 2002).

[14] Hellmut Wilhelm, "The Scholar's Frustration : Notes on a Type of 'Fu'," in *Chinese Thought and Institutions*, John K. Fairbank ed. (Chicago : University of Chicago Press, 1957), pp. 310-319, 398-403 ; Chinese trans. by Liu Renni (刘纫尼)，《学者的挫折感——论 "赋" 的一种形式》，《幼狮月刊》，1974 年第 39 卷第 6 期：页 19—24。

[15]《晋书·天文志》，卷 11，页 293；Gustave Schlegel, *Uranographie chinoise* (1875 ; rpt. 台北 : 艺文印书馆，1967), p. 529 ; Ho Pengyoke, trans., *The Astronomical Chapters of the Chin shu* (Paris and The Hague : Mouton, 1961), pp. 80-81.

[16]《全汉赋评注》，卷 1，页 422—423，注 3。

词用，指 "顺遂" "顺从" "成功" "完成" 的意思。由此可见，"遂初" 明显与刘歆的仕途相关，而没有辞官隐居之意。据此，本文认为该句当译为 "In the past, I fulfilled my first illustrious emolument"（以往，我成就了显官厚禄的愿望）。而《遂初赋》的题目则可被理解为 "*Fu* on Obtaining My First Official Post"（初仕官赋）。[11]

然而，这个标题也可以是没有既定主题的，如《诗经》中的许多诗篇便多以首二字为题。但《遂初赋》既被归入纪行类或言志类，[12] 这两类都显示了《遂初赋》具有既定的主题特色。首先，它可以说是最早具有旅游主题的赋。[13] 其次，它亦即卫德明教授（Professor Hellmut Wilhelm）所谓的 "失意赋"（*fu* of frustration）。[14]

二、《遂初赋》的内容和结构

在篇首，刘歆以一系列的天文隐喻（astronomical metaphors）来描绘朝廷，以不同星座的位置分布喻指一些职位或政府机关。其云：

昔遂初之显禄兮，遭闾阖之开通。蹑三台而上征兮，入北辰之紫宫。

"三台"（Treble Platform）是北斗六星，它相当于 ι、κ、λ、μ、ν、ξ 大熊座（Ursae Majoris），又被称为 "太阶"（Grand Stairway），这在下文将有进一步的论述。[15] 在这里，它代表刘歆开始了他在朝廷的仕途。龚克昌认为 "三台"（Treble Platform）代表了 "三公"。"三公" 在刘歆时是指御史大夫（minister of education）、丞相（grand commandant）和太尉（commander-in-chief）。[16] 刘歆既负责整理图书、编辑《七略》，其职位可被纳入御史大夫。此外,"紫宫"代表了皇宫,"北辰"指北极星,借指帝王[17]。

然后,刘歆又使用天文隐喻讲述他如何离开朝廷,前往出任河内太守的经过:

> 备列宿于钩陈兮,拥大常之枢极。总六龙于驷房兮,奉华盖于帝侧。

"列宿"在这里代表群臣。"钩陈"是一组位于紫宫的六星群,它们包括 β、δ、ε、ζ 小熊座(Ursae Minoris),the Piazzi star vi^{h}21(γ鹿豹座[Camelopardalis]),以及 ι 仙王座(Cepheus)。"钩陈"负责警卫,保护紫宫。[18] 在这里,它指刘歆中垒校尉的职位。"枢"是北斗星中的第一颗星(Dubhe 或大熊座 α),而"极"便是指位于北方的北极星,[19] 他们代表皇权的座位。至于"大常"一词,字面意思是"大持之以恒"。事实上,"大常"也是汉族掌礼乐郊庙社稷事宜的官职。由此可见,赋中所用的词语大多是不同星座的名字,代表着不同的政府机关。南宋章樵曾援引《史记》的天文隐喻来解释刘歆《遂初赋》,其云:"中宫天极星,其一明者,太一常居也。"[20] 不过,这对理解"大常"的帮助不大,也似乎与刘歆的语意关系不大。龚克昌认为大常是绘画了太阳和月亮的旗帜。因为这是皇帝所用的旗帜,所以必是代表皇帝。[21] 笔者认为也许刘歆要说的是他曾在皇宫。"房"(Chamber)是指氐土骆(the fourth lunar mansion),它排列成明堂,代表宫廷中皇帝颁布政令的地方。"房"包括 β、δ、π、ρ 天蝎座(Scorpii)四颗对应的星星,他们分别代表了上将(commanding general)、次将(lieutenant general)、次相(chancellor)和上相(prime minister)。另一名天体是"天驷"(Celestial Quadriga),它代表天马和战车,这与刘歆作为奉车都尉的职位是一致的。"华盖"(Flowery Canopy)为古星名,属紫微垣,共十六星,在五帝座上,相当于仙后座。[22]"华盖"即华丽的马车篷,这也是代表了刘歆作为奉车都尉的官职。

刘歆然后继续使用天文隐喻讲述自己如何离开朝廷,并前往河内地区:

[17]《晋书·天文志》,卷11,页289; Uranographie chinoise, p. 524.
[18]《晋书·天文志》,卷11,页289。
[19]《晋书·天文志》,卷11,页290。
[20] [汉] 司马迁撰,《史记》(北京:中华书局,1959),卷27,页1289。
[21]《全汉赋评注》,卷1,页423,注6。
[22]《晋书·天文志》,卷11,页290; Astronomical Chapters of the Chin shu, p. 69; Uranographie chinoise, p. 533.

惟太阶之侈阔兮，机衡为之难运。惧魁杓之前后兮，遂隆集于河滨。

"太阶"乃"三台"的别称，代表朝廷的意思。刘歆似乎在抱怨朝廷虽大，但有才能的人却不能掌权，更被投闲置散，不受重用。"机"（γ Ursae Majoris，Phecda）和"衡"（ε Ursae Majoris，Alioth）是北斗七星（Northern Dipper）中第三星天机与第五星玉衡的并称。[23] 龚克昌认为"三公"狂妄霸道，使汉哀帝的政令难以充分执行。[24] "魁"（Bowl）和"杓"（Handle）是北斗星的两个部分，[25] 他们大概是代表中央朝廷的权威，表示刘歆因提倡古文经而得罪了朝中的大臣。"遂隆集于河滨"则是指刘歆要调职到河内。

接着刘歆又叙述了他不得不离开黄河地区，要从河内出发流徙至北方五原的经过。其云：

遭阳侯之丰沛兮，乘素波以聊戾。得玄武之嘉兆兮，守五原之烽燧。

"阳侯"是海浪之神，这里大概代表黄河流域。刘歆离开河内，故不得不路经黄河流域。"玄武"是由位于最北方的七宿组成的星座名称，[26] 它代表了北方的区域，刘歆由此转至五原，出任太守。

此时，刘歆开始了从河内到五原的旅程。在下文，刘歆提到由于山地的阻隔，他不能回到中原地区，只好通过荒凉崎岖的土地从河内至五原。而这片土地据《左传》的记载正是先秦时晋国的领土：

二乘驾而既俟，仆夫期而在涂。驰太行之严防兮，入天井之乔关。

太行山位于河内郡的北部边界。"天井"是越过太行山的主要通道，它位于河内的北部。

接下来，刘歆《遂初赋》的重点集中在晋平公（公元前557—前532年在位）身上。尽管平公的谥号意味着和平，但晋平公是中国历史上著名

[23]《晋书·天文志》，卷11，页270。
[24]《全汉赋评注》卷1，页423，注10。
[25] The Bowl（魁）是北斗七星中前四颗星（α、β、γ、δ Ursae Minoris），the Handle（Biao［杓]）是北斗七星中后三颗星（ε、ζ、η Ursae Minoris）。《晋书》，卷11，页270；Astronomical Chapters of the Chin shu，p. 77；Uranographie chinoise，p. 503.
[26]《史记》，卷27，页1308。

的昏君。他挥霍无度，不理朝政，使贵族的势力日趋壮大。最终，朝中的贵族废黜了晋平公的继任者，并把晋国分裂为三个独立的国家，史称三家分晋。晋国的历史被完全记录于《左传》之中，而《左传》亦是刘歆最喜爱的文本。刘歆是这样叙述晋国这段历史的：

> 哀衰周之失权兮，数困辱而莫扶。执孙蒯于屯留兮，救王师于余吾。

刘歆途经长子（位于今山西南部），以公元前 556 年的历史事件作议论。卫国人石买和孙蒯在攻打曹国，占领了重丘（或位于今山东西南部的茌平），曹国于是向晋国请求援助。次年，即前 555 年，晋国就在长子逮捕了石买，同时"执孙蒯于纯留"（今山西屯留）。此事件在《左传·襄公十七年》及《十八年》里有详细的叙述。

然后，刘歆前往下虒，那里位于铜鞮县（今山西沁县）。晋平公曾经在这里的虒祁兴建宫殿，这在下文中有提及 [27]：

> 过下虒而叹息兮，悲平公之作台。背宗周而不恤兮，苟偷乐而惰怠。

刘歆在这里显然看过《左传》的有关纪录。首先，《左传·昭公八年》记载了使节叔弓到晋国去祝贺晋平公那又大又浮华的虒祁宫殿的落成。史赵告诫他们说："甚哉其相蒙！可吊也，而又贺之。"（人们在互相欺骗，太过分了；可以哀痛的事，反而前来祝贺。）再者，《左传·襄公二十九年》记载了晋平公为属于夏王室后裔的杞国修筑城郭，当诸侯大会召开时，有人反对平公说："若之何哉！晋国不恤宗周之阙，而夏肆是屏。"（晋国不担心周室的衰微，却保护夏朝的残余。）这与刘歆《遂初赋》的内容是吻合的。"宗周"是周王室的名称。

接着，刘歆便对晋平公展开议论：

> 枝叶落而不省兮，公族阒其无人。日不悛而俞甚兮，政委弃于家门。

[27] 杨伯峻认为下虒位于今山西侯马市。见杨伯峻编著，《春秋左传注》（北京：中华书局，1990），册 4，页 1301。

刘歆批评平公没有意识到晋国所存在的危机。这里的"枝叶落"出自《左传·昭公三年》记载的晋代贵族叔向的话语，我们在下文将看到更多关于叔向的内容。平公在位期间，叔向大胆预测晋室将会衰微，他说："晋之公族尽矣。肸闻之，公室将卑，其宗族枝叶先落，则公从之。"（晋国的公族走到尽头了。我听说这样的话，晋室将要衰微，他的宗室像树的枝叶一样先落，那么公室就跟着凋零了。）而"阒其无人"则见《周易·下经》（第五十五卦）"丰卦"。至于"曰不悛而俞甚兮，政委弃于家门"二句，也出自《左传·昭公三年》载叔向之言："政在家门，民无所依。君日不悛，以乐慆忧。"（政事在私家，百姓无所凭依。国君一天天不肯悔改，用欢乐来排遣忧虑。）

然而，以上的历史评论并不客观，它具有刘歆个人的感情色彩，反映了汉代朝廷的情况。刘歆本人便是汉室的成员，他发现自己被朝廷疏远了。而其所处的时代，统治者像晋平公那样无能，国势日趋衰落，政权亦慢慢落入了具影响力的外戚、贵族手中，情形与当时晋国极为类似。所以在下文中，刘歆进一步对晋国的官员作出评论：

> 载约屦而正朝服兮，降皮弁以为履。宝砾石于庙堂兮，面随和而不视。始建衰而造乱兮，公室由此遂卑。怜后君之寄寓兮，喟靖公之铜鞮。

在首四句中，刘歆指出传统价值观被颠覆了，群臣都把鞋戴在头上，帽子穿在脚下。普通石头被珍视，相反，珍贵的宝石却得到石头一样的对待。然后，刘歆再次提到晋平公，表现出刘歆对晋国破灭的哀悼。靖公（公元前377—前376年在位）是晋国最后的统治者，在公元前376年，魏、韩、赵三家废黜靖公的王位，并把他贬为布衣，晋国正式灭亡。铜鞮（位于山西沁县南部）是晋平公所建宫殿的所在地。据《左传·襄公三十一年》，子产称"今铜鞮之宫数里"，可知宫殿延展数里。刘歆暗示靖公被废黜后，他暂时在这里居住。

刘歆《遂初赋》最关注的历史人物是晋国的贵族叔向。叔向在《左传》中是一个核心人物，姬姓，羊舌氏，名肸，曾先后担任悼公（公元前572—前558年在位）和平公的老师。如上文所述，叔向曾预示晋室的灭亡。《左传》

也叙述了叔向被政治对手诋毁的事，这罪状足以使叔向身陷囹圄。刘歆在下文中指的便是此历史事件，其云：

> 越侯甲而长驱兮，释叔向之飞患。悦善人之有救兮，劳祁奚于太原。

公元前552年，晋平公六年，叔向的异母弟弟羊舌虎因罪被杀，叔向也被囚禁。平公宠臣乐王鲋对叔向表示自己可以代为说情，但叔向没有理会他，叔向更向他人表示只有祁奚才可以帮助自己。当时祁奚是一位已经告老引退的晋国显贵，其在齐国拥有封地。他听说叔向的情况，便为叔向答辩道："叔向不但聪慧过人，而且具有非凡的谋略，是国家的柱石。故即使他的十代子孙有过错，还得赦免以勉励其他有才能的人。现在以其弟之故而杀叔向，是弃国家社稷于不顾。这样做难道可使人理解吗？"（夫谋而鲜过、惠训不倦者，叔向有焉，社稷之固也，犹将十世宥之，以劝能者。今壹不免其身，以弃社稷，不亦惑乎？）最后范宣子被说服了，同往劝说平公赦免叔向。这件历史事件被记录在《左传·襄公二十一年》。

然后，刘歆又对这事件作出评论：

> 何叔子之好直兮，为群邪之所恶。赖祁子之一言兮，几不免乎徂落。

刘歆自比为汉代的叔向。刘歆与叔向的遭遇相近，也曾受到朝中的政敌攻击。虽然刘歆没有入狱，但也被迫离开朝廷，被流放到偏远的北方。在这里，我们开始明白为何《遂初赋》被编入言志类别，这正与其亲身经历有密切的关系。

然后，刘歆列举了孔子、屈原、柳下惠、蘧伯玉等曾遭受小人污蔑的古代人物：

> 昔仲尼之淑圣兮，竟隘穷乎蔡陈。彼屈原之贞专兮，卒放沉于湘渊。何方直之难容兮，柳下黜而三辱。蘧瑗抑而再奔兮，岂材知之不足。

孔子的典故见《论语·卫灵公》。其云："在陈绝粮，从者病，莫能兴。子路愠见曰：'君子亦有穷乎？'子曰：'君子固穷。'"（孔子在陈国时断绝了粮食，跟从他的学生都饿病了，爬不起来。子路满脸不高兴地来见孔子说："君子也有穷困的时候吗？"孔子说："君子能安于穷困。"）屈原的故事是众所周知的。在这里，刘歆只选取了屈原被逐、自沉汨罗江一段作表述。柳下惠是鲁国人，曾做过鲁国大夫。但柳下惠因生性耿直、不事逢迎，而接连三次受到黜免，此事亦见于《论语·卫灵公》。而蘧伯玉即蘧瑗，乃春秋卫国的名门望族。公元前559年，他离开献公暴虐统治下的卫国。在同一年，卫献公被废黜，出奔到齐国避难。公元前547年，蘧伯玉因得知献公回卫国的消息而再次离开卫国。这事迹在《左传·襄公十四年》及《左传·襄公二十六年》有记录。

刘歆借着这些伟大人物清楚地表述了自己的思想感情。就像他们一样，刘歆也因遭小人的中伤而被罢官。接下来，刘歆《遂初赋》陷入了"离骚体"的表述中，他以丑女象征小人，又以惨遭嫉妒的美人自喻，对诬害忠良的朝廷予以强烈的控诉：

> 扬蛾眉而见妒兮，固丑女之情也。曲木恶直绳兮，亦小人之诚也。

然而，刘歆无法改变命运，其遭遇与叔向、孔子、屈原及其他古人是一样的：

> 以夫子之博观兮，何此道之必然。空下时而瞩世兮，自命己之取患。

叔向、孔子、屈原与刘歆一样，都是因为受到朝中小人诬蔑，而有志不能申的悲剧人物。至此，《遂初赋》的写作目的已经愈趋明确了。

然后，刘歆再次简要地讲述晋国的历史：

> 悲积习之生常兮，固明智之所别。叔群既在皂隶兮，六卿兴而为桀。

刘歆这里指的是晋国六卿中的范氏和中行氏所发动的内乱，这场内乱长达六年，最终在公元前五世纪被晋国平定。然而，这次战乱已大大削弱了晋国的实力。据《左传·昭公三年》载晏婴与叔向之间的对话，可知晋室的地位已逐渐被晋卿还剩下的知、赵、韩、魏四家所吞并，预示了日后三家分晋之历史发展。

接下来，刘歆以《春秋》笔法中的"定褒贬"作为批评方法。由此可知，刘歆相信孔子在编写《春秋》时必然在记述鲁国历史时，暗含自己的褒贬态度。

> 荀寅肆而颛恣兮，吉射叛而擅兵。憎人臣之若兹兮，责赵鞅于晋阳。

荀寅是中国春秋时期晋国的政治人物，乃六卿中中行氏的家主。公元前497年，赵鞅（即赵简子）要求昔日安置在邯郸的五百户良民前往晋阳。邯郸大夫赵午表示愿意遵从，但却受到了长辈们的反对，使赵午不得不改变初衷。赵鞅闻讯后便杀了赵午。为了报复，赵午的儿子赵稷在邯郸发动叛乱。荀寅和他的女婿范吉射集结兵力，与赵稷一同叛乱，向赵鞅发起进攻。赵鞅仓皇逃往晋阳避祸，却受到军队紧追，被围困于晋阳城。及后，赵鞅的军队成功从晋阳城中突围，而荀寅、范吉射则逃至朝歌休整。公元前491年，荀寅遭受了最后的失败，逃到齐国。这时候，范氏和中行氏在晋国不再具有势力了。这个故事记录在《左传·定公十三年》。上文中"责赵鞅于晋阳"一句，显然是暗含褒贬的，这很可能是受到《春秋·定公十三年》"晋赵鞅入于晋阳以叛"的精简记述所影响。

离开晋阳，刘歆又开始长途跋涉至五原（今内蒙古包头附近）的旅途。刘歆首先越过句注山（今山西代县西北），又通过边境的雁门（今山西西北部）和云中（今内蒙古托克托），来到了临沃，那是一个离五原不远的汉朝边县。在这里，刘歆在赋文中着重描写五原四周荒芜的景观：

> 飘寂寥以荒昒兮，沙埃起而杳冥。回风育其飘忽兮，回飓飓之泠泠。薄涸冻之凝滞兮，茀溪谷之清凉。漂积雪之皑皑兮，涉凝露之隆霜。扬电霍之复陆兮，慨原泉之凌阴。激流渐之潝泪兮，窥九渊之潜淋。飒悽怆以惨怛兮，戚风漻以冽寒。兽望浪以穴窜兮，鸟胁翼之浚浚。山萧瑟以鹍鸣兮，树木坏

而哇吟。地坼裂而愦忽急兮，石捌破之岩岩。天烈烈以厉高兮，廖珓窗以枭牢。雁邕邕以迟迟兮，野鹤鸣而嘈嘈。望亭隧之皦皦兮，飞旗帜之翩翩。回百里之无家兮，路修远之绵绵。

笔者以前写的有关上文的内容如下："这一大段生动地描摹了鄂尔多斯草原的荒凉景象，寒风凛冽，沙石翳天，溪川为之冻而不流。身经这荒寒之地正好是他宦途偃蹇的真实写照。"[28] 刘歆借景物抒发了自己欲履行职责、决心接受命运而没有怨恨的心志：

于是勒障塞而固守兮，奋武灵之精诚。摅赵奢之策虑兮，威谋完乎金城。外折冲以无虞兮，内抚民以永宁。

[28] 见 "Poetic Travelogue in the Han Fu," p. 136.
[29]《战国策》（《四部备要》本），卷19，页 5b—9b；《史记》，卷43，页 1806—1810。
[30]《史记》，卷 81，页 2445。

刘歆以战国时期的两位在北部地区非常著名的军事人物自喻，而这些杰出人物的活跃地均是刘歆到过或将要到达的地方。首先是赵武灵王（约公元前 325—前 299）。赵武灵王在位时，不理群臣的反对，在北方地区推行"胡服骑射"政策，使赵国得以强盛起来。公元前 300 年，赵武灵王夺取了代郡和燕国交接的土地，建立了云中郡和九原郡（今包头西部）。[29] 第二个是赵奢，乃赵国的名将。公元前 270 年，赵王任命赵奢为将，率军前往阏与（今山西和顺县），以解秦军之围。赵奢先发兵武安（今河北武安县西南），引开敌军的注意；并命令军中加固营垒，在营区周围修筑了许多屏障，故意假装毫无进取的样子。最后赵奢才集合军队，偷袭阏与，成功解除了阏与之围。[30]

刘歆以数个有趣的片段总结《遂初赋》的正文，并表明他甘愿毫无怨言地接受命运的决心：

既邕容以自得兮，唯惕惧于竺寒。攸潜温之玄室兮，涤浊秽于太清。反情素于寂漠兮，居华体之冥冥。玩书琴以条畅兮，考性命之变态。运四时而览阴阳兮，总万物之珍怪。虽穷天地之极变兮，曾何足乎留意。长恬淡以欢娱兮，固贤圣之所喜。

与前文充满尚武色彩的论述不同，刘歆在这里采用较静态的方式表白感受，而这种安宁的态度甚至带有道家思想的气质。他似乎是说自己在北方的边疆地区生活得非常和平安宁，唯一能使他惧怕的只是气候的严寒而已。事实上，其语言是模棱两可的。首先，刘歆说"攸潜温之玄室"，费振刚等校释的《全汉赋》把这句翻译为"于是就潜心研究玄学"。这在中国思想史上似乎是不恰当和不合时宜的，因为这时距离玄学的出现足足早了至少一个世纪。[31]"玄室"为常见词，乃指"墓室"，但这个意思在这样的语境下显然不适用。[32]"玄室"又见于徐幹（170—217或218）《中论·治学》，指一个可以收藏财宝的地方。[33] 我直译"玄室"为"暗室""黑室"，那是一个可以让人静静打坐思考的地方。我初步理解"潜温"为"幽静的温暖"，"玄室"可以说是刘歆避寒取暖之所。而"太清"在往后的道教中变得极为重要，但这早在《庄子》中已有提及："水流乎无形，发泄乎太清。"[34] 在刘歆《遂初赋》中"太清"是指诗人净化自己的地方。在上文，刘歆也许只是在幻想，想象自己是一个能实现潜能的人。所以在下文，刘歆又复归到孤独、沉默的本质。其中"华体"一词，费振刚认为它相当于"玉体"[35]，我认为这是可信的。但龚克昌却认为"华体"当指"浮华的躯体"，这诠释在我看来是不切实际的。[36]

刘歆在"玄室"中并不是完全沉默、了无活动的，他通过乐器和著述打发时间，而这些都是中国隐逸传统的附属物。然而，刘歆主要的注意力还是集中在观察大自然的变化（阴阳）。虽然他意识到这种变化是宇宙的根本性质，但这种认知却不打扰他的观察。因此，他就像一个伟大的圣人，时刻均保持着前所未有的平静、幸福和快乐。

最后，刘歆以"乱辞"述志，终结全篇：

宠幸浮寄，奇无常兮。寄之去留，亦何伤兮。大人之度，品物齐兮。舍位之过，忽若遗兮。求位得位，固其常兮。守信保己，比老彭兮。

[31]《文白对照全汉赋》，页 247。

[32] 参［汉］张衡，《冢赋》，见张震泽校注，《张衡诗文集校注》（上海：上海古籍出版社，1986），页 253，"构玄室"；［西晋］左芬，《元皇后谏》，《晋书》，卷 31，页 960，"克成玄室"。

[33] 见《中论》（《四库全书》本），卷上，页 1a，其文言："譬如宝在于玄室。"

[34] ［清］郭庆藩《庄子集释》（北京：中华书局，1961），卷 10 上，页 1047。

[35]《文白对照全汉赋》，页 245，注 76。

[36]《全汉赋评注》，页 431，注 78。

[37]《赋の成立と展开》，页444。

他认为生活在五原这个偏僻的地方是他的恩惠，因为这是一个供自己反省的好时机。通过孤独的沉思和反省，他声称自己已经超脱世俗。刘歆甚至认为一切品位、恩典其实都是短暂的，因此无论遭受什么，他也很少或不会受其影响，达至《庄子》"品物齐"的境界。然而，刘歆却以儒家的话语结束此赋。他指出追求仕途的显达是人之常情，并无任何不妥。只是相对这些，更重要的还是保持自己的道德操守。刘歆在"守信保己，比老彭兮"的结句中，暗用了《论语·述而》"述而不作，信而好古，窃比于我老彭"的事。虽然"老彭"的身份还不能确认，但刘歆大体是接受了与其时代相近的《论语》注者包咸（公元前6—公元65）"老彭，殷贤大夫，好述古事"的注解。

中岛千秋在这个典故中看到了刘歆献身学术的精神。[37] 笔者认为假如刘歆把"老彭"理解为古代历史的叙述者，这也暗含了其自身与"老彭"的对比。这就像是一个声明，宣示自己将继续从事古文经特别是《左传》的版本研究工作。这正是刘歆所要表述的主体，而这思想是贯穿整篇《遂初赋》的。由于刘歆视《左传》为一个可靠的春秋时期的历史纪录，因此他也许希望借着保留和提升《左传》的地位，使自己成为一个伟大的"传播者"，接继和传递古代老彭和孔子的学问和知识。

三、从《遂初赋》的文本历史看它在纪行赋传统中的重要性

虽然《遂初赋》文本始见于宋代的《古文苑》，但其流传于汉世，已有文献可征。班彪（3—54）《北征赋》成于公元25年，[38] 稍晚于刘歆《遂初赋》。班赋很可能受刘赋的直接启发，这可从两个方面考察。首先，班彪《北征赋》讲述了他从长安到天水（今甘肃东南）的旅程，这与刘歆《遂初赋》的内容和结构是一致的。此外，班彪的目的地亦与刘歆相若。两赋同以纪行的方式，通过极力描写沿途的风光景物，以及当地的史事，抒发感情和议论。其次，《北征赋》中有些句子与《遂初赋》十分相似，例如：

[38] ［南朝梁］萧统编，［唐］李善注，《文选》（上海：上海古籍出版社，1986），卷9，页425—430。

《北征赋》：涉长路之绵绵兮 　　《遂初赋》：路修远而绵绵

《北征赋》：剧蒙公之疲民兮 　　《遂初赋》：剧强秦之暴虐兮

《北征赋》：迥千里而无家 　　《遂初赋》：迥百里而无家

笔者认为这绝非巧合。除非《遂初赋》不是刘歆所作，这可以意味它较班彪《北征赋》晚出，否则班彪创作的句子无疑是源于刘歆《遂初赋》。

四、《古文苑》载两种不同版本的异文考辨

正如我前面提到的，现存完整版本的《遂初赋》有两个，分别载于九卷本和稍晚出的二十一卷本《古文苑》。《古文苑》的编者不详，相传为唐人旧藏本，而被北宋孙洙（1032—1080，字巨源）得之于佛寺经龛中。[39] 韩元吉（1118—1187）在婺州（今浙江金华）曾首次对《古文苑》加以整理，并分为九卷，刊印发行。南宋绍定（1228—1233）五年，章樵又加增订，并为注释，重分为二十一卷。本文将分析比较两个版本的《遂初赋》异文，论证九卷本所载《遂初赋》较二十一卷本更可信。

首先，二十一卷本云"二乘驾而既俟，仆夫期而在涂。驰太行之严防兮，入天井之乔关"，九卷本"仆夫期而在涂"作"仆夫其而在□"。涂属鱼韵，一般与属元韵的"关"不押韵。《钦定叶韵汇辑》（《四部丛刊》本）指出"关"在这里应读作"gu"（卷4，页12a—b），但这是作此读音的孤证。我怀疑章樵只是为了迁就自己的解读才增一"涂"字；但由于"涂"不押韵，所以一定是错的。

其次，二十一卷本作"哀衰周之失权兮，数困辱而莫扶。执孙蒯于屯留兮，救王师于余吾"，九卷本"救王师于余吾"作"救王师于途吾"。章樵尝试以《左传·成公元年》解释二十一卷本的句意："元年，春，晋侯使瑕嘉平戎于王，单襄公如晋拜成。刘康公徼戎，将遂伐之。叔服曰：'背盟而欺大国，此必败。背盟，不祥；欺大国，不义；神、人弗助，将何以胜？'不听，遂伐茅戎。三月癸未，败绩于徐吾氏。"但是，这种解读尚不能解释为什么刘歆要说晋拯救周室于"余吾"。"余

[39] 韩元吉言："孙巨源于佛寺经龛中得唐人所藏古文章一编。"

吾"也写作"徐吾",乃位于屯留县西北的汉县的名称。虽然"余吾"靠近晋捕获孙蒯之地，但还不能清楚说明发生在公元前555年涉及石买和孙蒯的历史事件，和公元前590周被徐吾氏所败一事到底有何关联。据《中国历史地图集》(卷1,17—18,1—4)，徐吾氏的家是在屯留县的范围内。然而在《左传》的纪录中，却没有提及过"徐吾氏"或"余吾"。而九卷本所载的却是"救王师于途吾"。若在"吾"字之前加句读，则"吾"将成为下一句的主语"我"，而此句翻译应为"在路上救出了国王的军队"。章炳麟《春秋左传读》认为刘歆是根据传说而曰"救王师于途"的。相传石买和孙蒯袭击曹国时，周曾出兵援助曹国，却被卫国击败。这个时候曹国的人民抱怨晋国，晋才来救援"王师"，并抓获石买和孙蒯。[40]虽然章氏的解释纯属推测，但却能避免读者对"余吾"的费解，故九卷本似乎较二十一卷本更贴近原文。

最后，二十一卷本作"越侯田而长驱兮"。"侯田"是一个位于河内怀县(今河南省武陟县南部)的驿站，但由于这个地方靠近刘歆行程的起点，故"侯田"是错误的。而九卷本则作"越侯甲而长驱兮"，根据《水经注》的记载，"侯甲"是一条河流的名字，其源头位于祁县的胡甲山。"侯甲"和"胡甲"是同名异称，《水经注》续云："胡甲山有长坂，谓之胡甲岭。"[41]"胡甲"即刘歆《遂初赋》所谓"越侯甲而长驱兮"者也。事实上，"侯甲"在地理上也比较切合刘歆的行程，因为假如刘歆骑马至铜鞮北面，他必须经过位于祁县的侯甲。

（唐梓彬 译）

[40] 章太炎，《春秋左传读》，收于《章太炎全集》(上海：上海人民出版社，1982)，卷2，页503。

[41] [北魏] 郦道元注，杨守敬、熊会贞疏，段熙仲点校，陈桥驿复校，《水经注疏》(南京：江苏古籍出版社，1989)，卷6，页536。

中国中古早期庄园文化
——以谢灵运《山居赋》为主的探讨 *

* 本文曾收入刘苑如主编《生活园
林:中国园林书写与日常生活》(台
北:"中央研究院"中国文哲研究
所,2013)。

[1] 注解见石声汉校注,《四民月令校注》(北京：中华书局，1965)；缪启瑜，《四民月令校注》(北京：农业出版社，1981)。英文翻译及研究见 Patricia Ebrey (伊沛霞), "Estate and Family Management in the Later Han as Seen in the *Monthly Instructions for the Four Classes of People*"(《〈四民月令〉中所见后汉庄园与家族经营》), *Journal of the Economic and Social History of the Orient*, 17（1974）:173-205；Hsu Cho-yun (许倬云), *Han Agriculture: The Formation of Early Chinese Agrarian Economy*（206 B.C.-A.D. 220）(《汉代农业：早期中国农业经济的形成》), Jack L. Dull ed. (Seattle: University of Washington Press, 1980), pp. 215-228；日文翻译见渡部武,《四民月令：漢代の歲時と農事》(东京：平凡社，1987)。

[2] [南朝宋] 范晔撰,《后汉书》(北京：中华书局，1965)，卷49，页1644。

历史学者已注意到中国中古早期——即公元三世纪末至七世纪——的重要发展之一为私人庄园的兴起。此题材庞大，通常为经济史学家的范畴，不容笔者置喙，只是我近来对中国中古早期庄园文化渐感兴趣，因此想在这方面作一探讨。

私人庄园初兴于汉代。汉代庄园相关资料为数不多，其中有崔寔（约110—约170）的《四民月令》。[1]《四民月令》是一部记载东汉晚期庄园中每月活动的历书，作者崔寔虽非巨富，但出身于安平（今属河北）世家大族。崔寔将其庄园描述为自给自足的家族产业，从事农耕、蚕桑、备药、纺织、商业、仪典、教育、军事防御及亲族赈济等。书中所列偏于实用性之俗务，颇为枯燥，更无只言片语提及他和族人闲暇之余的娱乐活动。若遵循崔寔书中的指示行事，大约也无暇进行各种消遣。

崔寔所记载的庄园活动与仲长统（179—220）所述有着强烈的对比。仲长统约晚崔寔一个世代，曾撰文描述他心目中理想的庄园：

使居	Let the place where I live
有良田广宅，	Have fertile fields and a spacious house,
背山临流。	Backed by a tall mountain on the bank of a flowing stream.
沟池环帀，	Ditches and ponds would encircle it;
竹木周布。	Bamboos and trees would be spread all around.
场圃筑前，	A threshing ground will be tamped in the front,
果园树后。[2]	And an orchard will be planted in the rear.

接着他描述在庄园中所能得到的乐趣，包括宴飨亲友、漫步乘凉、钓鲤射雁、讽咏诗歌等：

良朋萃止，	With the arrival of good friends,
则陈酒肴以娱之；	I will set out wine and delicacies for them to enjoy;
嘉时吉日，	On favorable times and auspicious days,
则亨羔豚以奉之。	We will cook lamb and pig to offer them.
蹰躇畦苑，	I would linger in the field paths and garden,
游戏平林，	Roam and play in a level grove,
濯清水，	Cleanse myself in a limpid stream,
追凉风，	Chase a cool breeze,
钓游鲤，	Fish for swimming carp,
弋高鸿，	Shoot a high-flying swan,
讽于舞雩之下，	Take in the breeze below the rain altar,
咏归高堂之上。[3]	And sing of returning home atop a high hall.

据仲长统所言，居处此境，他能"思老氏之玄虚"，并仿"至人"习练房中与呼吸之术，而得以"凌霄汉，出宇宙之外"。仲长统将庄园描述为远离尘世困顿的栖身之地，标志着中古早期思想中对山水的新观点。尽管这一时期的庄园持续保有实用经济功能，但也成为娱乐与美感享受的场域之一。

西晋富豪石崇（249—300）是中古早期首批将其产业同时用以享受和牟利的庄园主人之一，他的金谷园是当时洛阳一带最为奢华的郊外庄园。[4] 石崇之父石苞（273 年卒）家财万贯，在曹魏末年颇具权势，鼎力拥护司马家族，石崇是石苞六个儿子中最小的一个。石苞临终将财产分给儿子，唯独没有分给石崇，理由是石崇自己有能力致富。公元 290 年前后，石崇被派往荆州（今湖北、湖南）担任刺史。[5] 在荆州，他劫掠远使商客，以此致富，[6] 显然他是以这些钱财购买庄园的。

石崇有两座庄园，其中金谷园较为知名，坐落

[3]《后汉书》，卷 49，页 1644。

[4] 金谷园的介绍，见王铎，《东汉、魏晋和北魏的洛阳园林》，《中国古都研究》，1991 年第 7 期，页 117—120。

[5] 陆侃如将石崇上奏惠帝日期定为公元 290 年，见陆侃如，《中古文学系年》（北京：人民文学出版社，1985），卷 2，页 734。

[6]［唐］房玄龄等撰，《晋书》（北京：中华书局，1974），卷 33，页 1006。亦见余嘉锡，《世说新语笺疏》（上海：上海古籍出版社，1993），"汰侈第三十"第 1 条，页 877，注引王隐《晋书》："石崇为荆州刺史，劫夺杀人，以致巨富。"

[7] 金谷涧是东流入洛阳的谷水支流。见［北魏］郦道元注，杨守敬、熊会贞疏，《水经注疏》（南京：江苏古籍出版社，1989），卷16，页1384。石崇的庄园遗址位于今河南孟津北邙山南麓。见谭其骧，《中国历史地图集》（北京：中国地图出版社，1982—1987），册3，卷36，页5—10；王铎，《东汉、魏晋和北魏的洛阳园林》，页119，注1，引张士恒，《金谷园遗址考异》，《孟津史话》（孟津：孟津县史志总编室，1988。

[8] 河阳位于黄河北岸，今河南孟州市西北。这座庄园往往被误认为金谷园，但石崇在其《思归引序》中明确地提及河阳庄园："肥遁于河阳别业。"见［南朝梁］萧统编，《昭明文选》（上海：上海古籍出版社，1986），卷45，页2041。《世说新语》注引王隐《晋书》也说到石崇被处死时"家河北"。见《世说新语笺疏》，"仇隙第三十六"第1条，页924。这里应该是指黄河北岸的河阳，而不是黄河南岸洛阳西北郊区的金谷。详细讨论见 David R. Knechtges（康达维），"Jin-gu and Lan Ting：Two（or Three）Jin Dynasty Gardens"（《金谷与兰亭：晋朝的两座（或三座）园林》），in *Studies in Chinese Language and Culture-Festschrift in Honour of Christoph Harbsmeir on the Occasion of His 60th Birthday*, Christoph Anderl and Halvor Eifring eds. (Oslo：Hermes Academic Publishing, 2006), pp. 395-406.

[9] 此序现存最长段落在《世说新语》，"品藻第九"第57条注文。见《世说新语笺疏》，页529。辑佚文本有二：［清］严可均，《全上古三代秦汉三国六朝文·全晋文》（北京：中华书局，1959），卷33，页13上；［清］孙星衍，《续古文苑》（台北：鼎文书局，1973），卷11，页634—644。全篇英文翻译见 Hellmut Wilhelm（卫德明），"Shih Ch'ung and His Chin-ku-yüan"（《石崇及其金谷园》），*Monumenta Serica*, 18（1959）：326-327；《世说新语》注文所保存段落的英文翻译见 Richard Mather（马瑞志），trans, *Shih-shuo Hsin-yü：A New Account of Tales of the World*（《世说新语》，1976；rpt. and rev. Ann Arbor：Center for Chinese Studies, The University of Michigan, 2002), pp. 284-285.

[10] ［宋］李昉等编，《太平御览》（台北：台湾商务印书馆，1975），卷762，页3515下，引王隐《晋书》。亦见《晋书》，卷33，页1008。

[11] 《晋书》，卷33，页1008。

[12] Lien-sheng Yang（杨联陞），*Studies in Chinese Institutional History*（《中国制度史研究》），Cambridge：Harvard University Press, 1963), p. 130.

于洛阳西北金谷涧，[7] 另一座庄园则位于黄河北岸河阳一带。[8] 公元296年，石崇在金谷举行大型宴会，出席者有来向石崇致意的高官和当地名士，以及将赴长安的一名官员。在座三十人作诗，石崇作序。[9] 序中描述其庄园距洛阳城十里，在河南县界，也就是在洛阳城西北郊区。石崇以金谷园招待宾客，他们"昼夜游晏，屡迁其坐。或登高临下，或列坐水滨"。当时"琴瑟笙筑，合载车中，道路并作"。然后各人赋诗咏怀，"或不能者，罚酒三斗"。

金谷园不只是乐游园，似乎也具有农业经济功能。石崇提到园中有田十顷（110.4英亩），并有果园、竹林、鱼池、药草园，以及鸡、猪、鹅、鸭和二百头羊。从园中有水碓（即水磨）三十区看来，[10] 石崇的庄园应曾为繁荣的经济实体。石崇尚有苍头（即奴仆）八百余人，[11] 而从公元三、四世纪开始，拥有水磨、田地和奴仆是财富的象征。[12]

石崇也以奢侈闻名。公元五世纪初的《续文章志》说到石崇富有的程度：

崇资产累巨万金，宅室舆马，僭拟王者。庖膳必穷水陆之珍。后房百数，皆曳纨绣，珥金翠，而丝竹之艺，尽一世之选。筑榭开沼，殚极人巧。与

贵戚羊琇、王恺之徒竞相高以侈靡。^[13]

[13]《世说新语笺疏》，"汰侈第三十"第 8 条，页 529，注引《续文章志》。

[14] 这出自比石崇时代稍晚的王嘉（约 390 年卒）的记述。见［东晋］王嘉著，齐治平校注，《拾遗记》（北京：中华书局，1981），卷 9，页 214。

[15]［东晋］裴启著，周楞伽辑注，《裴启语林》（北京：文化艺术出版社，1988），页 43—44。

[16] 这指的是石崇约于公元 298 年被任命为卫尉之事。

[17]《昭明文选》，卷 45，页 2041。

Shi Chong's assets and property amounted to many tens of thousands of gold pieces, and his dwellings, conveyances and horses presumptuously emulated those of the royal house. His kitchen produced the best delicacies of water and land. His concubines numbered in the hundreds, and they all were draped in silks and embroideries, and had ear ornaments made of gold and kingfisher plumes. The artistes of his string and pipe orchestra were the elite of the time. In constructing pavilions and digging ponds, he fully exercised all manner of human ingenuity. He competed with members of the consort clan such as Wang Kai and Yang Xiu in displays of extravagance.

另一资料显示石崇在庄园中拥有"侍人美艳者数千人"^[14]，尽管这个数字有夸张之嫌。据时人所述，石崇厕如宽敞寝室，饰有绛纱帐，设有大床和茵蓐，还配有侍婢协助客人如厕。^[15]

石崇在《思归引序》中描述的则是他在河阳的庄园。文中他将庄园描述为逃离繁重官务的避难所，相较于金谷宴集诗序中所述之庄园，这座庄园似乎不是大型社交集会的场所，而是逃离宫廷生活烦扰的避难园地，同时也是习练长生之术如呼吸调息与服食药草的园林：

又好服食咽气，志在不朽，傲然有凌云之操。欻复见牵羁，^[16]婆娑于九列；困于人间烦黩，常思归而永叹。^[17]

I was also fond of ingesting elixirs and performing breathing exercises. My goal lay in attaining immortality, and I proudly assumed the manner of soaring the clouds. However, I suddenly again have become entangled in worldly affairs, and I now loiter and linger in the official ranks. Distressed by the annoyances and corruption of the human world, and constantly longing to return home, I heave long sighs.

石崇之友潘岳（247—300）在洛阳市郊有座小庄园，也撰文表达与石崇相似的心情，希望能在市郊退隐之所得到休憩。公元296年前后，潘岳曾短暂辞官，撰《闲居赋》。[18] 文中潘岳详细记述这座有池塘、果园、菜圃的庄园，其中一段文字描写为使母亲减轻病痛，并促进体内药物循环而进行的郊游活动，另外也提及三月三日祓禊日的家庭聚会。不过这座庄园除了休闲的功能以外，也具有实际的经济效益，能自给自足，甚至可能将土地生产所得卖到市场获取些许利润。潘岳在序中说：

> 筑室种树，逍遥自得。池沼足以渔钓，春税足以代耕。灌园粥蔬，以供朝夕之膳；牧羊酤酪，以俟伏腊之费。[19]

I have built a house and planted trees where I may roam and ramble in self-contentment. My ponds are sufficient for fishing, and the income from grain-husking can take the place of tilling the land. I water my garden, sell vegetables in order to supply food for my morning and evening meals. I raise goats and sell dairy products in order to anticipate the expenses of the summer and winter offerings.

公元317年后北方士人南迁时，发现京城建康一带已有大量居民，最好的农地也已被占据，因此他们落脚于浙江沿海会稽和临海郡一带，那里土地尚未被高度开发，当地地主对土地的控制也相对较少。[20] 他们在此建立大庄园，名为别墅、山墅或简称墅。孔灵符（460年前后在世）拥有当时最大的庄园之一，坐落于会稽永兴，"周回三十三里"（17.7

[18]《昭明文选》，卷16，页697—707。亦见《晋书》，卷55，页1504—1505。

[19]《昭明文选》，卷16，页700。英文翻译见 David R. Knechtges , trans., *Wen xuan*（《文选》，Princeton : Princeton University Press, 1982—1996), vol. 3, pp. 147-148.

[20] 刘淑芬，《六朝的城市与社会》（台北：学生书局，1992），页91。

公里），"水陆地二百六十五顷"（3186.5英亩），"含带二山，又有果园九处"。[21]

会稽一带是山阴谢家、孔家，余姚虞家，上虞魏家等大家族的大型庄园所在地。[22] 会稽一带的景致在这段时期获得高度赞赏，著名画家顾恺之（约345—406）如此称赞会稽地形之美：

千岩竞秀，万壑争流，草木蒙笼，若云兴霞蔚。[23]

Thousands of cliffs rise in a contest of beauty; a myriad streams run in rapid race. Plants and trees luxuriantly grow, like multicolored nimbuses ascending.

本文所要探讨的即是谢家成员之一谢灵运（385—433）的庄园。谢家在会稽的早期历史中最为人所知的就是谢安（320—385）的庄园。谢安是东晋末年最著名的政治家和军事领袖之一，在上虞（今属绍兴）一带有座庄园。[24] 这座庄园的大小无从确知，不过很有可能是他的侄曾孙谢灵运于公元五世纪二三十年代拓建庄园的基础。资料中之所以不曾记载谢安会稽庄园的规模，或许是因为在传统的认知中，他是个从容潇洒、不役于物的名士，[25] 所以当时有关谢安在会稽生活的记述都不在现实层面着墨，而仅描述谢安与好友共游庄园的时光，说他们"出则渔弋山水，入则谈说属文，未尝有处世意也"[26]。

谢安在会稽一带的庄园可能不只一座，他的孙子谢混（412年卒）在会稽、吴兴和南琅琊一带就拥有十余座庄园。[27] 我们无从确知这是否就是谢安当时所拥有的庄园数量，但谢家很有可能代代增建庄园。

虽然中古早期的庄

[21] ［南朝梁］沈约，《宋书》（北京：中华书局，1974），卷54，页1533。

[22] 会稽大家族列表，见《六朝的城市与社会》，页229—231。

[23] 《晋书》，卷92，页2404。亦见《世说新语笺疏》，"言语第二"第88条，页143。英文翻译见 Shih-hsiang Ch'en（陈世骧），trans., *Biography of Ku K'ai-chih*（《顾恺之传》），*Chinese Dynastic Histories Translations*, No.2（Berkeley：University of California Press, 1961），p. 13；*Shih-shuo hsin-yü*, p. 74.

[24] 上虞的位置，见《世说新语笺疏》，"赏誉第八"第77条，页465，注引《续晋阳秋》。亦见［清］沈翼机等纂修，《浙江通志》（台北：台湾商务印书馆，1983年《文渊阁四库全书》第519—526册），卷45，页31a—b（总页275）。

[25] 中古文献中谢安相关记述的法文翻译，见 Jean-Pierre Diény（桀溺）*Portrait anecdotique d'un gentilhomme chinois:Xie An（320—385）d'après le Shihshuo xinyu*（《轶闻中的一位中国士人：《世说新语》里的谢安（320—385）》），Paris：Collège de France Institute des Hautes Études Chinoises, 1993）。

[26] 《世说新语笺疏》，"雅量第六"第28条，页368，注引《中兴书》。

[27] 《宋书》，卷58，页1591—1592。

园十分重要，但没有太多相关的详细记载，甚至大部分庄园的大小都难以确知。上述孔灵符的庄园，在历史文献中竟有其规模大小的记载，实属罕见。其实有关中古早期庄园最为详细的记载不在历史文献中，而是在谢灵运的一首长篇赋作当中。

谢灵运是谢安的侄曾孙，也是当时最杰出的诗人，活跃于南朝宋（420—479）初年。公元422年，南朝宋开国君主刘裕（420—422年在位）去世，谢灵运拥立的是刘裕的次子刘义真（407—424），但继承皇位的是长子刘义符（422—424年在位）。刘义符继位后立即将他兄弟刘义真一党全赶出城，谢灵运也被派任到遥远滨海的永嘉郡（今浙江温州），相当于流放。公元423年秋，谢灵运托病辞官，回到始宁一带的家族庄园。始宁位于今浙江绍兴上虞区南，嵊州市西北。[28] 这座庄园原本属于谢灵运的祖父谢玄（343—388）。谢玄和谢安在中国历史上以成功抵御北方苻坚（338—385）侵略闻名，此战役即公元383年11月的淝水之战。公元387至388年间谢玄住在始宁庄园，后来谢灵运就继承了他祖父的这座庄园。[29]

谢灵运归隐始宁后，除了致力修建始宁庄园，也吟诗作赋，研读佛经。他的诗歌创作在这一时期极为丰富。在长篇作品《山居赋》中，他描述了自己在始宁的生活。[30]

[28] 顾绍柏认为始宁治所在当时的嵊县三界镇。见顾绍柏校注，《谢灵运集校注》（郑州：中州古籍出版社，1987），页337，注40；［清］丁谦等纂，牛荫麐等修，《嵊县志》（台北：成文出版社，1975年《中国方志丛书·华中地方·浙江省》第212号，影印民国三十三年［1944］铅印本），卷2"市镇"，页23（总页136）。亦见龚剑锋、金向银，《始宁庄园地理位置及主要建筑新考》，《中国历史地理论丛》，1992年第3期，页33—43；龚剑锋、金向银，《陈郡谢氏与会稽始宁庄园》，《浙江师大学报（社会科学版）》，1993年第4期，页60；章义和，《从谢灵运〈山居赋〉论六朝庄园的经营形式》，《许昌师专学报（社会科学版）》，1993年第1期，页10—16。

[29] J.D. Fordsham, The Murmuring Stream : The Life and Works of the Chinese Nature Poet Hsieh Ling-yün (385-433), Duke of K'ang-lo（《潺潺溪流：中国自然诗人康乐公谢灵运的生平与创作》），2 vols.（Kuala Lumpur：University of Malaya Press, 1967），vol. 1, p. 33.

[30] 全文见《宋书》，卷67，页1754—1772。注解见《谢灵运集校注》，页226—281；曲德来、迟文浚、冷卫国主编，《历代赋：广选·新注·集评》（沈阳：辽

宁人民出版社，2001），卷4，页128—158；赵雪倩，《中国历代园林图文精选》（上海：同济大学出版社，2005），辑1，页133—152。全文英文翻译见Francis A. Westbrook, "Landscape Description in the Lyric Poetry and 'Fuh on Dwelling in the Mountains' of shieh Ling yun"（《谢灵运诗歌及〈山居赋〉中的景色描写》，Unpublished Diss. Yale University, 1973）. 节选英文翻译见David Hinton, The Mountain Poems of Hsien Ling yün（《谢灵运的山岳诗》，New York：New Directions, 2001），pp. 14-15；Mark Elvin, The Retreat of the Elephants : An Environmental History of China（《象群的撤退：中国环境史》，New Haven：Yale University Press, 2004），pp. 338-368. 全文日文翻译与注解见森野繁夫，《谢康乐文集》（东京：白帝社，2003），页120—223。重要研究著作包括：塚本信也，《謝靈運の〈山居賦〉と山水詩》，《集刊东洋学》，1991年第65期，页20—37；王运熙，《论谢灵运〈山居赋〉的宗教意象与文学轨迹》，《临沂师范学院学报》，1991年第3期，页60—65；森野繁夫，《謝靈運〈山居賦〉について》，《广岛大学文学部纪要》，1992年第52期，页22—45，1993年第53期，页120—143；安藤信（转下页）

这篇赋写于公元 423 年到 426 年他居住于始宁期间。[31] 他又自作长注，以散文形式解释赋中细节。

伊懋可（Mark Elvin）认为《山居赋》"语言凝练，而内容写实。谢灵运不像某些前辈作者那样描述象征仙界的神奇苑囿，也不像木华作《海赋》那样进入概括性的幻想。谢灵运描述的就是当时的上虞，一个真实的地方。是无穷天地的一部分，也是神入无穷天地的起点。"[32] 我大致同意伊懋可对谢灵运《山居赋》的看法。

根据谢灵运的描述，他的庄园位于他所谓大小巫湖和浦阳江之间。大小巫湖一般被称作太康湖，如在《水经注》中，郦道元（466—527？）就把谢玄田居之所称作太康湖。[33] 虽然谢灵运说这些湖在庄园之北，但其实应该在庄园的东北。注解《谢灵运集》的当代学者顾绍柏推测巫湖曾经"跨今上虞、嵊县两县"，但"宋或宋以前即已堙废"[34]。浦阳江即今曹娥江，是浙江省的主要河流之一，由南而北流经嵊州和上虞，在今绍兴附近流入钱塘江。

据谢灵运所述，庄园四面环水：

其居也，	As for the place where I made my dwelling:
左湖右江，	To the left there is a lake, on the right is a river;
往渚还汀。	One goes forth to islands and returns through sandy holms.

他在注中解释："往渚还汀，谓四面有水。"除了江水湖水以外，庄园东西两面

（接上页）广，《謝靈運の〈山居賦〉について》，《中国文化》，1995 年第 53 期，页 1—13；陈道贵，《从〈山居赋〉看佛教对谢客山水诗的影响》，《文史哲》，1998 年第 2 期，页 87—91；Cheng, Yü-yü, "Bodily Movement and Geographic Categories: Xie Lingyun's 'Rhapsody on Mountain Dwelling' and the Jin-Song Discourse on Mountains and Rivers," The American Journal of Semiotics, 23（2007）: 193—222；郑毓瑜，《身体行动与地理种类——谢灵运〈山居赋〉与晋宋时期的"山川""山水"论述》，《淡江中文学报》，2008 年第 18 期，页 37—70，同时也收入刘苑如编，《游观：作为身体技艺的中古文学与宗教》（台北："中央研究院"中国文哲研究所，2009 年），页 64—99；康达维著，吴捷译，《中国古代的文人山岳游观——以谢灵运〈山居赋〉为主的讨论》，收

入刘苑如编，《游观：作为身体技艺的中古文学与宗教》，页 1—63。

[31] 顾绍柏认为谢灵运在公元 425 年完成此赋。见《谢灵运集校注》，页 335—336、434。

[32] 原文：" ... though the language is intensified and enhanced, its content is in most places realistic. Xie is not, like some of his predecessors describing a magic garden that symbolizes paradise. Nor is he letting himself go in a rhapsodic fantasy on a general them, like Mu Hua in his prose-poem on the sea. He writes of Shangyu as it once was. A real place that is also part of, and on evocation of the unbounded universe." 见 The Retreat of the Elephants, p. 335.

[33]《水经注疏》，卷 40，页 3330—3331。

[34]《谢灵运集校注》，页 119，注 1。

尚与崇山峻岭相连。赋中指出这点：

| 面山背阜， | It faces mountains and backs onto small hills; |
| 东阻西倾。 | On the east it is obstructed, and on the west it slopes downward. |

注文指出山在"四水之里"。庄园南边则有两座巍峨山峰，一座谢灵运称作崒，一般称作崿山，今名崿大山，位于始宁郡，[35] 即今浙江嵊州之北崿浦一带。[36] 崿山与另一座位于嵊州的嵊山相连，[37] 两座山在《水经注》中皆有记载："（成功峤）北则崿山与嵊山接，二山虽曰异县，而峰岭相连。"[38] 谢灵运庄园"近南"一带还有两条重要河流汇流。赋中说到：

近南则	Nearby to the south
会以双流，	Is a confluence of two streams,
萦以三洲。	Which wind through three islands.

这两条河流分别是剡江和小水。剡江又称剡溪和上虞江，今为曹娥江上游。[39] 小水今称作小舜江，这条七十三公里长的河流是曹娥江的主支流。

谢灵运的庄园其实有南北两区，他在赋中分别称作北山和南山。北山是他祖父谢玄原先建立的庄园，位于今上蒲一带。[40] 南山是谢灵运拓建的部分，在崿山附近。谢灵运说庄园这两区以水相连，因此庄园应该包括很长一段的浦阳江。

庄园的实际大小难以确知，因为谢灵运提到的庄园许多地方在现代地图上都无法定位。这座庄园应该相当于或大于孔灵符方圆约十八公里的庄园。我估计过谢灵运的庄园大小：南北长约三十公里，东西宽约十五公里。这相当于汉代上林苑最大范围：东西宽约四十二公里，南北长约二十一公里。

[35]《昭明文选》，卷 31，页 1476，李善注引孔晔《会稽记》。

[36]《嵊县志》，《灵芝区图》，拉图无页码。

[37]《嵊县志》，《游孝区图》，拉图无页码。

[38]《水经注疏》，卷 40，页 3330。

[39] 今称作澄泽江，自嵊州市黄泽江以下称作曹娥江。发源于尖山岭，磐安县大寒尖西。见上虞县志编纂委员会，《上虞县志》（杭州：浙江人民出版社，1990），页 123。

[40] 根据近年编纂的《上虞县志》，北山位于上虞区南十三公里百官镇治所。见《上虞县志》，页 684。

赋的开头是散文体的引言。在引言中，谢灵运为他这篇赋的写作和庄园的设计定下原则。首先，他声明他称作"山居"的山中居所迥异于其他如"岩栖""丘园"和"城傍"的隐居之所。他虽然没有解释这四种居所的不同，但他告诉我们他的"山居"因在"栋宇"之下而与其他三种不同，也就是说，他的庄园建有楼馆，这点他在赋中提到数次。

[41]《宋书》，卷 67，页 1754。
[42]《后汉书》，卷 83，页 2770。
[43] 这些人物的相关研究，见 Alan Berkowitz（柏士隐），*Patterns of Disengagement：The Practice and Portrayal of Reclusion in Early Medieval China*（《逍遥的模式：中国中古早期对隐居的实践与描写》，Stanford：Stanford University Press，2000），pp. 64-80.

谢灵运还有意将这篇赋和早期辞赋的传统——特别是汉代的宫廷赋——划清界限。他声明自己要在赋中尝试另辟蹊径，在汉代宫廷诗人对城市、宫廷和苑囿的壮丽描述之外呈现不同的风貌，如其所言："今所赋既非京都宫观游猎声色之盛，而叙山野草木水石谷稼之事。"[41] 谢灵运说他的灵感来自"台、皓之深意"。台指台佟（公元一世纪在世），他隐居于武安（今河北武安西南）附近山中岩穴，拒绝在当地魏郡任职。当该州刺史问他为何过得如此清苦，他回答避世而居可以"保终性命"，若奉命出仕，则不免"夕惕庶事"而使生活更加困苦。[42] 皓指四皓，秦朝时隐居京城长安东南山中，公元前 206 年刘邦建立汉朝后，他们仍拒绝入朝任职。到了谢灵运的时代，台佟和四皓已成为隐居山中贤人的典范。[43] 受到台佟和四皓的启发，谢灵运在赋中多处将庄园描述为贤人雅士远离尘嚣的栖身之地。

在引言的最后几句中，谢灵运说他要"废张、左之艳辞"，即废弃张衡（78—139）和左思（约 250—约 305）两位辞赋家华丽的辞藻。张、左二人皆以文采瑰丽闻名。张衡曾作赋描写西汉京城长安和东汉京城洛阳，左思曾作赋描写三国都城成都、建康和邺，二赋皆以雕饰见长，但谢灵运声明要"去饰取素"，似乎要以此为其诗歌风格和庄园设计的共同审美标准。如后所述，谢灵运通篇声称其居所远胜"市廛"，因为比起后者，前者较为"自然"而少雕梁画栋。然而我们将看到谢灵运的山中园林实际上有多么"朴素"。

谢灵运于赋中多处称其庄园为"园"，并与其他历史上或传说中的园林相比较。他提到一连串各式各样的园林与苑囿，逐一加以评论。首先他提到仲长统，如前文所述，仲长统曾描述他心目中渴望居住的庄园。谢灵运注引仲长统文：

欲使居有良田广宅，在高山流川之畔。沟池自环，竹木周布，场圃在前，果园在后。[44]

Let the place where I live have fertile fields and a spacious house, by a tall mountain on the bank of a flowing stream. Ditches and ponds would encircle it; bamboos and trees would be spread all around. A threshing ground and a vegetable plot will be in the front, and an orchard will be in the rear.

接着注引曹魏作家应璩（190—252）的一封信：

故求道田，在关之西，南临洛水，北据邙山，托崇岫以为宅，因茂林以为荫。

Thus, I sought roads and fields east of the Pass, south overlooking the Luo River, north nestling against the Mang Hills. I relied on a tall peak to make my dwelling, and availed myself of a thick grove to provide shade.

谢灵运在赋中批评这两个地方：

| 势有偏侧， | The topography sloped to one side, |
| 地阙周员。 | And the terrain lacked fullness. |

谢灵运认为他们在设计上的缺陷为何，并不十分清楚。"周员"可以理解为完备（fullness）或者圆整（roundness）。[45]

[44] 参见《后汉书》，卷49，页1644。仲长统早年拒绝为官。这里谢灵运引用的是仲长统的论著《昌言》。
[45] 伊懋可则译为 all-around perfection, well-matched in every azimuth（处处完美，各个方位都恰好好处）。见 *The Retreat of the Elephants*, p. 340.

接着谢灵运谈及两座所谓的庄园，皆为富豪所有。第一座是铜陵，属于西汉财阀、四川巨富之一的卓王孙。谢灵运的选择令人不解，因为铜陵并非庄园，而是卓王孙手下的大型铜矿场。谢灵运于是根据《汉书·货殖列传》，在注中说到："卓氏之临邛，公擅山川。"[46] 或许谢灵运正是对卓王孙渔利山川有所不满。第二座庄园是石崇的金谷。谢灵运在注中说金谷的特点是"有山川林木池沼水碓"，并提到公元 296 年在那里举行的一次著名宴集，宾客欣享盛宴，吟诗鼓琴。谢灵运对这两座庄园的评论也很简短：

| 徒形域之荟蔚， | These were merely territories of lush luxuriance; |
| 惜事异于栖盘。 | Regrettably, they could not be used for resting and lingering. |

其中"荟蔚"一词的语意不明，"荟蔚"通常用来形容草木繁茂貌，谢灵运在注中没有详细说明，只说"谓二地虽珍丽，然制作非栖盘之意也"，或许他以"荟蔚"来形容两座庄园的丰赡美丽。

如果谢灵运是以"荟蔚"形容草木，或许我们可以看他如何描述园中草木，来确定他所谓"荟蔚"的涵义。谢灵运在赋中列出数长串园中草木的名目，然而他所列草木与汉赋所列不同，大多是有实用价值的草木，可供食用或药用。他首先列出的是各种水草：

水草则	Of water plants, there are:
萍藻蕴荶，	Duckweed,[47] mare's tail,[48] water milfoil,[49] reed sprouts,[50]
藋蒲芹荪，	Mature reeds,[51] cattails,[52] water dropwort,[53] calamus,[54]

[46] 卓王孙是西汉巨富之一。见［东汉］班固，《汉书》（北京：中华书局，1962），卷 91，页 3694—3695。

[47] 萍即水萍，学名 Lemna minor，英文名 duckweed。见 B. E. Read（伊博恩），Chinese medicinal plants from Pen ts'ao kang mu A.D. 1596（《本草纲目中的中国药用植物》，Beiping：Peking natural history bulletin, 1936），#702。

[48] 藻即水藻，学名 Hippuris vulgaris，英文一般称作 mare's tail。见陆文郁，《诗草木今释》（天津：天津人民出版社，1957），页 9（#13）；吴厚炎，《诗经草木汇考》（贵阳：贵州人民出版社，1992），页 44。

[49] 蕴见于"蕰藻"一词中，意思是"聚集的水藻"，见［晋］杜预注，［唐］孔颖达等正义，《左传注疏》（台北：艺文印书馆，1965 年《十三经注疏附校勘记》，影印清嘉庆二十年［1815］江西南昌府学重刊宋本），《隐公三年》，卷 3，页 6b（总页 51）。但这里谢灵运作单独一种植物名用，可能是学名 Myriophyllun 的一种，英文名 water milfoil。见高明乾，《植物古汉名图考》（郑州：大象出版社，2006），"水蕰"条。

[50] 荶，英文可翻译为 reed sprout，指的是初生的芦苇。见《诗经草木汇考》，页 80—82。

[51] 藋可能就是萑，指的是长成的芦苇。见《诗经草木汇考》，页 82—83。

[52] 蒲即香蒲，学名 Typha latifolia，英文名 common cattail。见《诗草木今释》，页 45—46（#53）；《诗经草木汇考》，页 223—228。

[53] 芹即水芹，是学名 Oenanthe 的一种，英文名 water dropwort。见《诗草木今释》，页 111（#120）；《诗经草木汇考》，页 346—347。

[54] 荪见于楚辞，可能就是溪荪，一般称作石菖蒲，学名 Acorus calamus，英文名 calamus。见金开成、董洪利、高路明校注，《屈原集校注》（北京：中华书局，1996），卷 1，页 209，注 3。

蒹菰蘋蘩，	Eared reeds,[55] wild rice,[56] pepperwort,[57] wormwood,[58]
菎荇菱莲。	Jue,[59] floating-heart,[60] water caltrop,[61] and lotus.

他甚至特别颂美莲花：

虽备物之偕美，	Although all the things provided here are beautiful,
独扶渠之华鲜。	Only the blossoms of the lotus are brightly hued.
播绿叶之郁茂，	It displays a thick luxuriance of green leaves,
含红敷之缤翻。	And embodies a profusion of red blooms.
怨清香之难留，	I regret that its pure fragrance is hard to retain,
矜盛容之易阑。	And I lament that its resplendent form easily fades.
必充给而后搴，	It must be full before it can be picked;
岂蕙草之空残。	How unlike the patchouli that perishes in vain!

谢灵运对莲花情有独钟，未尝不可将之归因于他对佛教的喜好，因为在谢灵运的时代，这种水生花朵已经成为佛教圣花。

与宫廷赋中所列的草木不同，谢灵运提到的大多是适合在始宁当地气候下生长的草木。谢灵运甚至以庄园能供应所有园中居民的饮食所需而自豪，即注中所谓"不待外求者"。他似乎也以此暗示其庄园是个自给自足的经济实体。

在赋的另一段文字中，谢灵运颂美的是园中的各种竹子。他声称这些竹子远胜于古代卫国淇澳和汉代上林苑中的草木[62]：

[55] 蒹指的是开始抽穗的芦苇。见《诗经草木汇考》，页83—86。

[56] 菰，学名 Zizania aquatica，英文一般称作 water bamboo 或 wild rice。见 Chinese Medicinal Plants from Pen ts'ao kang mu A.D. 1596, #766。

[57] 蘋，学名 Marsilea quadrifolia，英文名 pepperwort。见《诗草木今释》，页9（#12）；《诗经草木汇考》，页35—39。

[58] 蘩，又名白蒿，是艾属植物（artemisia）的一种，英文名 beach wormwood。见《诗草木今释》，页7（#9）；《诗经草木汇考》，页25—28。

[59] 菎这种植物不可考。

[60] 荇是学名 Nymphoides 的一种，英文名 floating-heart。见《诗草木汇考》，页1—2（#1）；《诗经草木汇考》，页1—3。

[61] 菱，学名 Trapa natans，英文名 water caltrap。见 Chinese Medicinal Plants from Pen ts'ao kang mu，#243。

[62] 淇澳是古代卫国竹园所在地，见《淇奥》，［汉］毛苌传，［汉］郑玄笺，［唐］孔颖达等正义，《毛诗正义》，《十三经注疏附校勘记》，诗疏3之2，页10a—13b（总页126—128）。

其竹则	Of bamboo there are:
二箭殊叶，	Two arrows with different leaves,
四苦齐味。	Four bitters with the same taste,
水石别谷，	Water and stone varieties in separate valleys,
巨细各汇。	Giant and small, each of different types.
既修竦而便娟，	They stand tall and straight, graceful and lovely,
亦萧森而蓊蔚。	And also grow thick and dense, lush and luxuriant.
露夕沾而凄阴，	Dew soaks them in the evening, and they provide cooling shade;
风朝振而清气。	Breezes stir them in the morning and freshens the air.
捎玄云以拂杪，	They brush away the clouds with their sweeping crowns;
临碧潭而挺翠。	Overlooking turquoise pools, they thrust forth their greenish hues.
蔑上林与淇澳，	This makes Shanglin and the cove of Qi seem miniscule;
验东南之所遗。	And gives proof to what the southeast has inherited.[63]

谢灵运在最后一句"验东南之所遗"中表现出他对本地物产感到骄傲。据《尔雅》记载，谢灵运所居会稽一带以箭竹闻名，而箭竹可说是东南特产之一。[64]

　　谢灵运评断园林苑囿的一项标准是看这些地方是否能提供合宜的隐居环境。对下述秦之凤台、赵之丛台、楚之云梦、淮南之青丘、魏之漳渠、卫之淇园、蜀之橘林、吴之长洲——其中大多为园林苑囿——所作的评论中，他就用了这项准则：

凤、丛二台，	Phoenix Tower and Clustered Terraces,
云梦、青丘，	Yunmeng and Qingqiu,

[63]《尔雅》："东南之美者，有会稽之竹箭焉。"见［晋］郭璞注，［宋］邢昺疏，《尔雅注疏》，《十三经注疏附校勘记》，尔雅疏卷7，页4b（总页111）。

[64]《尔雅注疏》，页4b（总页111）。

漳渠、淇园，	Zhang Canal and Qi Park,
橘林、长洲，	Orange Grove and Long Isle,
虽千乘之珍苑，	Although they were prized gardens of powerful rulers,
孰嘉遁之所游。	How are they places to which one can go for "timely withdrawal?"

谢灵运对这八处名胜全部予以否定，正是因为他们是"千乘之珍苑"，即统治者的园林。他认为这些园林皆不可取，因为这些园林的主人都仅仅为了满足个人感官欲望而进行铺张浪费的建设。如注中所说，这些是"千乘宴嬉之所，非幽人憩止之乡"。这里谢灵运公然声明他不欣赏汉代赋家所称许的苑囿，也暗示他不同意汉代赋家以大为美的审美观点。

尽管谢灵运批评统治者和富豪铺张浪费的建设，但这并不表示他禁止在他自己的山中居所修建各式建筑。其实他在赋的开端就试图替赋中描述的种种建设提出理由。首先如他在引言中所说的，他的居所并非原始巢穴，因为后者"以风露贻患"。接着他援引《周易》第三十四卦"大壮"。根据《系辞传》，"大壮"启发古圣先贤以栋梁和屋宇修建宫室的构想：

上古穴居而野处，后世圣人易之以宫室，上栋下宇，以待风雨，盖取诸大壮。[65]

In high antiquity men lived in caves and dwelled in the wilds. The sages of later ages changed to living in houses. They had a ridgepole on top and eaves below in order to keep off the wind and rain. The idea for this was probably taken from Great Strength.

谢灵运说他之所以在庄园中修建各式建筑是为了遮风避雨，接着他要面对的问题就是建筑修建的华丽程度。前文已述谢灵运批评统治者和富豪铺张浪费

[65]［魏］王弼、韩康伯注，［唐］孔颖达等正义，《周易正义》，《十三经注疏附校勘记》，易疏8，页7b（总页168）。

的苑囿和园林，然而他并不完全禁止在自家庄园中有雕梁画栋。《周易》另一卦给了他辩诘的灵感，于是他声称：

宫室以瑶璇致美，   If buildings acquire beauty by means of jasper and jade,

则白贲以丘园殊世。   "Plain ornament" differs from the mundane by virtue of the "hillside garden."

这里他糅合第二十二卦"贲"（意即装饰）最后二爻的爻辞。贲卦六五曰："贲于丘园。束帛戋戋。吝。终吉。"贲卦上九曰："白贲。无咎。""丘园"一词可以理解为山丘上的园林（hillside garden）或山丘与园林（hills and gardens）。[66] 在中国中古早期文本中，"丘园"通常是指贤人隐居之所，必须以厚礼"束帛"才能将他们延请入朝。[67] 虽然谢灵运用"丘园"一词意指隐士的居所，但他又将"丘园"与"白贲"的概念结合，平添一层涵义。尽管"白贲"（意即朴素的装饰）看似自相矛盾，但谢灵运显然将此概念发展为一准则，用以衡量修建庄园时的装点与雕饰。

王弼（226—249）著名的《周易注》应该是谢灵运所熟知的。王弼的注解可进一步阐释谢灵运的观点：

处得尊位，为饰之主，饰之盛者也。施饰于物，其道害也；施饰丘园，盛莫大焉。故贲于束帛，丘园乃落；贲于丘园，帛乃戋戋。用莫过俭，泰而能约。故必吝焉，乃得终吉也。[68]

（The fifth line）obtains the most honored position, and is the ruler of ornament（i.e., Hexagram 22）, and is the culmination of ornament. If one applies ornament to something, the proper way will be harmed. Yet there is nothing greater than applying ornament to a

[66] 林理彰（Richard John Lynn）将"丘园"翻译为 hillside garden。见 Richard John Lynn, trans., *The Classic of Changes：A New Translation of the I Ching as Interpreted by Wang Bi*（《易经：在王弼注基础上的新译》），New York：Columbia University Press, 1994），p. 276.

[67] 柏士隐对这个词语在中古时期的用法有清楚的解释。见 *Patterns of Disengagement*, pp. 26-27.

[68]《周易正义》，易疏3，页15b（总页63）。

hillside garden. Thus, if ornament resides only in bundled silks, the hillside garden loses simplicity, but if ornament is derived from the hillside garden, the silks may be heaped in great piles. In using ornament, it is best to curb extravagance and be able to maintain restraint. Thus, one must be sparing, and then he will obtain good fortune in the end.

在这段注解中,"丘园"代表简朴的场所,"束帛"则代表繁缛的装饰。王弼要解释的问题是如何避免让繁缛的装饰伤害简朴的自然之"道"。他认为,装饰本身并非有害,只是不能无端用之,应该受到节制,从丘园自身取得。换言之,装饰必须自然而然地朴素而简约。王弼注贲卦上九爻辞时如此解释"白贲":

处饰之终,饰终反素,故在其质素。不劳文饰,而无咎也。[69]

（The top line of the hexagram）occupies the final stage of ornament, when ornament reaches its culmination and reverts to simplicity. Thus,（at this stage）natural simplicity is allowed to take its own course, and because no effort is expended on elaborate ornament, there is no blame.

[69]《周易正义》,易疏3,页16a(总页63)。

谢灵运虽然不像王弼那样详尽地论述"白贲"的涵义,但他的观点正与王弼相似。他在注中说到以玉装饰建筑是可行的,因为"璇堂自素",而且因为位居山中,即与俗世中华丽宫室相异。此外,谢灵运的山中居所并不只是一般隐士的"丘园",因其"上托于岩嶅"而"道深于丘园"。这样的位置使他能兼有朴素与装饰之美,避免走入两个极端,一为原始巢穴的风吹雨打,二为市朝宫室的铺张浪费:

虽非市朝而寒暑均也,　　Although this is not the court or marketplace, heat and cold are well-balanced;

虽是筑构而饰朴两逝。　　Although it involves construction, the lavishly ornate and primitively simple both take their leave.

谢灵运受佛教思想的启示，认为山是朴质之地，因此他将"山野昭旷"与"聚落膻腥"作一对比。他理想的园林是传说中佛陀居住的苑囿，在赋中他提到四处：

钦鹿野之华苑， I esteem the flower gardens of Deer Park, [70]

羡灵鹫之名山。 Admire the famous mountain of the Divine Vulture,[71]

企坚固之贞林， Aspire for the pure grove of sāla trees,[72]

希庵罗之芳园。 Yearn for the fragrant park of Āmrapāli.[73]

鹿苑是佛陀觉悟成佛后第一次讲授佛法的园地，灵鹫则是佛陀讲授《般若波罗蜜经》《妙法莲华经》的地方。坚固林，又名娑罗林，佛陀涅槃前在此讲授《大般涅槃经》。庵罗则是佛陀讲授《维摩经》的园地。谢灵运希望在庄园中修建微型的佛教园林，让僧人能在此居住、坐禅、研读经文和谈论教义。谢灵运在注中解释为何山中园林能为僧人提供理想的居住环境：

"聚落"是墟邑，谓歌哭诤讼，有诸喧哗，不及山野为僧居止也。经教欲令在山中……今旁林艺园制苑，仿佛在昔，依然托想，虽绎容缅邈，哀音若存也。"招提"，谓僧不能常住者，可持作坐处也。

The "settlements" are towns, I say that they have all of the noise and clamor of singing, crying, quarreling, and disputing, and are not equal to the mountain wilds as a place for monks to live. The teachings of the scriptures must be done in the mountains... The gardens I plant and the parks I design beside the woods are like those (Buddhist paradises) of the past, and with longing, I entrust my thoughts to them. Although Buddha's pure countenance is far away, his mournful voice seems to be present,

[70] 鹿苑，梵文名 Mrgadāva，英译 Deer Park，在瓦拉纳西（ Varansi or Benares）附近。

[71] 灵鹫，梵文名 Grdhrakūta，英译 Vulture Peak，在古王舍城（ Rājagrha）。

[72] 坚固林，梵文名 Sālavana，英译 the Grove of sāla treen，在古拘尸那城（ Kuśinagara or Kusinārā）。

[73] 庵罗，梵文名 Āmrapāli，在古毗耶离城（ Vaiśalī）。

The "monastery" is a place where monks, who cannot stay permanently, can stop and rest.

在赋的另一段文字中, 谢灵运仔细描述他如何跋山涉水, "穷泉不停", 又 "寻石觅崖", 以求合适地点修建经台、讲堂、禅室和僧房:

面南岭,	Facing the southern peaks
建经台。	I built a scripture terrace.
倚北阜,	Against the northern hill
筑讲堂。	I constructed a lecture hall.
傍危峰,	Beside a precipitous peak
立禅室。	I set a meditation chamber.
临浚流,	Overlooking a deep stream
列僧房。	I placed houses for monks.

谢灵运认为这种建设最能体现他对朴素的追求。他将自己为僧人提供的建设与城市中的华丽佛塔作一对比:

谢丽塔于郊郭,	I bid farewell to the pretty pagodas of the suburbs;
殊世间于城傍。	Cut myself off from the profane world beside city walls.
欣见素以抱朴,	I am delighted to see simplicity and embrace the uncarved block;
果甘露于道场。	And I truly have found sweet dew in the Place of the Way.

[74] 见 William Edward Soothill (苏慧廉) and Lewis Hodus (何乐益), *A Dictionary of Chinese Buddhist Terms* (《中国佛教术语辞典》, London : Kegan Paul Trench Trubner, 1937 ; rpt. Kaohsiung : Buddhist Culture Service, 1962), p. 416.

他在注中进一步说明, 真正的美不在 "丽", "丽" 只是肤浅的美。谢灵运把这种肤浅的美与城市宫廷铺张浪费的建设相联系而鄙视之, "是以谢郊郭而殊城傍", "所以即安茅茨而已"。"道场", 梵文为 Bodhimandala, 字面意思是 "真理之域" (truth plot), [74]

也是菩萨向虔诚信徒显现的地方。中国有些山称作道场，不过谢灵运庄园中的山应该不曾达到道场的层次。

[75]《昭明文选》，卷30，页1397;《谢灵运集校注》，页114—116。

虽然谢灵运说他"欣见素以抱朴"，但他的山中居所绝不朴素。谢家是刘宋时期最富有的家族之一，而且如前所述，谢家庄园是当时最大的庄园之一。谢灵运的《山居赋》和其他诗作都展现了谢家庄园的铺张程度。首先，谢灵运把他祖父建立的庄园变成数个园林，园林周围以枌、槿为篱。在《田南树园激流植援》诗中，谢灵运说他"插槿当列墉"[75]。此外，"曲术周乎前后，直陌蓝其东西"。他还修建了两座楼馆，推测应是一园一馆，馆中能眺望山水田园。谢灵运似乎刻意区分"园"与"田"，前者主要用以观景，后者则用以种植稻菽五谷。他是这样描写"田"的：

阡陌纵横，	Field roads intersect;
塍埒交经。	Raised pathways crisscross.
导渠引流，	We channel waterways to direct the flow;
脉散沟并。	Arteries spread out and conduits converge.
蔚蔚丰秫，	Thickly growing—lush millet,
苾苾香秔。	Sweet-smelling—fragrant rice,
送夏蚤秀，	As summer ends, the early crop ears,
迎秋晚成。	As autumn begins, the late crop ripens.
兼有陵陆，	There are also mounded and level plots.
麻麦粟菽。	To grow hemp and wheat, spiked millet and soybeans.

在谢灵运对耕作活动的描述中，存在某种他自己没有意识到的反讽意味。他说他鄙视一心牟利的工商之流，而满足于卑微的农人生活：

候时觇节，	Awaiting the time, watching the seasons,
递艺递熟。	First we sow, then reap.

供粒食与浆饮， Being provided with grain to

eat and beverages to drink,

谢工商与衡牧。 I can refuse to be artisan or

merchant, forester or pastor.

生何待于多资， Why should livelihood depend on great riches,

理取足于满腹。 For the order of things finds sufficiency in a full stomach.

[76] "不以一牧" 的 "牧" 颇具争议。我采用《历代赋：广选·新注·集评》的说法：不使用任何 "牲畜"。见《历代赋：广选·新注·集评》，卷 4，页 149，注 20。"牧" 也可以是牧人，而牧人可以是古代官名，指周代负责养殖祭祀用牲畜的官员。但这里谢灵运描述的是庄园中的各种工作，如果理解为古

代官名似乎不合上下文。伊懋可把 "牧" 翻译为 herdsman（牧人）可能是正确的，他将 "不以一牧" 翻译为 But I need no herdsman for guarding stock—not a single individual（但我不需要牧人看守牲畜——一个都不需要）。见 *The Retreat of the Elephants*, p. 366.

但谢灵运当然不是卑微的农人，而是富有的地主，拥有大批农奴以承担庄园大部分的工作。谢灵运把他和农奴之间

的关系描述得颇为和谐平等，尽管实际情况很有可能不是如此：

山作水役， For work in the mountains, labor on the waters

不以一牧。 I do not use a single domestic animal. [76]

资待各徒， I rely on each of my retainers,

随节竞逐。 Who through the seasons vie in their pursuits.

[77] 杨桃（= 阳桃、羊桃），可以是两种植物，一种学名 *Averrhoa carambola*，英文名 Chinese gooseberry 或 carambola，另一种学名 *Actinidia chinensis*，英文

名 kiwi fruit。不过谢灵运既然在注中说杨桃 "山间谓之木子"，他指的应该是后者。见《植物古汉名图考》，页 43。

接着谢灵运列举农奴做的各种工作：

陟岭刊木， They climb peaks and fell trees;

除榛伐竹。 Remove dense growth, cut down bamboo.

抽笋自篁， They cull shoots from bamboo thickets;

擿箬于谷。 Strip skin from bamboo in valleys.

杨胜所拮， Kiwi fruit they pick in great abundance;[77]

秋冬蘦获。	Autumn and winter they harvest bindweed.[78]
野有蔓草，	"In the wilds there is creeper grass;"[79]
猎涉蘡薁。	They forage through field and stream for wild grapes.[80]
亦酿山清，	They also brew "mountain purity,"
介尔景福。[81]	Which "increases great blessings."
苦以术成，	The bitter is made from atractylis,
甘以撁熟。[82]	The sweet is aged from mangosteen.
摹椹高林，	They cut mulberry fruits in tall forests,
剥芨岩椒。	Peel monkshood on cliff tops.
掘蒨阳崖，	They dig up madder on southern ridges,
摘摋阴摽。	Pluck xian on northern crests.
昼见搴茅，	In the daytime one sees them picking thatchgrass,
宵见索绹。	At night one sees them knotting ropes.[83]
芟菰翦蒲，	They mow zizania, cut cattails,
以荐以茭。	To serve as mats, to serve as wild rice stems.
既垍既埏，	They make mud, they make clay;
品收不一。	The varieties gathered are more than one.
其灰其炭，	They (observe) the ashes, they (observe) the charcoal;

[78] 蘦一般写作"蕾"，是学名 Calystegia 的一种，英文名 hedge bindweed。见 *Chinese Medicinal Plants from Pen ts'ao kang mu A. D. 1596*, #155 ;《诗草木今释》，页 103 (#144);《诗经草木汇考》，页 109—112;《植物古汉名图考》，页 336。

[79] 此句出自《诗经》,《野有蔓草》首句。

[80] 这里我采用 Westbrook 的翻译。见。"Landscape Description in the Lyric Poetry and '*Fuh on Dwelling in the Mountains*'of Shieh Ling yun," p. 288.

[81] 此句出自《诗经》,《既醉》第一章。

[82] 撁也写作"檔"，很可能是中国南方一种叫"倒捻子"或"都念子"的果树的别名。学名 *Garcinia mangostana*，英文名 mangosteen。见《植物古汉名图考》，页 259。

[83] 此二句参见《诗经》,《七月》第七章："昼尔于茅，宵尔索绹。" (In the daytime you will gather thatch-grass; / At night you will knot ropes.)

咸各有律。	For each and all there is a (corresponding) pitchpipe.[84]
六月采蜜,	In the sixth month they gather honey;
八月朴栗。	In the eighth month they thresh the grain.
备物为繁,	All of these things are so plentiful,
略载靡悉。	I can only roughly recount them, certainly not in detail.

[84] 这里谢灵运应该是指用灰、炭和律管来测定节气（ethers）的到来，这种测定方法有个名称叫"吹灰"，记载于《后汉书·律历志》："候气之法，为室三重，户闭，涂衅必周，密布缇缦。室中以木为案，每律各一，内庳外高，从其方位，加律其上，以葭莩灰抑其内端，案历而候之。气至者灰动。"见《后汉书·律历上》，页3016；Derk Bodde(卜德)，"The Chinese Cosmic Magic Known as Watching for the Ethers"（《中国人的候气观天术》），in Soren Egerod and Else Glahn eds., *Studia Serica Bernhard Karlgren Dedicata* (Copenhagen: Ejnar Munksgaard, 1959), pp. 356–357; Joseph Needham（李约瑟），*Science and Civilization in China*, Volume 4, Physics and Physical Technology（《中国之科学与文明》第四册），Part I : Physics (Cambridge : Cambridge University Press, 1962), pp. 187–188. 显然炭也有同样功能。炭或尘土放在秤上，冬至时炭因空气中的湿气而变重，夏至时则因空气干燥而变轻。

谢灵运注曰"然渔猎之事皆不载"，并声称他在庄园中不役使动物耕作。他在赋中列举园中各种鱼类和鸟兽，但不同于皇家园林，他不允许在园中猎杀生物。

赋的最后一部分描述的大多是庄园的南山区。南山一带山色雄奇，环绕三苑，其间有九泉五谷，"众流溉灌以环近，诸堤拥抑以接远"。注中说到那里有许多山径，其中一条"跨越山岭，绵亘田野，或升或降，当三里许"（约1英里），路旁有乔木茂竹及飞流激湍，另一条路呈东西走向，崿山在其上清晰可见。从此地俯瞰，则可见深壑间"清川如镜"。

在园地西边，谢灵运修建了一座楼馆。据他描述，这座楼馆简直像是从四周自然环境中"生长"出来的：

抗北顶以葺馆,	Against the northern crest I have built a lodge;
瞰南峰以启轩。	Looking down from the southern peak I placed the veranda.
罗曾崖于户里,	Layered cliffs are displayed in the doorway ;
列镜澜于窗前。	Mirror-like ripples are arrayed before the window.
因丹霞以赪楣,	I use cinnabar-colored mists to serve as scarlet lintels;
附碧云以翠椽。	Attach prase-colored clouds to make green rafters.

这样的描述是谢灵运试图淡化"人工",将园中人造建筑呈现为"自然""简约"的另一例证。

除了三苑(谢灵运并未分别加以描述)以外,南山庄园楼馆附近还有一个竹园,注中明确指出竹园大小:东西长一百丈(231公尺),南北长一百五十五丈(358公尺)。南山区的其他特点包括有众多泉水,谢灵运援引《诗经》诗句加以形容。在此后三段长篇文字中,他更加详细地描述庄园南北二区的草木,包括一段有关果园的记录,其中有些是以古书中著名的果园来命名的。这些园林不但生产食物,还种植药草供他服食,使他所谓"弱质"之身得以康复。谢灵运自幼多病,赋中几处提到他久病沉疴,绝非危言耸听。[85] 他种植药草也和他对道家长生之术的兴趣有关。他年少时曾被寄养于杭州地区一户信奉道教的人家,[86] 因此他熟读道家经典以及老庄思想——当时称为玄学——并在赋中提到道人的来访。[87] 他们显然发现谢灵运的山中退隐之所是追求长生的绝佳环境,注曰:

数经历名山,遇余岩室,披露其情性,且获长生。

(The Taoists) often have traveled through famous mountains and have met me at my cliff hut where they have unfolded their feelings and moreover have obtained long life.

说完道人,后面谢灵运又再次描述僧人的活动。他们从远近各地而来,参加"斋讲",即斋会与讲道。"斋会"衍生自中国乡村古老庆典,其后发展为佛教仪式,由皇帝、王公或富有的居士主持,汇集僧人吃斋说法。[88] 谢灵运肯定是中古早期最早赞助这类活动的居士之一。至于"讲道",也就是佛经"俗讲"的前身,谢灵运提到讲者有诵念经文的"都讲"和讲解经文的"法师"。[89]

许多学者都认为谢灵运的山水观受到佛教强烈的影响。马瑞志

[85] 关于谢灵运的病情,见 The Murmuring Stream, vol. 1, p. 32.

[86] 见 The Murmuring Stream, vol.1, p. 5–6.

[87] 谢灵运所熟识道人的相关资料,见 The Murmuring Stream, vol.1, pp. 47–48.

[88] Paul Demiéville(戴密微),"Récents Travaux sur Touen-houang"(《近期有关敦煌的论著》),T'ang Pao, 56(1970):69–74; Richard Mather(马瑞志),"The Bonze's Begging Bowl:Eating Practices in Buddhist Monasteries of Medieval India and China"(《僧人乞讨的钵:中古印度和中国佛寺中的进食风俗》),Journal of American Oriental Society, 101.4(1981):419–423.

[89] 孙楷第,《唐代俗讲规范与基本之体裁》,《国学季刊》,1937年第6卷第2号,收入《俗讲、说话与白话小说》(北京:作家出版社,1956),页42–98。

[90] Richard Mather, "The Landscape Buddhism of the Fifth-Century Poet Hsieh Ling-yün," *The Journal of Asia Studies*, 18 (1958-1959):67-79.

[91] 原文作:"...would have convinced him that, since the landscape was perhaps the most perfect manifestation of the Buddha, contemplation of it constituted a religious exercise. Looked at in this way the garden is simply a microcosm of the Tao, a cult-image of the dharmakāya itself, and the very embodiment of Truth (dharmatā)." 见 *The Murmuring Stream*, vol. 1, pp. 63-64.

[92] 原文作:"The semantic Odyssey of *li* would be about as follows : arrangement of fields—arrangement of things in general—arrangement of affairs—the natural order, in which affairs are arranged—the adaptation of oneself to this natural order—the control of one's passions—a civilized order, in which every individual controls his passions—a rational socio-political order. *Li* thus has both microcosmic and macrocosmic connotations. From there it acquires the further meaning of the adaptation of the microcosm to the macrocosm. This is known as the 'ultimate *li*' (*chih li*)." 见 Leon Hurvitz, "Chih Tun's Notions of Prajñā," *Journal of American Oriental Society*, 88.2 (1968):247-248.

[93]《昭明文选》,卷 22,页 1047;《谢灵运集校注》,页 118。

（Richard Mather）甚至将谢灵运的自然观形容为"山水佛教"（landscape Buddhism）。[90] 傅德山（John Frodsham）主张谢灵运的打坐经验"会使他相信,既然山水可能是佛陀最完美的显现,那么冥想山水便是一种宗教活动。由此看来,园林就是道的缩影,是法身（dharmakāya）的形体,是法性（dharmatā）的具象。"[91] 然而令人惊讶的是,谢灵运不曾在论述中使用佛教术语。例如中文用以表达真理（Truth）或绝对法则（Absolute Principle）的"理"字,在中国早期思想中是一个主要的哲学概念,在谢灵运的时代也普遍为道家和佛教所用,用以指宇宙规律。已故学者郝理庵（Leon Hurvitz）适切概述了"理"的多重涵义:"'理'的涵义发展如下:田地的安排—万物的安排—万事的安排—自然的规律,在此规律之下万事得到安排—个人对自然规律的顺应—个人情感的控制—文明的规律,在此规律之下各人控制其情感—合理的社会政治规律。'理'因而具有微观宇宙及宏观宇宙的双重意蕴。由此延伸,'理'又有微观宇宙顺应宏观宇宙的含意,即所谓'至理'。"郝理庵接着指出在公元三世纪,佛教思想家把"至理"一词作为佛教"般若波罗蜜"（意即绝对的真理,梵文为 prajñāpārmitā,英文译为 absolute truth）的同义词。[92] 而对谢灵运来说,"理"有超越性的意含。他强调对自然的神秘体验与欣赏是了解"理"的前提,如在《于南山往北山经湖中瞻眺》诗中他说:

孤游非情叹,
赏废理谁通? [93]

Solitary roaming is nothing to sigh over;
If appreciation (of landscape) is abandoned, who will fathom Truth?

若将此二句诠释为谢灵运"山水佛教"的证据，主要的问题是"理"在他那个时代同时为道家与佛教思想家所用，我们无法确定谢灵运是否完全以佛教意涵理解此词。[94]

[94] 以佛教象征诠释谢灵运山水诗的危险性，见 Pauline Yu（余宝琳），*The Reading of Imagery in the Chinese Poetic Tradition*（《中国诗歌传统中意象的读法》），Princeton : Princeton University Press, 1987), pp. 157-158.
[95]《宋书》，卷 67，页 1775。
[96]《宋书》，卷 67，页 1772。
[97]《宋书》，卷 67，页 1775。
[98]《宋书》，卷 67，页 1776。
[99] [唐]李延寿，《南史》（北京：中华书局，1975），卷 19，页 540。

无论谢灵运对山水有何思想或宗教观，他的审美和思想"理论"背后都藏有种种世俗现实。尽管他把庄园描述为"朴素"的山中退隐之所，但他致力于拓建庄园，包括疏浚湖沼，开垦荒地，在大片土地上种植五谷、蔬菜、果树等。此外，谢灵运可能是个不断分派繁重工作的主人。为了完成各项劳役，他有大批农奴为他工作，"凿山浚湖"[95]。谢安的孙子谢混，也有僮仆千人。现存最早的谢灵运传记作者沈约（441—513）说谢灵运让农奴"穿池植援，种竹树菫，驱课公役，无复期度"，又说他让他们"功役无已"。[96]

谢灵运曾经从庄园南山出游，从者数百人，"伐木开径"，直至东南一百公里以外的临海郡。临海太守为之惊骇，以为是山贼所为，虽然后来知是谢灵运而稍放心，但仍不许他继续开道前行。[97]

谢灵运如同会稽大部分的富有地主，试图拓建庄园。其中一种颇受欢迎的方法是排干湖水以取用湖底肥沃的土壤。公元431年谢灵运想把远在庄园外、会稽郡治所郊区的一座湖"决以为田"。尽管他已取得朝廷的许可，但会稽太守可能是站在当地大族的利益立场，设法让朝廷收回成命。谢灵运想在他始宁庄园附近决湖为田时，太守更指控谢灵运煽动叛乱，谢灵运不得不赶赴京城，上表辩解。[98]

谢灵运试图拓建庄园，结果与不断占用珍贵土地以扩大皇家园林的汉代帝王相差无几。虽然他可能曾受到佛教与道家理想的启迪，但是如同汉代帝王，他以园林来维持甚至增加他的财富。尽管他声明放弃对感官享受的追求，但他似乎在园中花费不少时间和亲戚朋友较量酒量，其中不少人是放荡享乐者。据沈约所言，公元428年，谢灵运因病回到始宁时，他"游娱宴集，以夜续昼"，结果被弹劾免官。几年后，他与友人到千秋亭饮酒，裸身大呼，会稽太守写信谴责他时，据说他回答："身自大呼，何关痴人事？"[99]

这种傲慢的行为最终导致谢灵运的死亡。为了惩罚谢灵运对会稽太守的蔑视，皇帝不许谢灵运返回庄园，而命他留在京城，润色《大般涅槃经》释文。公元431年，谢灵运任临川（今江西临川西）内史，相当于被流放。隔年他被弹劾失职，当官员前往拘捕他时，他不但不屈服，还俘虏官员，但逃跑不久后就被逮捕。公元433年，他被流放到遥远的南方，南海郡（今广东）的一个城镇。抵达南海几个月后，谢灵运的政敌就诬陷他曾安排人马在他流放途中拦路救人。谢灵运被处死刑，在南海行弃市刑。他再也没看过他所钟爱的始宁庄园。

唐代诗人白居易作《读谢灵运诗》，诗中一联曰：

大必笼天海，	For the large he invariably encompasses the sky and the sea;
细不遗草树。[100]	For the small he does not leave out a single plant or tree.

这两句指的是谢灵运巨细靡遗的审美视域，也可以指《山居赋》描述的景观。就全面性、完整性和百科全书式的描写来看，谢灵运对其庄园的描写和汉赋对皇家园林的描写没有太大的区别，他无法抗拒颂美广大山中园林的冲动。如果我们记得这座庄园的具体现实情况——它几乎占据了今浙江省的两个县份，并且曾经是个繁盛的庄园经济个体——那么我们或许可以理解，在他诗意描述的背后必然存在与他赋中所述信念相龃龉的现实。当然，从一千六百年后的今天来批评公元四世纪的一个中国贵族不够自觉自省是容易的。我和谢灵运生不同时，只能颂其诗以知其人。若是时空倒置，或能游赏谢灵运的庄园胜景，这将是何等的幸事。

（施湘灵 译）

[100]［清］彭定求等编，《全唐诗》（北京：中华书局，1960），卷430，页4742。

中国中古文人的山岳游观
——以谢灵运《山居赋》为主的讨论 *

* 谨以此文纪念 Francis Abeken Westbrook（1942—1991）。本文英文稿为"How to View a Mountain in Medieval（and pre-medieval）China"，初稿宣读于 2007 年 5 月 25—26 日在哈佛大学由刘苑如博士和田晓菲教授共同主持的"中国中古时代的游观"国际讨论会，另曾在台湾、香港等多处进行同名专题演讲。今由美国华盛顿州立大学外国语文学系吴捷博士翻译。本文曾收入刘苑如主编《游观：作为身体技艺的中古文学与宗教》（台北："中央研究院"中国文哲研究所，2013）。

[1] Walter Kirchner, "Mind, Mountain, and History"（《思想、山岳及历史》），*Journal of the History of Ideas*, 11.4（1950）: 415.

[2] Marjorie Hope Nicolson, *Mountain Gloom and Mountain Glory :The Development of the Aesthetics of the Infinite*（《阴郁之山与荣耀之山 : 有关无限事物的美学之发展》），New York :W. W. Norton Press, 1959），p. 62.

在我栖居五十余年的西雅图（Seattle），高山峻岭是常见的景致之一。放眼望去，视野中的山脉不止一道，而有两道南北横亘的北喀斯科特山脉（North Cascades）与奥林匹克山脉（Olympic）。本地多雨，但每当云翳消散的时候，我能在十楼的寓所看到雷尼尔山清晰的山影。若是更上层楼，就能在顶层的花园望见北喀斯科特山脉和奥林匹克山脉。可是自古以来，观山望岳并不止于单纯的观望。山，具有特殊的意义。确实，人类并不一直觉得青山多妩媚。古希腊人住在山区，对山还是有感情的。然而沃尔特·基什内尔（Walter Kirchner）指出，对古罗马人而言，"山脉，特别是阿尔卑斯山，激发不起任何美感"[1]。马乔里·霍普·尼科尔森（Marjorie Hope Nicolson）写过一本名作，论述欧洲人对山的看法的变更历程。作者在书中说，直到十七世纪，作家和旅人还将山脉描绘成"疣赘、疱肿和脓肿，或者被大自然这个细心的主妇扫地出门的垃圾——世上的不毛之地，对只为到达平原地带才翻越阿尔卑斯山的人来说毫无意义，更无魅力"[2]。

一、古典文献中的游、观与游观

本文是为一个英文名为"The Kinetic Vision in the Six Dynasties"的学术会议而写的。我得承认，初次看到"kinetic vision"一词时，我觉得这个题目既新鲜、又怪异，因而有些不知如何着手下笔。幸而不久后我收到了会议提案的中文本，发现"kinetic vision"是译自中文的"游观"，本义为"闲游、观览"。在本文中，我希望略陈管见，谈谈中古与中古以前的中国诗人辞客如何描写他们游山的经验。不过，我想首先讨论一下"游""观"二字。

"游"字无论是写作"水部"还是"辵部"，它的本义是"漂流"（to float）、"旅行"（to travel）、"漫步"（to ramble）、"闲逛"（to roam）甚至"享乐"（to enjoy oneself）的意思。戴密微（Paul Demiéville）在他那篇精彩的讨论中国文学中的山岳的论文中概括了"游"在早期文献中的各种涵义："'游'这个字可指到山间的旅行，还意指萨满巫师式的天际飞行，以及道士换身置于神秘的高空所取得的一种自由感。这个字包括真实的旅行与假想或神秘之旅的双重含义，将或多或少留存在有关山岳的文学中。"早期中国诗人尤其喜欢将漫游或旅行形式的"游"作为主题。[3] 最早的诗体游记通常描述的是虚构而非真实的旅行。《离骚》就是一个著名的例子，在诗中屈原（约公元前 340—前 278）飞到高天、求索神灵。另外，还有名副其实的《远游》，描写的是一个道士的奇异之旅。屈原事实上造访了好几座山，包括舜的葬身之地九嶷山，当然还有远在西北的、神秘的昆仑山脉。在山上他蓦然回首，满怀深情地临睨旧乡。然而他行色匆匆，来不及描述更谈不上表达他与这些山峰邂逅时的情怀。《远游》中的道士兼旅人也几乎没有在山间逗留，因为他忙于周游星座，会晤四方神圣，他确实拜会了丹丘的羽人（神仙），并像屈原一样远涉九嶷山。

《楚辞》，特别是《九章》里，的确有一些讲述号称是真实之旅的章节（"旅游"或"游览"）。这些篇什一般认为是以屈原本人的口吻写就的，因而传统上认为这些篇章是记录屈原流放时游览的情况。但他多数的游览不是在山间，而是在水滨，这位被放逐的旅人游踪所至的最高处是水中的一座高丘。他登高远眺，如《哀郢》中所写："登大坟以远望兮，聊以舒吾忧心。"[4]

真实之旅较为普遍的书写题材是帝王巡游，其原型是《尧典》中描述的舜之巡行四岳。不过，这一文本中没有任何对山本身的描写，遑论其他，对英明神武的君主造访这些山岳时可能被唤起的情感也没有提及。而为纪念秦始皇巡行几座山岳而作的石刻中有几行文字记载，似乎对山岳的景色显得更感兴趣。比如，在《之罘东观刻石》中有：

[3] Paul Demiéville（戴密微），"La Montagne dans l'art littéraire chinois"（《中国文学艺术中的山岳》），*France-Asie*, 183（1965）:10.

[4] 见［宋］洪兴祖，《楚辞补注》（北京：中华书局，1983），页 134。"I climb a tall mound and gaze into the distance, / for in this way I can dispel my cares."

维廿九年，	It is in the twenty-ninth year,
皇帝春游，	And the August Lord travels forth in spring,
览省远方。	To scan and inspect the remote quarters.
逮于海隅，	He reaches the seacoast nook,
遂登之罘。	And then ascends Mount Zhifu.
昭临朝阳，	With shining brilliance he looks down on the eastern land,

观望广丽。　　　Beholding and gazing at its vast beauty. [5]

这可能是"游"和"观"（以及"览"和"望"这类与"看"有关的动词）第一次在中文文献里同时出现，而且这两字出现的地方相去不远。当然，这可不是即兴春游，而是庄严的皇家巡行，目的地是东海小岛上的一座山。但见始皇穆穆，俯瞰国土东部海滨，一如神明甚或天帝巡行国土。柯马丁（Martin Kern）曾指出，"昭临"一词初见于《毛诗》第207篇（《小明》），用于描绘昊天之"昭临下土"[6]。有人或许难免会认为最后一行中的"广丽"一词可引发对风景的读赏之情，这属于无心偶得之笔。

"观"作为动词在早期文献中有多种含义："见到"（to see）、"观察"（to observe）、"注视"（to watch）、"看"（to look at）、"探究"（to examine）、"显示"（to show）、"享受"（to enjoy）甚至可能还有"沉思"（to contemplate）的意思。[7]可"观"的事物在数目上也很可观，此处略举的数例都来自汉代及汉前的文献：变化（观化）、成就（观成）、荣光（观光）、举止（观行）、道德（观德）、礼仪（观礼）、表情（观色）、事务（观事）、政府（观政）、风俗与民情（观风）、国情（观国）、个人的一生（观我生）、美丽（观美）、意象和天象（观象）、过失（观过）、庄稼（观稼）、养生的过程（观颐）、海洋（观海）。

描写"游观"的文字在西汉时就已出现在同一语境中。扬雄（公元前53—公元18）的《河东赋》中不期然有个绝佳的例子。这篇赋是为纪念公元前11年3月祭奠后土之典而作的。[8]后土是至高无上的土地神，居于汾阴（在今山西万荣县西北的行政中心）。在散文体的序文中扬雄简洁地记述了皇帝及其随从的行程：

[5] 见［汉］司马迁，［南朝宋］裴骃集解，［唐］司马贞索隐，［唐］张守节正义，《史记》（北京：中华书局，1959），卷6，页250。

[6] 见 Martin Kern（柯马丁），The Stele Inscriptions of Ch'in Shih-huang : Text and Ritual in Early Chinese Imperial Representation（《秦始皇的石刻：古代中国描写帝王的文本和仪式》，New Haven : American Oriental Society, 2000), p. 38.

[7] 卫礼贤及其子卫德明将《易经》中的"观"理解为这一含义。见卫礼贤编，Cary F. Baynes trans.（卡利·贝恩斯译），The I Ching : Or Book of Changes（《易经·通变之书》，Princeton : Princeton University Press, 1967), pp. 82-85. Hellmut Wilhelm（卫德明），Heaven, Earth, and Man in the Book of Changes（《〈易经〉中的天、地、人》，Seattle : University of Washington. Press, 1977), pp. 186-189, 198-199.《易经》的其他译者，如林理彰（Richard Lynn），将"观"翻译为"观察"。见 Richard John Lynn, trans. The Classic of Changes:A New Translation of the I Ching as Interpreted by Wang Bi（《〈易经〉：在王弼注基础上的新译》，New York : Columbia University Press, 1994), pp. 37, 77, 260-265.

[8] 有关这篇作品的系年，参见 David R. Knechtges（康达维），The Han Rhapsody : a study of the fu of Yang Hsiung（53 B.C.-A.D. 18）（《汉赋:扬雄（53 B.C.-A.D. 18）赋研究》，Cambridge :Cambridge University Press, 1976), pp. 113-116.

三月，将祭后土，上乃帅群臣横大河，凑汾阴。既祭，行游介山，回安邑，顾龙门，览盐池，登历观，陟西岳以望八荒，迹殷周之虚，眇然以思唐虞之风。[9]

介山或许就是《汉书·地理志》中提及的介山，位于汾阴以南。[10]安邑（在今山西闻喜县西南）在汾阴之东，是传说中大禹的都城。据说大禹在龙门山上凿了一个洞，以修建一条通往黄河的通道。洞口名叫龙门口，有八十步宽。盐池指的是安邑西南著名的盐湖。[11]历观是历山的别称，位于毗邻今山西西部永济县的雷首山。传说这里曾是舜躬耕之地。[12]西岳即五岳之一的华山，在今陕西华阴南。按颜师古（581—645）注，[13]殷商定都河内。河内，汉郡名，殷都城安阳（汉名荡阴）即在郡内。皇帝一行造访的周朝废墟可能包括周王室曾居住过的豳、岐。传说尧曾在平阳（今山西临汾市西南）建都。[14]一般认为舜（虞）建都于蒲阪（今蒲州，在山西永济市西）。[15]

在这段记述皇帝巡游的短文中，扬雄将多种表示行动的动词与"观"的动词结合了起来。皇帝"行游"至介山，"回"安邑，"登"历观，"陟"西岳，并"迹"殷周之墟。这些举动多有观览相伴随：皇帝一行在安邑有龙门之"顾"，继而"览"盐池。华山之上，视野扩大，他们因而"望"八荒。

在这篇赋的主体里，扬雄记录的是皇帝巡行上述各地：

于是灵舆安步，	And then, the divine carriage, slowly advancing,
周流容与，	Circles about free and easy,
以览乎介山。	In order to survey Mount Jie.
嗟文公而愍推兮，	Here he sighs at Duke Wen and laments Tui;

[9] "In the third month, intending to sacrifice to the Sovereign Earth, the emperor led his many officials across the Yellow River and assembled at Fenyin. Having performed the sacrifice, they traveled to Mount Jie, circuited Anyi, viewed Dragon Gate, inspected Salt Lake, climbed Li Vista, and ascended the Western Peak in order to gaze on the eight wastes. Walking in the traces of the ruins of Yin and Zhou, we recalled from the distant past the moral influence of Tang and Yu. "

[10] 见［汉］班固，［唐］颜师古注，《汉书》（北京：中华书局，1962），卷28上，页1550。

[11] 见《汉书》，卷28上，页1550；［北魏］郦道元注，［清］杨守敬、熊会贞疏，段熙仲点校，陈桥驿复校，《水经注疏》（南京：江苏古籍出版社，1989），卷6，页560—561。

[12] 见《水经注疏》，卷4，页303—305。

[13] 见《汉书》，卷87上，页3536，注5。

[14] 见《史记》，卷1，页15，注1。

[15] 见《史记》，卷1，页32，注1。

勤大禹于龙门,	Gasps at how the Great Yu labored at Dragon Gate,
洒沉菑于豁渎兮,	Channeling the great flood into wide waterways,
播九河于东濒。	Distributing the Nine Rivers to the eastern shore.
登历观而遥望兮,	He climbs Li Vista and gazes afar,
聊浮游以经营。	Here drifting and roaming, going hither and thither.
乐往昔之遗风兮,	He rejoices at the influence left from the past,
喜虞氏之所耕。	Delights in the site plowed by Yu.
瞰帝唐之嵩高兮,	He sees the lofty eminence of Emperor Tang,
觅隆周之大宁。	Descries the grand repose of the exalted Zhou.
泪低徊而不能去兮,	About to depart, He hesitates, unable to leave,
行睨垓下与彭城。	He goes forth to catch a glimpse of Gaixia and Pengcheng.
涉南巢之坎坷兮,	He is disgusted by the cragged contours of Nanchao,
易豳岐之夷平。	But is cheered by the level plains of Bin and Qi.
乘翠龙而超河兮,	He rides an azure dragon and crosses the Yellow River,
陟西岳之嶢峥。	And ascends the soaring steepness of the Western Peak.

与前文类似，文中兼具行旅与观览的描绘。起初，行步缓慢而从容（"安步"与"容与"），但本段中扬雄是从皇帝本人的视角描绘观景的。他也将观览同皇帝对某地情感上的反应结合起来。当皇帝"览"介山时，他想起晋文公（公元前636—前628年在位）及其名臣介子推。传说介子推在晋文公长年颠沛流离的生活中，仍忠心耿耿地侍奉他，晋文公还晋之后却并未赏赐他。于是介子推隐居绵上山，并终老山间。晋文公没能找到他，就把绵上山附近一带划为介子推的封地，并将山名改为介山。[16] 不过，这座介山远在介休（今山西介休西南）之北。早在六世纪时，郦道元（470—527）就注意到扬雄把临汾的介山和更有名的绵上的介山混淆了。[17]

[16] 见［晋］杜预注，［唐］陆德明音义，［唐］孔颖达疏，［清］阮元校勘，［清］卢宣旬摘录，《左传注疏》（台北：艺文印书馆，1965，影印阮元校刻《十三经注疏附校勘记》本），僖公二十四年，卷15，页253—258；《史记》，卷39，页1662。

[17] 见《水经注疏》，卷6，页561。

扬雄将皇帝攀登历山（历观）当作描绘他登高望远的时机。不过，扬雄的用词"浮游"和"经营"兼备了天子的远眺和行游。扬雄再次展示了皇帝在观览之地的沉思。据说那观览之地曾是舜躬耕的地方。

扬雄接着记述了皇帝游览尧在平阳的故都。"畋"这个动词究竟是"看"的异体字，还是在当时有某种特定意义，我尚不能断定。王力《古汉语字典》对它的解释是"远望"，但所引首次使用的例子（东汉早期）晚于《河东赋》。[18] 不过，这一段更引人注目的是将英明的君王与风景相提并论。成帝（公元前51—前7）仰望唐尧，仿佛后者是一座高峰（嵩高）。扬雄在描写唐尧的伟大时，可能想到了《论语》第八章第十九节中的名句："巍巍乎，唯天为大，唯尧则之。"[19]

扬雄接下来提到垓下和南巢两处，距临汾地区都很远。垓下位于当时的沱江北岸，今安徽灵璧县南。刘邦（公元前256—前195）率领的汉军在此地大破项羽（公元前232—前202）的楚军。地处今江苏徐州的彭城曾是项羽所建楚国的国都。扬雄赋中通过两个动词"行"（旅行、前行）与"睨"（意为斜视或从眼角看）结合了行旅和观览。由"睨"的含义可见，皇帝很可能只投去了不满的一瞥。

南巢亦然，距离临汾也很远（传统上认为南巢在今安徽巢县东北）。创建商朝的成汤在这里将夏朝的末代君王纣流放他乡，扬雄笔下的南巢景观是"坎坷"（意为"凹凸多石"或"崎岖不平"）的，他将之与周朝祖地豳、岐的平原相对照，其中涉及的内容当然远不只有对地域的评价。文中还品评了夏朝末代君上和周朝建国之君的道德价值。在东汉的纪行赋中，这种给特定古迹注入道德性质的做法变得更为普遍。

二、游观山岳

山可以远观，也可攀登而近察，还可以如圣奥古斯丁（St. Augustine）所说，在想象或"心目"中眺望。在他的《忏悔录》（*Confessions*）第十卷中有段名言，似乎作者对只是到户外去游览观光颇不以为然：

[18] 见王力主编，《王力古汉语字典》（北京：中华书局，2000），页79。

[19] 语出《论语·泰伯》，见《论语集注》（［宋］朱熹，《四书章句集注》［北京：中华书局，1983］本），卷4，页107. "How lofty and high! It is Heaven that is great, but it is Yao who can emulate it."

世人出外，但见山岳之峻、波涛之巨、江流之广、汪洋之袤、星辰之行即惊讶莫名，而浑然忘其身矣。余时常论及此等事，然未尝以眼目直观之。余若非见之于心目之内，追忆之中，且见其间广宇历历，一如观之于身外之尘世，则断不能言及眼所见之山岳、波涛、江流、星辰，或道听途说之汪洋。然凡此种种，人皆不以为奇。[20]

似乎圣奥古斯丁对寻求上帝更感兴趣，对山岳的兴趣却不大。

欧洲一部有名的登山志也征引了圣奥古斯丁的上述言论。这一登山志就是彼特拉克（Petrarch）著名的《致佛朗西斯科·迪奥尼吉（Francesco Dionigi）书》，收录在他的《通信集》（Familiares）第四卷中。信中他记述了自己攀登梵度山（Mount Ventoux）的经历。那座石灰岩山峰海拔 6273 英尺，在普罗旺斯阿尔卑斯山脉（Provencal Alps）中直指长空。[21] 彼特拉克于 1336 年 4 月 26 日攀登此山，但写那封信的时间显然不会早于 1352 或 1353 年。[22] 这一登山志因是多年后对往事的追忆，可能难免带有温故知新的成分，有些地方甚至流于小说家之言。尽管信中细节趣味良多，研习中国山岳文学的学人可能会感兴趣，但限于篇幅，无法尽道其妙，只能略述梗概。彼特拉克同他的兄弟一起登山，不过二人走的路线不同。他兄弟沿山脊而上，路途处处险阻，距离却很短。彼特拉克走的山路平坦但漫长，更令人感到身心俱疲。当他们终于攀上绝顶，但见里昂（Lyon）一带的山脉居左，毗邻马赛（Marseilles）的大海在右，而莱茵河（Rhône River）就蜿蜒于山下，四方景物尽收眼底。这时彼特拉克从衣袋中掏出一本时刻不离身的圣奥古斯丁《忏悔录》的缩印本来，将小书随手一翻，就看到了这段文字："世人外出，但见山岳之峻、波涛之巨、江流之广、汪洋之袤、星辰之行而惊异，而浑然忘其身矣。"彼特拉克说他当时"惊叹莫名"。尽管他兄弟请他读下去，彼特拉克却怒气冲冲合上了书，因为他依旧"赏爱俗物"。他对所见之山景已心满意足，于是将"心目"转向自己。下山时他再也未发一言。

[20] 见 Saint Augustine, R. S. Pine-Coffin trans., Confessions（《忏悔录》, New York : Penguin Books, 1961), p. 216.

[21] 见 Hans Nachod trans., Ernst Cassirer, Paul Oskar Kristeller, and John Herman Randall Jr. eds., The Renaissance Philosophy of Man（《文艺复兴时期人的哲学》, Chicago : University of Chicago Press, 1948), pp. 36-46.

[22] 见 Marjorie O'Rourke Boyle, "A Likely Story : The Autobiographical as Epideictic"（《煞有介事：辞藻华丽的自传》), Journal of the American Academy of Religion, 57. 1 (1989): 29.

在信中彼特拉克确实对山景多少表达了喜爱之情。比如，就在拿出那本《忏悔录》之前，他说自己"赞赏（风景的）所有细微之处"。尽管如此，他同时又责备自己"贪恋尘世享乐"。信末他说，在下山途中，"愚以为此山若较之人之沉思冥想，则高不盈尺"。尼科尔森说得很巧妙："在梵度山上，彼特拉克曾在一瞬间看见了'荣耀之山'。那一瞬既过，他的眼神就在'阴郁之山'的阴影里黯淡了。"[23] 彼特拉克的记载的确同观山望岳几乎没有关联，更像是作者本人的神游之旅。

[23] 见 *Mountain Gloom and Mountain Glory : The Development of the Aesthetics of the Infinite*, p. 50.
[24] ［晋］孙绰：《游天台山赋》，见［南朝梁］萧统编，［唐］李善注，《文选》（上海：上海古籍出版社，1986），卷 11，页 493—501。

　　古代中国人确实描写过神游之旅。前文曾经提到了"远游"的传统。神游之旅甚至能将人带到山岳之间。中国早期有关通往山巅的神游之旅中，最引人入胜的可能就是东晋文学家孙绰（314—371）的《游天台山赋》[24]了。这篇赋描写的是一次在浙东天台山的奇异旅行。那一带早在四世纪就成为风景名胜以及佛道二教的中心。孙绰在赋的开头先描绘了山岭的自然特征，并重点写了赤城和瀑布这两处最重要的景点。前者是有三百多米高的峭壁，直干云霄。后者是在天台山脉西南的巨型瀑布。孙绰沿山坡攀爬而上，一边想象自己与道教仙人同游顶峰的情景：

仍羽人于丹丘，	I meet plumed men on Cinnabar Hill,
寻不死之福庭。	I search for the blessed chambers of the undying.

孙绰接着指出，天台山与西北著名的昆仑山脉绝对不分伯仲。在天台山他达到了一种至高无上的超然境界，能毫无挂碍地凌驾巅峰之上：

苟台岭之可攀，	As long as the Terrace range can be scaled,
亦何羡于层城？	Why yearn for the Storied City?
释域中之常恋，	Released from the constant cravings of the "realm-within,"
畅超然之高情。	Cheered by the exalted feeling of transcendence,
被毛褐之森森，	I don wooly homespun, all furry and fleecy,

振金策之铃铃。	Wield a metal staff, jingling and jangling.
披荒榛之蒙茏,	I push through a murky mass of wild thickets,
陟峭崿之峥嵘。	Scale the soaring steepness of scarps and cliffs.

孙绰此处也简略记述了他在天台山的游踪：

济楢溪而直进,	Ford Yu Stream and straightaway advance,
落五界而迅征。	Cross the Five Boundaries and swiftly push on.
跨穹隆之悬磴,	Straddling the vaulted Hanging Ledge,
临万丈之绝冥。	I look down into absolute darkness, a myriad fathoms below.

在天台县东三十里的楢溪是进山必经的天险。五界可能指的是天台山延伸过的余姚、鄞、句章、剡、始宁五县的边界。悬磴是天台山有名的石桥。顾恺之（406 年卒）曾形容这道天险"路径不尽尺，长数十步，步至滑，下临绝冥之涧"[25]。

在随后的几行文字中，孙绰对登山者在攀登溜滑山坡时的恐惧心理作了这样的描写：

践莓苔之滑石,	I tread slippery stones covered with moss,
搏壁立之翠屏,	Cling to Azure Screen that wall-like stands,
揽楂木之长萝,	Grasp the long fig creepers on bending trees,
援葛藟之飞茎。	Snatch flying stalks of trailing grape.

[25] 见《文选》，卷 11，页 497 引《启蒙记注》。"The path is not a full foot wide and several tens of paces long. Each step is extremely slippery. It looks down on a brook of absolute darkness."

[26] 见《文选》，卷 11，页 497 所引。"It had a path to the side that barely allowed several persons to pass."

翠屏是石桥上的一堵石墙。据在会稽一带有一处大别墅的孔灵符（460 年前后在世）于《会稽记》中的记载，这堵石墙是一块巨砾，堵在赤城山上石桥的一端，石桥仅容数人通过："边有过径，才容数人。"[26]

在此处，孙绰好像将自己克服攀登中的艰难险阻同羽化登仙等而视之。在高山之巅，他脚下的道路也变成平坦的通衢，当然这也暗喻了他的精神之旅功德圆满：

虽一冒于垂堂，	Though once imperiled at the brink,
乃永存乎长生。	I shall exist forever in eternal life.
必契诚于幽昧，	As long as I steadfastly plight my faith to the Hidden Darkness,
履重崄而逾平。	I can tread the layered steepness and find it level.
既克济于九折，	Once I successfully scale the nine switchbacks,
路威夷而修通。	I find the road straight and smooth, long and clear.

最后孙绰在纯哲学的领域收束全赋：

于是	And then
游览既周，	When my sightseeing completes its circuit,
体静心闲。	My body is calm, my heart is at ease.
害马已去，	What "harms the horses" has been expelled,
世事都捐。	Worldly affairs all are rejected.
投刃皆虚，	Wherever I cast my blade it is always hollow;
目牛无全。	I eye the ox but not as a whole.
凝思幽岩，	I focus my thoughts on secluded cliffs,
朗咏长川。	Clearly chant by long streams.
尔乃	Then
羲和亭午，	When Xihe reaches the meridian,
游气高褰。	The coursing vapors are lifted high.
法鼓琅以振响，	Dharma drums, booming, spread their sounds,
众香馥以扬烟。	Various incenses fragrantly waft their fumes.
肆觐天宗，	Now we shall pay our respects to the

	Celestially-venerated,
爰集通仙。	And assemble the immortal hosts.
挹以玄玉之膏,	I ladle the black jade oil,
嗽以华池之泉。	Rinse my mouth in Floriated Pond springs.
散以象外之说,	Inspired by the doctrine of "beyond images,"
畅以无生之篇。	Illumined by the texts on "non-origination."
悟遣有之不尽,	I become aware that I have not completely dismissed Existence,
觉涉无之有间。	And realize that there are interruptions in the passage to Non-existence.
泯色空以合迹,	I destroy Form and Emptiness, blending them into one;
忽即有而得玄。	Suddenly I proceed to Existence where I attain the Mystery.
释二名之同出,	I release the two names that come from a common source,
消一无于三幡。	Dissolve the Three Banners to a single Non-existence.
恣语乐以终日,	All day long giving oneself to conversation's delights,
等寂默于不言。	Is the same as the still silence of not speaking.
浑万象以冥观,	I merge the myriad phenomena in mystic contemplation,
兀同体于自然。	Unconciously join my body with the Naturally-so.

佛道二教的理念在其中结合得天衣无缝。[27]

[27] 相关论述已多, 如福永光司,《孙绰の思想——东晋にわける三教交涉の一形态》,《爱知芸大学研究报告》, 1961 年第 10 辑；李泽厚、刘纲纪,《中国美学史》(台北：谷风出版社, 1987), 卷 2, 页 588。

三、巡游山岳

在汉赋里，巡游的主题出现得相当早。我已经举过扬雄记载皇帝巡行河东的例子。在一篇系年颇有争议的"早期"赋作中，有最详尽的观山望岳的描述之一，那就是列在宋玉（生卒年不详）名下的《高唐赋》。[28]《文选》将《高唐赋》归入"情"一类。然而钱锺书指出，把这篇赋归在"游览"类内更为恰当。[29] 不错，该赋的绝大部分都是在描绘奇秀的巫山，其上住着一位妖媚的神女以及神仙和追求长生不老的人。帝王也喜欢到巫山游览、狩猎。作者以相当长的篇幅描述了山下奔涌咆哮的流水。虽然有些学者尚对巫山的所在地争论不休，但飞流直下的水势使我认为，此巫山肯定是位于四川东部、临近长江峡口的巫山。郦道元在《水经注》中很清楚地将这座巫山同宋玉的赋作联系起来。[30] 在描写浩浩汤汤的流水之后，作者的笔锋又转向了山：

[28] 宋玉可能是与屈原同时代的晚辈。归在他名下这篇赋的真伪一直以来有争议，至今已有相当多的学术文章讨论这一问题。最近发表的一些有关正反方论据的提要，参见高秋凤，《宋玉作品真伪考》（台北：文津出版社，1999）；吴广平，《宋玉研究》（长沙：岳麓书社，2004），页86—103。

[29] 见钱锺书，《管锥编》（北京：中华书局，1979），卷3，页870。

[30] 见《水经注疏》，卷34，页2832—2833。

登高远望，	Climbing on high and gazing afar,
使人心瘁。	Cause one's heart to be pained.
盘岸巑岏，	Winding bluffs, sheer and sharp,
裖陈碞碞。	Rise layer upon layer, lofty and tall.
磐石险峻，	Giant boulders, poised on high,
倾崎崖隤。	Leaning precariously, topple from the cliffs.
岩岖参差，	Rugged scarps, jaggedly jutting,
从横相追。	Run hither and thither in mutual pursuit.
陬互横啎，	Nooks and crannies crisscrossing the slopes,
背穴偃蹠。	With caverns at their backs, block foot passage.
交加累积，	Rocks heaped and piled, one upon another,
重叠增益。	In tiers and layers rising higher and higher.
状若砥柱，	In a manner like Whetstone Pillar,
在巫山下。	Lie beneath Shaman Mount.

上引段落第一行兼有"登高"与"远望"的作用，可是看山带来的心情是悲伤而不是喜悦。地势崎岖，陡坡遍野，巨石堆砌，道路阻隔，其实并不是赏心悦目的景色。

紧随其后的一段描绘了巫山的顶峰：

仰视山巅，	Above, one sees the mountain's crest:
肃何芊芊，	Solemn it is in verdant luxuriance,
炫耀虹蜺。	As if brightly illumined by rainbows.
俯视峥嵘，	Below one sees a plunging precipice,
窐寥窈冥。	A vast void deep and dark.
不见其底，	One cannot see its bottom,
虚闻松声。	And merely hears the sound of rustling pines.

尽管山顶郁郁葱葱，从山顶往下看却令人胆战心惊：

倾岸洋洋，	By the overhanging bluff where waters race full and strong,
立而熊经。	One stands nervously hunched like a bear.
久而不去，	For a long time he does not leave,
足尽汗出。	And he is fully drenched in sweat down to his feet.
悠悠忽忽，	He is distant and distracted, befuddled and bemused,
怊怅自失。	Distraught and distressed, lost in thought.
使人心动，	This causes a man's heart to throb,
无故自恐。	For no reason he is afraid.
贲育之断，	Even men as resolute as Ben and Yu,
不能为勇。	Could not summon up their courage.

贲指的是春秋时著名武士孟贲，他胆子大，不畏虎狼龙蛇。育指夏育，也是一名武士，却名不见经传。连孟贲、夏育二位在这惊魂之地都惨然失色。而在下面几行中作者写道，这里还有可怕的怪物横行：

卒愕异物，	Suddenly he meets strange creatures,
不知所出。	He does not know from whence they come.
继继莘莘，	In teeming throngs they assemble,
若生于鬼，	As if born of ghosts,
若出于神。	As if issued from spirits.
状似走兽，	In appearance they are like running beasts,
或象飞禽。	Or resemble flying birds.
谲诡奇伟，	Bizarre and eerie, strange and uncanny,
不可究陈。	They cannot be fully described.

对巫山骇人听闻的描绘可能完全是出自想象，因为作者虽然如此描写，我们却无从得知他是否曾到巫山一游。到西汉后半期，辞赋家不但记述皇家巡行（宋玉的赋作实乃记录楚王的巡游），还描写个人的游历。[31] 这一传统一直延续到魏晋南北朝时期。[32] 现因篇幅所限，无法研讨这些作品。不过我想指出的一点是，这些作品几乎都含有造访名山、登高望远的记述。

东汉时还有一篇记载登山的散文，即马第伯（公元 56 年前后在世）所作的《封禅仪记》。它极其详尽地记载了汉光武帝（25—57 年在位）于公元 56 年 3 月攀登泰山的经过。

三百辆手挽辇车将公侯王孙一路载上山去，皇帝乘坐的是第一辆。百官皆步行。马第伯同另外七十位官员在皇帝一行到来的前几日去检查了建造祭坛的石块。他对这次巡行的记载自 3 月 4 日皇帝离开洛阳始，到 3 月 30 日封禅仪式完成为止。[33]

[31] 有关这些篇章的综述，参见康达维，《汉赋中的诗体游记》（Poetic Travelogue in the Han Fu），《第二届国际汉学大会会报·文学部分》（Proceedings of 2nd International Conference on Sinology. Section on Literature，台北："中央研究院"，1989），页 127—152；重刊于 Knechtges, David R., Court Culture and Literature in Early China（《早期中国的宫廷文化与文学》, Aldershot : Ashgate Publishing, 2002）.

[32] 对其中主要作品的论述参见于浴贤，《六朝赋述论》（保定：河北大学出版社，1999），页 75—116。郑毓瑜，《性别与家国——汉晋辞赋的楚骚论述》（台北：里仁书局，2002），页 104—130。其中几篇较重要的作品所论颇有见地。

[33] 全文可见［清］严可均，《全上古三代秦汉三国六朝文·全后汉文》（北京：中华书局，1959），卷 29，页 2 下—5 上。原文收录在应劭（168—197）所著《汉官仪》中。对该文本最长的引用见于刘昭（约 502—520 年在世）对《续汉书》的注释里。见《后汉书·志·祭祀上》，［南朝宋］范晔著，［唐］李贤等注，《后汉书》（北京：中华书局，1965），卷 90，页 3166—3170。关于这次封禅仪式及其背景的详细论述，见沙畹（Edouard Chavannes），《泰山：有关一种中国信仰的专题论文》（Le T'ai chan : Essai de monographie d'un culte chinois）（台北：成文出版社，1970），页 158—169。［编者按：日译版为菊地章太译，《泰山：中国人の信仰》（转下页）

（接上页）（东京：勉诚出版，2001）]；Hans Bielenstein，《汉朝的重建·第四卷·政府》，*Bulletin of the Museum of Far Eastern Antiquities*（《远东文物博物馆通报》），51（1979）：172–179.

[34] "At a distance of twenty *li* from level ground, we looked south and could see everything as far as our eyes could see. Looking up toward Clestial Pass, it was like gazing upon soaring peaks from the bottom of a valley. It was so high, it was like gazing at floating clouds, and it was so steep, its rocky walls loomed darkly as if no path that went there."

[35] "As I gazed afar on people（far up on the peak），they just seemed to be climbing a pole. Some I took for white rocks, and I took others for snow patches. After some time these white things moved past a tree, and I then knew that they were people."

[36] "The road followed the side of the mountain. At its broadest point it was eight or nine *chi*, and at its narrowest it was five or six *chi*. Looking upward at the pine trees on the cliffs they were thick and verdant as if in clouds, and looking down on the stream in the canyon below, it appeared so tiny that I could not discern its true size."

[37] "When his imperial highness ascended the altar, he saw acidic pears and sour dates strewn about, scattered coins in several hundred spots, along with pieces of silk. When he asked the reason for this, the one in charge said, 'When Emperor Wu（of the Former Han）arrived below Mount Tai to conduct the *feng* and *shan* ceremonies, before he made his ascent, the court officials went up first to kneel and bow. They placed pears, dates, and coins on the road in order to seek blessings. That is what this is.' The emperor said, 'The *feng* and *shan* are important rites that are observed once in a millennium. How could gentleman who wear official caps and robes behave in this manner?'"

虽然这篇文章的内容大部分是有关礼仪的描述，作者还是对翻山越岭的过程作了非常细致的描写，许多景色的描写可圈可点。例如，他提到自己和同侪骑马上山，中途却得下来，牵马步行险途。描写中尤其令人瞩目的是作者描绘远处事物的能力。他甚至采用暗喻的语言描写那样的场景：

去平地二十里，南向极望无不睹。仰望天关，如从谷底仰观抗峰。其为高也，如视浮云。其峻也，石壁窅窱，如无道径。[34]

遥望其人，端端如杆升，或以为小白石，或以为冰雪，久之，白者移过树，乃知是人也。[35]

其道旁山胁，大者广八九尺，狭者五六尺。仰视岩石松树，郁郁苍苍，若在云中。俯视溪谷，碌碌不可见丈尺。[36]

马第伯在文中还记载了皇帝看到祭坛上一片狼藉而不悦的情景：

国家上坛，见酢梨酸枣狼藉，散钱处数百，币帛具。诏问其故，主者曰："是武帝封禅至泰山下，未及上，百官为先上跪拜，置梨枣钱于道以求福，即此也。"上曰："封禅大礼，千载一会，衣冠士大夫何故尔也？"[37]

在到达天门东南的绝顶后，马第伯描述了攀登日观的情景。该地之所以名为日观，是因为鸡鸣之时即可看见日出："见日始欲出，长三尺所。"[38] 接着是从那里四下遥望的景象："秦观者望见长安，吴观者望见会稽，周观者望见齐。黄河去泰山二百余里，于祠所瞻黄河如带，若在山趾。"[39] 马第伯的文章关注细节，例如描绘下山时皇帝的扈从队伍绵延二十余里（5.2公里），由于山路狭隘，前人之踵屡屡为后人所蹑。有关类似的记载，现不一一举出。

四、谢灵运《山居赋》中的外游与内观

本文拟重点讨论谢灵运（385—433）是如何观瞻山岳的。谢灵运可能是六朝时最热衷描绘山岳的作者。戴密微谈到谢灵运对中国山岳文学的贡献时，称他是"山水诗的鼻祖，更确切地说是山岳诗的鼻祖"[40]。若对戴密微关于谢灵运的评价有任何质疑，此处不妨再引用戴氏颇有见地的一段话："有关山岳的诗歌，正是在谢灵运手中达到了前无古人的超凡脱俗、凝练优雅的境界。"[41] 谢灵运出身南朝最有权势的士族大家之一。[42] 他生活在刘宋王朝（420—479）初期，或许是那个时代最杰出的诗人。422年，创立刘宋的皇帝刘裕（363—422）去世，谢灵运拥立刘裕的次子、庐陵王刘义真（407—424）即位。但摄政大臣却挑选了刘裕的长子刘义符（406—424）继承皇位，此后刘义真一党都被流放。谢灵运被贬谪到一个濒海的县城永嘉（浙江温州）任职。[43] 其实那跟流放没什么两样。423年秋谢灵运以患病为由辞职，回到位于始宁地区的家族别墅去。始宁在浙江上虞之南，嵊州西北。[44] 这幢别墅名为东山，由谢灵运的祖父谢玄（343—388）一手创建。[45]

归隐始宁后，谢灵运把时间都花在扩建别墅、

[38] "When the sun first came out it was about three feet long."

[39] "Looking toward Qin (the west) one can see Chang'an, looking toward Wu (the southeast) one can see Guiji, looking toward Zhou (the east) one can see Qi. The Yellow River is more than two hundred li from Mount Tai, but looking from the shrine it looks like a belt circling the foot of the mountain."

[40] 见 "La Montagne dans l'art littéraire chinois," p. 17.

[41] 见 "La Montagne dans l'art littéraire chinois," p. 18.

[42] 研究谢灵运的权威论著是 J, D. Frodsham（傅德山），*The Murmuring Stream : The Life and Works of Hsieh Ling-yün*, 2 vols（《轻声细语的河流：谢灵运的生平与作品》，Kuala Lumpur : University of Malaya Press, 1967）。另参见林文月，《谢灵运》（台北："国家"出版社，1998）。

[43] 见《宋书》，卷 67，页 1753 ; *The Murmuring Stream : The Life and Works of Hsieh Ling-yün*, vol. 1, pp. 26-31.

[44] 顾绍柏指始宁县治在当时的浙江嵊县三界镇，见［南朝宋］谢灵运撰，顾绍柏校注，《谢灵运集校注》（郑州：中州古籍出版社，1987），页 337，注 40。牛荫麟等修，丁谦等纂，《浙江省嵊县志》（台北：成文出版社，1975），页 136。

[45] 见 *The Murmuring Stream : The Life and Works of Hsieh Ling-yün*, vol. 1, p. 33.

[46] 文见《宋书》，卷 67，页 1754—1772；《谢灵运集校注》，页 318—345；李运富编，《谢灵运集》（长沙：岳麓书社，1999），页 226—281。译文有 Francis Westbrook, "Landscape Description in the Lyric Poetry and 'Fuh on Dwelling in the Mountains' of Shieh Ling-yunn（《谢灵运诗歌及〈山居赋〉中的景色描写》，该译文为全译，并有详细注释，Ph. D. diss., Yale University, 1973), pp. 186-337；David Hinton, The Mountain Poems of Hsieh Ling-yün（《谢灵运的山岳诗》，部分翻译，New York : New Directions, 2001), pp. 14-55；Mark Elvin, The Retreart of the Elephants : An Environmental History of China（《象群的撤退：中国环境史》，部分翻译，New Haven: Yale University Press, 2004), pp. 338-368.

[47] 顾绍柏认为，谢灵运于 425 年完成了此赋的写作，见《谢灵运集校注》，页 335—336、434。杨勇则将此赋系于 424 年，见《谢灵运年谱》，刘跃进编，《六朝作家年谱辑要》（哈尔滨：黑龙江教育出版社，1999），页 299。

[48]《宋书》，卷 67，页 1754。

[49]《后汉书》中有关于他的记载。见《后汉书》，卷 83，页 2770。

[50] 关于这些人物，见 Alan Berkowitz, Patterns of Disengagement : The Practice and Portrayal of Reclusion in Early Medieval China（Stanford, Calif. : Stanford University Press, 2000), pp. 64-80.

吟诗作赋和研读佛经上。他的诗歌创作在这一时期极为丰富。在一篇长赋《山居赋》里，他记述了自己在始宁的生活。[46] 这篇赋写于 423 到 426 年谢灵运居于始宁的这段时间。[47] 他还为此赋写了洋洋洒洒的注释，在注释里以散文体解释了赋中提到的许多细节。

赋的开头是散文体的引言。在引言中，谢灵运为他这篇赋的写作与别墅的设计定下了原则。首先，他声称自己名为"山居"的宅第同其他"岩栖""丘园""城傍"之类隐居之所都大相径庭。他虽然并未解释这四类住所有什么不一样，却称山居因他"栋宇居山"而与众不同，而他的园林别墅在修建时也只兴建了少数的建筑物。

谢灵运还有意将这篇赋同早期辞赋的传统，特别是汉代的宫廷辞赋划清界限。他声明，自己要在赋中尝试另辟蹊径，绕开对都城、宫观、园林的气势磅礴的描写。如他所说，"今所赋既非京都、宫观、游猎、声色之盛，而叙山野、草木、水石、谷稼之事"[48]。

谢灵运说他的灵感来自"台、皓之深意"。台指台佟（公元一世纪前后在世），是居住在武安（今河北武安西南）附近一个山洞里的隐士，他拒绝在当地魏郡任职。当刺史问他为何过得如此清苦时，他回答说自己避世而居，可以"保终性命，存神养和"，而若奉诏出仕，则终宵不免为"庶事"所扰，日子反而会过得更苦。[49] 皓指四皓，秦朝时隐居都城长安西南的山中，公元前 206 年刘邦建汉后，他们仍不愿出仕。到了谢灵运的时代，四皓已经成为山中隐居贤人的典范。[50] 在《山居赋》中，谢灵运多处将自己的住所描绘成远离尘嚣高士的栖身之地。

在引言的最后几行中，谢灵运说他要"废张、左之艳辞"，即废弃张衡（78—139）和左思（约 250—约 305）两位辞赋家华丽的辞藻。张、左二人都以文采瑰丽而闻名。张衡以汉代都城长安洛阳为题材写过一篇赋，左思则以三国时的都城成都、建康、邺为题材作了一篇赋。张左二人的这两篇赋都以雕饰见长，但谢灵运明确表示他对这类辞藻弃而不取，要"去饰取素"。似乎他想将"去饰取素"作为《山居赋》和他别墅设计共同的审美标准。因为在整篇赋中谢灵运声称他的住处因为更"天然"简朴而优于市集中的居所。

[51] "If one is able to value the Way then he can consider material things unimportant, and if he can preserve the cosmic principle, he can forget mundane affairs."

[52] 见 Lean Hurvitz, "Chih Tun's Notions of Prajñā"（《支遁般若 Prajñā 的概念》）, *Journal of the American Oriental Society*, 82.2（1968）：247-248.

谢灵运在赋的开头告诉读者，他于山巅卧病在床。当他住在永嘉时疾病缠身，回到始宁后也明显未能康复。在闲暇时他都做些什么呢？他有的是"览"的时间，但他首先"览"的是他称为"古人之遗书"的东西。每当一事会心，"与其意合"，他就"悠然而笑"。接着他谈到一点哲思：

夫道可重，	It is the Way that must be valued;
故物为轻。	Thus, material things are unimportant.
理宜存，	It is the cosmic principle that should be preserved;
故事斯忘。	Thus, affairs of the world can be forgotten.

在自注中谢灵运对这几行文字作了详尽的说明："夫能重道则轻物，存理则忘事。"[51] "理"这一词语在谢灵运的思想里举足轻重，很难将它译为平易的英文。已故的郝理庵（Leon Hurvitz）曾撰文论述"理"在六朝时演化为一个哲学术语的经过，这可能是最简洁而准确的分析："'理'在语义上走过的途径大致如下：治理天地—整理万物—处理万事—天理（自然秩序），以自身顺应这一自然秩序，人人得而治理其理念——一个理性的社会——井然有理的政治秩序。'理'因而具有微观宇宙与宏观宇宙的双重意蕴，从中它获得了来自这两个宇宙的更进一步的含义，也就是'至理'。"郝理庵进一步解释说，"'理'成为思想家僧支遁（314—366）用来称呼（至无）（rien suprême）乃至"绝对真理"（prajñāpārmitā）的一个词语。"[52] 在《山居赋》这一段紧邻的上下文中，谢灵运指出，有一种超越世俗存在、无可描摹并井然有理的准则。他继续写道，连黄帝和尧这样的圣君都不甘愿永居庙堂之上。黄帝"迈深心于鼎湖"，在鼎湖遗

世成仙。[53] 尧"送高情于汾阳",隐居在汾水之滨。[54]

在下一段,谢灵运为赋中其他部分描述的建筑方案提供了理由。首先,他的住所并非原始的巢穴,因为后者"以风露时患",继而他引用了《周易》第三十四卦"大壮"的一段话。根据《系辞传》,"大壮"给古圣先贤提供了以栋梁和屋檐建筑宫室的构架:"上古穴居而野处,后世圣人易之,以宫室上栋下宇,以待风雨,盖取大壮。"[55]

谢灵运说他之所以在别墅建房架屋,是为了遮风避雨。此后他面临的问题就是如何装修他的建筑。他并未完全禁绝园林中的雕栏玉砌。《周易》中的另一卦给了他辩诘的灵感,他于是声称"宫室以瑶璇致美,则白贲以丘园殊世"[56]。

此处谢灵运糅合了第二十二卦"贲"(装饰)最后两爻的爻辞。"贲"卦第五爻曰:"贲于丘园。束帛戋戋。吝,终吉。"最后一爻的爻辞是:"白贲,无咎。""丘图"在中古早期文本中通常指的是贤人隐居之所,[57] 得赠以重礼(束帛)才能延请这些人出山入朝。[58] 尽管谢灵运用"丘园"一词意指隐士的居所,他通过将"丘园"与"白贲"(素朴的装饰)联系起来,而给丘园平添了一层新的含义。虽然"白贲"貌似是一个自相矛盾的概念,但谢灵运显然将它发展成一个准则,修建园林别墅时的装点与雕饰都以它作为指标。

王弼(226—249)著名的《周易注》应当是谢灵运所熟知的。王注可进一步阐释谢灵运的观点:"处得尊位,为饰之主,饰之盛者也。施饰于物,其道害也。施饰丘园,盛莫大焉,故贲于束帛,丘园乃落。竟于丘园,帛乃戋戋。用莫过俭,泰而能约,故必吝焉。乃得终吉也。"[59] 在这段注解中,丘园代表了简朴之所,束帛则代表过分雕饰。王弼要解

[53] 鼎湖在荆山脚下,今河南阌乡南。黄帝在此铸一青铜鼎,鼎成而有龙出现,载黄帝飞入天空。汉武帝深为此传说折服,曾说:"吾诚得如黄帝,吾视去妻子如脱履耳。""Alas! If truly I could succeed in being like Huangdi, I would view leaving my wives and children the same as removing a sandal." 见《封禅书第六》,《史记》,卷28,页1394;《郊祀志》,《汉书》,卷25,页1227—1228。

[54] 汾水北岸是尧造访藐姑射山四子的地方。一到那里,尧万事皆忘,并"窅然丧其天下"。见〔清〕郭庆藩,王孝鱼点校,《庄子集释》(北京:中华书局,1995),卷1,页31。

[55] 见〔魏〕王弼,〔晋〕韩康伯注,〔唐〕孔颖达正义,〔唐〕陆德明音义,〔清〕阮元校勘,〔清〕卢宣旬摘录,《周易注疏》(台北:艺文印书馆,1965,影印阮元校刻《十三经注疏附校勘记》本),卷8,页168-1。

[56] "If buildings acquire beauty by means of jasper and jade, / 'Plain ornament' differs from the mundane by virtue of the 'hillside garden'."

[57] 此处我借用了林理彰的翻译,见 The Classic of Changes : A New Translation of the I Ching as Interpreted by Wang Bi, p. 276.

[58] Berkowitz 将这一词语在中古时期的用法解说得很明白,见 Patterns of Disengagement : The Practice and Portrayal of Reclusion in Early Medieval China, pp. 26-27.

[59] 见《周易注疏》,卷3,页63-1。

释的问题是，如何不让过分的雕饰伤害简朴的自然之"道"。他认为，雕饰本身并没什么不好，但不能无端而用之，必须加以约束、整饬，并"贲于丘园"之中。换言之，雕饰必须自然而然地"朴素、简约"。王弼在他对第二十二卦首句的注解中如是解说"白贲"："（本卦首句）处饰之终，饰终反素，故任其质素，不劳文饰而无咎也。以白为饰，而无患忧。"[60]

谢灵运虽然不像王弼那样详尽地论述"白贲"的涵义，但他和王弼的观点可说是大同小异。在《山居赋》自注里谢灵运说，以美玉装饰楼阁是可行的，因为"璇堂自是素"，还因为楼阁建在山中，自与俗世中金雕玉砌的楼阁不同。此外，谢灵运的山居不仅仅是一个普通隐士的"丘园"。它高踞岩壑之上，其道"深于丘园"。这样的地理位置使他能兼有朴素与雕饰之美。他尽量避免走两个极端：一个是原始的"巢穴"，让他不免风吹日晒，另一个是宫廷和市集中奢华的豪宅。他说："斯免拘滞，得寒暑之适，虽是筑构，无妨非朝市云云。"[61]

谢灵运接着提到了一系列各式各样的园林，并逐一加以指点。首先是最早描写乡居之乐的早期作家之一仲长统（180—220）。仲长统的《昌言》有一部分流传了下来，其中描写了一个假想而非真实的园林，仲长统梦寐以求能居住其中。谢灵运引用了《昌言》中的一段话："欲使居有良田广宅，在高山流川之畔。沟池自环，竹木周布，场圃在前，果园在后。"[62]

谢灵运随即引用了曹魏时代作家应璩（191—252）在一封书信中提到的园林，并在自注里征引了信中的几句："故求道田，在关之西，南临洛水，北据邙山，托崇岫以为宅，因茂林以为荫。"[63] 在《山居赋》中谢灵运批评了上述两家："二家山居，不得周员之美。"[64] 那两处住所哪里令谢灵运不满，并不十分清楚。"周员"一词也带有"周详、圆满"的意思，或指这两处的住所不够周全、圆满。

在下文谢灵运谈及两处富豪的园林，一处是铜陵，属于西汉财阀、四川巨富之一的卓王孙（生卒年不详）。谢灵运的选择令人不解，因为铜陵并非园

[60] 见《周易注疏》，卷3，页63-2。

[61] "Although this is not the court or marketplace, heat and cold are well-balanced; / Although it involves construction, the lavishly ornate and primitively simple are both avoided."

[62] 见《后汉书》，卷49，页1644。"Let the place where I live have fertile fields and a spacious house, by a tall mountain on the bank of a flowing stream. Ditches and ponds would encircle it; bamboos and trees would be spread all around. A threshing ground and a vegetable plot will be in the front, and an orchard will be in the rear."

[63] "Thus, I sought roads and fields east of the Pass, south overlooking the Luo River, north nest lying against the Mang Hills. I relied on a tall peak to make my dwelling, and availed myself of a thick grove to provide shade."

[64] "The topography sloped to one side,/ And the terrain lacked fullness."

林，而是卓王孙名下的一处巨大铜矿。于是谢灵运在自注里写道，根据《汉书·货殖列传》记载，"卓氏之临邛，公擅山川"[65]。卓氏从山川中渔利似乎令谢灵运颇为不满。

第二处富人园林是石崇（249—300）的金谷园。金谷园在洛阳城外的金谷涧畔，是当时最豪奢的别墅之一。谢灵运在自注中说它的特点是"有山川、林木、池沼、水碓"[66]。他还提到了296年在那里举行的一次著名的宴集。宾客欣享盛宴，吟诗鼓琴。石崇为这次宴集作序，以记当日之盛，序文至今犹存。[67] 他的别墅因奢华过度而恶名昭彰，但谢灵运并没有提及这一点。

谢灵运在接下来简短的一段中记述了他的祖父谢玄是如何归隐到这一处别墅的。他的曾叔祖谢安（320—385）与祖父谢玄在383年11月的淝水之战中，率领南朝军队大破苻坚（338—385）的南侵部队，因而名垂青史。在387到388年间，谢玄住进了始宁的别墅。[68] 在这段文字和另一首长诗《述祖德》里，谢灵运将谢玄描绘成一个情愿远离官场与军旅的混乱，而情愿归隐山中的隐士。[69] 在自注中他如是说：

> 余祖车骑建大功淮、肥，江左得免横流[70]之祸，后及太傅既薨，远图已辍，于是便求解驾东归，以避君侧之乱。废兴隐显，当是贤达之心，故选神丽之所，以申高栖之意。经始山川，实基于此。[71]

在下一段的开头谢灵运写道，幽居此山是从他祖父那里领受的遗教：

---

[65] 卓王孙是西汉时的巨富之一。见《汉书》，卷91，页3694。"The Zhuo went to Linqiong where they openly monopolized mountains and rivers."

[66] "It had mountains and streams, forests and trees, ponds and pools, and millstones."

[67] 见余嘉锡编注，《世说新语笺疏》（上海：上海古籍出版社，1993），卷9，页529，第57条。

[68] 见 The Murmuring Stream :The Life and Works of Hsieh Ling-yün, vol. 1, p. 33.

[69] 见《文选》，卷19，页912—915。

[70] "横流"一词源自《孟子·滕文公上》，指一次淹没世界的洪水。这里指南方被北方军队蹂躏的灾难。见《孟子集注》（《四书章句集注》本），卷5，页259。

[71] "My grandfather the Chariot and Horse Genetal achieved great merit on the Huai and Fei Rivers, and the territory south of the Yangtze was able to escape the calamity of 'wayward flow.' Later, when the Grand Tutor died, his far-reaching plans came to an end. He then sought to be released from military service and returned east in order to avoid the turmoil of the imperial court. The cycle of decline and splendor, reclusion and prominence, these (are understood by) the mind of a wise and perceptive man. Thus, he chose a place of divine beauty in order to realize his aim of living in a lofty retreat. The building of an estate on the mountains and streams actually had its beginning here."

仰前哲之遗训，	I look up at the lessons handed down by the late wise man,
俯性情之所便。	Look down at what suits my basic nature.

他在自注中更直截了当地说，他将自己的"山居"看作是家族的传统："经始此山，遗训于后也。性情各有所便，山居是其宜也。"[72] 尽管老病缠身，谢灵运说自己远离尘世，心满意足，他息心抑志，只求"守拙"。可能他的灵感来自西晋作家潘岳（247—300）。潘岳在《闲居赋》里的一个重要概念就是"拙"。他将"拙"看作自己的坎坷仕途，不过"拙"反而惠泽其余生，使他有闲暇退居山间别墅，终日优游。潘岳因而如此收束全赋："仰众妙而绝思，终优游以养拙。"[73]

谢灵运像潘岳一样"谢平生于知游"[74]，如今他得以"栖清旷于山川"[75]。"清旷"这个词对谢灵运而言似乎很重要，除了用来描绘辽阔的景致外，还有"宁静、超脱"之义。因而，在放逐永嘉途中所作《过始宁墅》一诗中，谢灵运不但以山居所见的广阔风景为"清旷"，还以在京城汲汲于功名时丧失的纯净、超然心态为"清旷"[76]：

[72] "This means that laying out an estate in these mountains is a lesson handed down to posterity. There is always something that suits one's basic nature, and dwelling in the mountains is what best suits mine."

[73] 见《文选》，卷16，页707。"I look up to the many wonders and cut off profane thoughts, / Living carefree, I nurture my ineptness to the end of my days."

[74] "bids farewell to his lifelong companions."

[75] "roosts in the clarity and boundlessness of mountains and streams."

[76] 顾绍柏将此诗系于422年秋，谢灵运离开始宁去永嘉前。见《谢灵运集校注》，页41—42。

束发怀耿介，	From the time my hair was bound, I embraced uncompromising integrity;
逐物遂推迁。	But I was then diverted by the pursuit of worldly things.
违志似如昨，	It seems as if yesterday when I violated my resolve;
二纪及兹年。	It has now been two Jupiter cycles to this current year.
缁磷谢清旷，	Ground and blackened, I bid farewell to

purity and boundlessness;

疲苶惭贞坚。 Exhausted, I am put to shame by the staunch and
upright.[77]

如在《山居赋》中所写，谢灵运在这几行诗后陈述了自己从"拙"与病中得来的宁静："拙疾相倚薄，还得静者便。"[78]

谢灵运在长篇大论的序言之后开始了对自己别墅的描写，首段以"左湖右江"开头。在自注里谢灵运指出，这一行文字源自枚乘（公元前140年卒）的《七发》，略有更改："枚乘曰：'左江右湖，其乐无有。'[79]此吴客说楚公子之词。当谓江都之野，彼虽有江湖而乏山岩，此忆江湖左右与之同，而山岳形势，池城所无也。"这里谢灵运采用的是《七发》中的典故，吴客在描述从高台上望见的景致时说：

既登景夷之台， Having climbed the terrace at Jingyi,
南望荆山， You gaze southward toward Jing Mountain,
北望汝海， And gaze northward toward Ruhai.
左江右湖， On the left is the River, and the right is the lake,
其乐无有。 There is no other pleasure like this.

"江"指长江，"湖"指洞庭湖。"江都"是扬州的旧名，但枚乘所写的景色其实是在湖北。谢灵运说得对，那里并没有明显的山地。不过枚乘在赋中确实写到了广陵观潮。广陵是扬州的另一旧称。枚乘描述了从高台上看到的美景，其中提到的地名可能使谢灵运混淆不清了。

谢灵运在赋中写到的江与湖无疑是巫湖和浦阳江。巫湖由大巫湖、小巫湖构成，其另一名称"太康湖"更为人熟知。例如，郦道元在《水经注》中指出，谢玄的居所就在太康湖："太康湖，车骑将谢玄田居所在。"[80]顾绍柏推测，太康湖曾覆盖今上虞与嵊州的大部，但在宋朝时或宋以前就消失了。[81]浦阳江由南到北流贯嵊州和上虞，并在三江口奔流入海。[82]

[77] 见《文选》，卷26，页1238。
[78] "Ineptness and illness have encroached upon me; /But I still have attained the benefit of tranquility."
[79] 见《文选》，卷34，页1565。
[80] 见《水经注疏》，卷40，页3330—3331。
[81] 见《谢灵运集校注》，页119，注1。
[82] 见史为乐主编，《中国历史地名大辞典》（北京：中国社会科学出版社，2005），卷2，页2205。

在谢灵运对自家别墅的记述中，水占了相当重要的地位，但最主要的地貌则是山。谢灵运在上述一段中接着就点到了山："面山背阜，东阻西倾。"[83] 他的自注告诉我们，这些山峰"便是四水之里也"[84]。

谢灵运的山间别墅有双峰秀出其间，都在别墅的南部。一座是嶀山，今名嶀大山，谢灵运呼之曰峄山，位于今浙江嵊州市北部嶀浦一带，[85] 在谢灵运的时代位于始宁境内。[86] 嶀山与东部在嵊州的嵊山连绵相接。[87] 这两座山都在《水经注》里有记载："（成功峤）北则嶀山与嵊山接，二山虽曰异县，而峰岭相连。"[88]

谢灵运的别墅其实由两部分组成。在《山居赋》中他称这两部分为北山和南山。北山是谢玄别业的原址所在，也称东山，名称上颇易混淆。它位于今上浦一带。[89] 南山是谢灵运开拓的新址，在嶀山附近。

谢灵运在描写别业时仿效了汉赋作家的写法，严格按照仪制，以东、南、西、北的顺序依次描述四方，并由分述"近东""近南""近西""近北"的四段开始。弗兰克·韦斯特布鲁克（Frank Westbrook）对这篇赋的结构特点作了精要的评价："谢灵运以此（即方向模式）作为其赋语言魅力的一部分，并在修辞上将他的住所放在宇宙的中心——汉赋作家也是这么写皇帝的朝廷的。谢灵运将自己的别墅营造成了一个缩微的宇宙。"[90] 不过，谢灵运在有一点上胜过汉赋作家，就是将方向模式重复使用，先用于近观，再用于远景，因而他还另有一节，讲述"远东""远南""远西"[91]"远北"的地方。其中，作者从本地的细微景观一直描述到别处会稽名胜的笔法颇值得称道。比如，"近东"这一段作者列举了一串田野、湖泊、溪谷、山峦的名称：

近东则	Near to the east are:
上田下湖，	Upper fields, lower lake,
西溪南谷。	Western gorge, southern valley,

[83] "It faces mountains and backs onto small hills; / On the east it is obstructed, and on the west it slopes downward."

[84] "within the surrounding waters."

[85] 见《浙江省嵊县志》中的游孝区地图。

[86] 见《文选》，卷 31，李善注引孔晔《会稽记》，页 1476。

[87] 见《浙江省嵊县志》中的灵芝区地图。

[88] 见《水经注》，卷 40，页 14 下。"To the north（of Chenggong Peak［成功峤］）is Mount Tu, which joins with Mount Sheng. Although the two mountains are in different counties, their peaks connect with each other."

[89] 最近出版的一部《上虞县志》将东山定位于上虞县治百官镇南十三公里处。见上虞县志编纂委员会编，《上虞县志》（杭州：浙江人民出版社，1990），页 684。

[90] 见"Landscape Description in the Lyric Poetry and 'Fuh on Dwelling in the Mountains' of Shieh Ling-yunn," p. 218.

[91] "远西"只有引言部分保存了下来，其余皆佚。

石垄石磅,	Stony knoll, stony confluence,
闵硎黄竹。	Min millstone, and yellow bamboo.

虽然这些都是本地小规模的景致，谢灵运却在下文中作了几乎全景式的呈现：

决飞泉于百仞，	Bursting forth are waterfalls cascading for hundreds of yards;
森高薄于千麓。	Standing in rows are tall copses ranged over a thousand foothills.
写长源于远江，	The waters pour forth their long flow into a distant river;
派深毖于近渎，	A tributary from a deep spring feeds a nearby irrigation ditch.

[92] 见 "Landscape Description in the Lyric Poetry and 'Fuh on Dwelling in the Mountains' of Shieh Ling-yunn," p. 222.

如此，瀑布（飞泉）由石隙直下百仞，密林遍布群山万壑。在最后一联中，谢灵运将长河注入的"远江"与"近渎"并列，创造出一种整体感。

然而，即使有谢灵运散文体的自注为辅，这些记述却并不明白易懂。韦斯特布鲁克对此的评论相当有洞见："自注的主要作用，无疑是让当时的读者读此赋时感到更晓畅易懂，生动有趣。自注不仅解释难字，指明出典，更用微妙的方法来表达词义，而不仅是注解难字、指明典故。谢灵运描绘自己别墅的特点，倾注了关爱的细节，仅此一点就可证明他对山情有独钟。他的自注在这里明确指出，这篇赋尽管时有奇幻之处，其灵感却是来自真实的山川。若读者忽略这一点，谢灵运栖山居水之论就是空谈了。" [92]

自注使原文晓畅易解，但偶尔也有枯燥乏味之处（有些妙论算是例外，我会在下文提及），但韦斯特布鲁克认为谢灵运的《山居赋》意在为古往今来的读者记录下山川的原貌，这是完全正确的。谢灵运对上引段落的注释是这样的：

上田在下湖之水口，名为田口。下湖在田之下下处，并有名山川。[93]

西溪、南谷分流，谷郫水畎入田口。西溪水出始宁县西谷郫，是近山之最高峰者，西溪便是□之背。[94]

入西溪之里，得石墠，以石为阻，故谓为石墠。石滂在西溪之东，从县南入九里，两面峻

[93] "Upper Fields is located at the mouth of the Lower Lake. It is called Field Mouth. Lower Lake is located in the lower area below the fields. It also has well known scenery."

[94] "Western Gorge and Southern Valley fork off, and a drainage ditch from the Guzhang River enters Field Mouth. The Western Gorge River issues from Guzhang west of Shi-ning county. This is the highest peak of the nearby mountains. West Brook is behind... (lacuna)."

[95] "Upon entering Western Gorge one finds Stony Barrier. Stones form an obstruction here, and thus it is called Stony Knoll. Stony Knoll is located east of Western Gorge. Within the gorge nine *li* south of the county on two sides there are steep pecipices several hundred feet high. Water cascades down from above. Near the outer gorge there is a huge tiered sluiceway extending ten-plus *li*. The entire way the cascading

current swiftly rushes, and all around it are sheer cliff walls and green bamboo."

[96] 译文：Min Millstone is located in the gorge east of Stony Confluence. Winding and weaving its way it flows down into fertile fields. Yellow Bamboo joins with it, and to the south connects with Puzhong.

[97] 关于 "字里行间的山水" 这一概念，见 Paul W. Kroll 颇有启发性的论文，"Lexical Landscapes and Textual Mountains in the High T'ang"（《盛唐词汇中的风景与字里行间的山水》），*T'oung Pao*（《通报》），84（1998）：62-101. 关于 "纸上山水"，见 Stephen Owen（宇文所安），"The Librarian in Exile：Xie Lingyun's Bookish Landscapes"（《流放中的图书馆员：谢灵运的纸上山水》），*Early Medieval China*（《中国中古研究》），10-11（2004）：203—226. 其中对谢灵运几首诗的解读很有见地。

[98]《谢灵运集校注》有该书的辑本，见页 272—284. 顾认为这部回忆录作于 422 至 433 年间。

峭数十丈，水自上飞下。比至外溪，封壐十数里，皆飞流迅激，左右岩壁绿竹。[95]

闵硎，在石滂之东溪，逶迤下注良田。黄竹与其连，南界莇中也。[96]

谢灵运在上文引用的注释，其中描绘的几处景色显然不是出自想象，也不是在他所谓的 "山水诗" 中常见的 "字里行间的山水" 或 "纸上山水"。[97] 说来可能有些幼稚，但谢灵运在优游其别墅时仿佛有一笔在手，随时记下所见的种种细节。像他一样满怀爱意记述一个地方的赋作家前无古人，后无来者。应当指出，谢灵运曾写过一部关于他造访过的山岳的回忆录，即《游名山志》。虽然只有残章断简流传至今，但这部著作可能是世界上最早的观山指南。[98]

《山居赋》的常见模式，是在赋的本体里采用较概括性的词汇，并在散文体的自注中提供阐释性的细节。比如，在 "近南" 一节中，他在韵文体的赋里写道：

近南则　　　　　　Nearby to the south

会以双流，　　　　Is a confluence of two streams,

萦以三洲，	Which wind through three islands.
表里回游，	Outward and inward they turn and roam,
离合山川。	Parting and joining the mountains and rivers.

自注是这样解释的：

双流，谓剡江及小江，此二水同会于山南，便合流注下。三洲，在二水之口，排沙积岸，成此洲涨。表里离合，是其貌状也。[99]

谢灵运不仅记载本地资料，还记述了剡江和小江，它们是浙江在这一带重要的河流。[100]

这一节里谢灵运没有忘记山水并论。下引一联中他描写山崖上凌空空兀的危岩：

崿崩飞于东峭，	Crags collapse and fly from the eastern scarps,
槃傍薄于西阡。	Boulders rise mighty and grand on western paths.

他的自注解说这些危岩给人造成的恐惧感，以及危岩作为以前县治所在地地标的实际功用：

"在其山居之南界，有石跳出，将崩江中，行者莫不骇慄，槃者是县故治之所。"[101]

虽然谢灵运指出了绝壁之险，他心中的畏惧并未达到中世纪欧洲登山者"见山即愁"的程度。在描写"近西"

[99] "The two streams are the Shan River and the Xiao River. These two rivers conjoin south of the mountain, and then flow down together. The three islands are located at the mouth of the two rivers. Sand that is pushed (by the waters) accumulates into banks to form these sediment islands, 'Outward and inward' and 'parting and joining' describe their appearance."

[100] 剡溪又名上虞江，是曹娥江的上游，现名澄潭江，从嵊州黄泽江以下称作曹娥江，它发源于磐安县大寒尖以西的尖公领。见《上虞县志》，页123。小江现名小舜江，长73公里，是曹娥江的主要支流。它发源于嵊州市竹溪乡的赤藤冈，流经绍兴市王化村、谷来镇，在胜江乡大溪口进入上虞区境内。在上虞区流经胜江乡和汤浦乡后，它于上浦小江口汇入曹娥江。见《上虞县志》，页124—125。

[101] "At the southern boundary of my mountain dwelling there are stones leaping forth as if about to collapse into the river. No one walking here would fail to take fright. The boulders mark the site of the former administrative center of this county."

景点时，他列举了多座原本不见经传的山名，有的山名令人浮想联翩，如"唐皇""室""壁""曾""孤"等，他以下引两行收束全段：

| 月隐山而成阴， | The moon hides in the mountains and all turns dark, |
| 木鸣柯以起风。 | On the trees branches begin to sing and the wind rises. |

韦斯特布鲁克将这一联作为谢灵运诗文中偶尔出现的一种技巧："以间接或非同寻常的方式观察事物。"[102] 下引《入彭蠡湖口》诗中的一联是个著名的例子：

| 乘月听猿狄， | By the light of the moon, I listen to the mournful gibbons; |
| 泡露馥芳荪。 | Soaked with dew, more fragrant becomes the sweet calamus.[103] |

在这一联里，谢灵运综合了多种感官的感受。他以视觉（月光）去倾听深山中的猿啼，用触觉去嗅闻夜晚空气里菖蒲的芳香。

韦斯特布鲁克指出，前引《山居赋》一联的下半联，字面意思应当是这样的："树木使树枝鸣响，并引起一阵风来。"这一表达与常识相左，因为通常都是由风吹树枝而引发鸣响的。但从谢灵运的自注中可知，发出鸣响的实际上是栖息在树枝上的鸟群："鸟集柯鸣，便谓为风也。"谢灵运把树枝变为鸣禽的另一例子就是《登池上楼》诗。[104] 可是韦斯特布鲁克指出，这样的解释平添模糊之意："不但把多种感官给混淆了，而且把一种感官感知到的诸多事物也给混淆了。"[105] 其实，究竟有没有起风都是个问题。因为"风"兼"音乐曲调"之意。谢灵运是不是一语双关呢？[106]

[102] 见 "Landscape Description in the Lyric Poetry and 'Fuh on Dwelling in the Mountains' of Shieh Ling-yunn," p. 128.

[103] 见《文选》，卷 26，页 1249。

[104] 即著名诗句"园柳双鸣禽"。见《文选》，卷 22，页 1040。

[105] 见 "Landscape Description in the Lyric Poetry and 'Fuh on Dwelling in the Mountains' of Shieh Ling-yunn," p. 130.

[106] 我本已就这一可能的双关语写了一段注解，后来发现伊懋可也发现了这一行中的双重含义。见 The Retreat of the Elephants: An Environmental History of China, p. 345.

最后一段都是有关"近北"一带景点的。谢灵运首先提到了二巫湖，在自注里他解释说二巫指的是大巫湖和小巫湖。顾绍柏指认二者就是众所周知的太康湖，在宋前或宋朝时就消失了。顾绍柏推测，二巫湖曾覆盖今上虞与嵊州的相当大部分。[107] 这个湖看来是归谢氏家族所有的，明显是个大人工湖。[108]

这一段里还有好几个独一无二的字。一个是"羿"，谢灵运说它是一条"长溪"。"羿"也许是越地的方言。[109] 另一个是"矶"，可能也来自方言，不知其义，顾绍柏认为或是"矶"字的或体字，意为"水边突出的大石头"，常用来捕鱼。

接下来的四段里，谢灵运将视野扩展到更远的地域。在"远东"和"远南"两段中谢灵运注目的是青山。这些山有的很有名，有的却已不为今人所知。谢灵运将东部群山视为隐士栖身之处，其中今人仍知其名的有天台、桐柏和四明。天台山在前文讨论孙绰《游天台山赋》的时候已经提及。谢灵运在《山居赋》里记述了自己踏过青苔遍布的石桥、在楢溪中迂回小道上勉力步行的经历：

凌石桥之莓苔，   I have trod the moss of Stone Bridge, [110]

越楢溪之纤萦。   Crossed the winding twists of You Gorge.

他在自注中进一步说明了攀越天台的危险："往来要径石桥，过楢溪，人迹之艰，不复过此也。" [111]

桐柏山又名金庭，是天台山脉的一部分。[112] 在谢灵运的时代桐柏山是一处重要的道教中心。[113] 四明是在今浙江宁波西南的山脉，有两百八十二座主峰，与天台山脉相连，延伸入嵊州和上虞境内，[114] 今人已无法确知的山岳都有发人联想的名称，如方石、二韭、五奥、三菁等等。后三座山的名称很明显都像"四明"一样含有数字。谢灵运在自注里提到了关于其

[107] 见《谢灵运集校注》，页119，注1。
[108] 见《水经注疏》，卷40，页3330—3331。
[109] 钱大昕(1728—1804)指出，"羿"这个字在任何字典里都找不到。见方诗铭、周殿杰点校，《廿二史考异》(上海：上海古籍出版社，2004)，卷24，页416。李慈铭(1830—1894)推测它是越方言中的字。见[清]李慈铭著，徐蜀编，《宋书札记》，《魏晋南北朝正史文献》(北京：北京图书馆出版社，2004)，卷3，页430。
[110] 石桥在天台山。另一条关于其上青苔的记述，见孙绰著，康

达维译，《游天台山赋》，《文选》，卷2，页247，第39行。
[111]《谢灵运集校注》，页453。"In my travels I must cross Stone Bridge and pass over You Gorge（楢溪）. For hazards of human passage, nothing surpasses these places."
[112] 见《浙江省嵊县志》，页50。
[113] 见 Richard Mather（马瑞志），*The Poet Shen Yüeh（441–513）：the reticent marquis*（《诗人沈约》，Princeton：Princeton University Press，1988）. pp. 124-125.
[114] 见《浙江省嵊县志》，页54。

中一些山峰的惊人掌故。二韭、四明和五奥这三座山，"皆相连接，奇地所无，高于五岳，便是海中三山之流"。四明山脉的五奥山可能以五位隐士的住所命名。这五位隐士包括僧昙济（411—475），谢灵运说他住在孟山里，还有蔡氏、郗氏、谢氏和陈氏，其中只有几位能确切地被指认。郗氏可能指的是郗超（336—377），他同僧支遁和谢灵运的曾叔祖谢安交善，对佛教和道教都感兴趣。[115] 谢氏可能指的是会稽人谢敷（四世纪前后在世）。他的隐居之处就是广为人知的太平山。[116] 谢敷同郗超是好朋友，跟僧支遁可能也相当熟识。[117]

上文我提到谢灵运描写"远西"的一段已佚。在最后记述"远北"的一段里，谢灵运描写了一条他称之为"长江"的河流。韦斯特布鲁克将之译为"扬子江"[118]。但这条河不可能是远在北边的扬子江，而应当是在上虞以东、于谢灵运别墅不远处入海的钱塘江，它至今还以潮汐闻名。谢灵运在赋中自然也少不了提到这一点：

[115] 关于郗超，见［唐］房玄龄，《晋书》（北京：中华书局，1981），卷 67，页 1801—1804；Erich Zürcher, The Buddhist Conquest of China（Leiden：Brill, 1959），pp. 134—135. 中译本为许理和著，李四龙、裴勇译，《佛教征服中国》（南京：江苏人民出版社，1998），页 134—135。

[116] 见《晋书》，卷 94，页 2456—2457。

[117] 见《佛教征服中国》，页 136—137。

[118] 见 "Landscape Description in the Lyric Poetry and 'Fuh on Dwelling in the Mountains' of Shieh Ling-yunn," p. 235.

[119] "People of the seacoast call 'solitary hills' kun（崐）. The islands have hills. They are called daoyu（岛屿）. These are islands. The word zhang（涨［sandbar］）means that sand begins to accumulate and is about to form islands. They are scattered about irregularly. In one place（the waters）whirl and sink, winding and converging."

长江永归，	A long river flows ever homeward,
巨海延纳。	The giant sea greets and receives it.
崐涨缅旷，	Solitary hills and sandbars stretch on and on,
岛屿绸沓。	Islands and holms are jumbled together.
山纵横以布护，	Mountains hither and thither spread and sprawl;
水回沉而萦沓。	Waters eddy and sink, wind and fall.

他还不得不在注释里解说一些词语：

> 海人谓孤山为崐。薄洲有山，谓之岛屿，即洲也。涨者，沙始起将欲成屿，纵横无常，于一处回沉相萦扰也。[119]

不过，直到下一段他才引入对潮水的描写：

窥岸测深，	One peers at the banks and plumbs the depths;
相渚知浅，	One examines the isles and knows the shallows.

[120] 此处文字的意思不明。"缘"，一作"窥"。

[121] "Where the coast is high, one can guess that, below, the water drops many fathoms, / And, by reading the patterns of islets, know the location of the shallows."

[122] 最好的例子可能是《毛诗》第50首，《诗经·鄘风·定之方中》，见［汉］毛亨传，［汉］郑玄笺，［唐］陆德明音义，［唐］孔颖达正义，［清］阮元校勘，［清］卢宣旬摘录，《毛诗正义》（台北：艺文印书馆，1965，影印阮元校刻《十三经注疏附校勘记》本），页114-2。

这一段是《山居赋》中有关观察和观览的绝佳例子。首行谢灵运说，通过"窥"视江岸，他就能测知江水有多深，[120] 经由"相"水中小岛，他就能判定水有多浅。在自注里谢灵运如是说："岸高测深，渚下知浅也。"[121] 或许这只是常识性的评论，通过观察景物而判别其显要特征是中国文学中非常古老的主题，《诗经》就已经有一些先例了。[122]

这一节余下的部分，谢灵运描绘了潮水：

洪涛满则曾石没，	When the giant bore flows full, piled rocks disappear;
清澜减则沉沙显。	When clear ripples subside, sunken sands appear.
及风兴涛作，	When the wind rises and waves heave,
水势奔壮。	The water's force races swift and strong.
于岁春秋，	In spring and autumn of the year,
在月朔望。	During the new and full moon of the month,
汤汤惊波，	Startling waves in flooding flow,
滔滔骇浪。	Terrifying swells in swirling surges,
电激雷崩，	Strike like lightning, crash like thunder,
飞流洒漾。	Their rapid flow sprays and soaks.
凌绝壁而起岑，	They overtop sheer cliffs forming protruding crests;

横中流而连薄。	They cut across the mainstream and flow continuously onward.
始迅转而腾天，	At first they swiftly swirl and leap into the sky;
终倒底而见塈。	Then upturn the river bottom revealing deep chasms.
此楚贰心醉于吴客，	With this the Chu heir had his heart entranced by the guest from Wu,
河灵怀惭于海若。	And the River Spirit was put to shame by the Sea God.

谢灵运应当熟知枚乘笔下描绘的、发生在该地北边的潮汐，[123] 虽然在辞藻的绚丽上他不及这位汉代前辈，但他传神的笔法仍然生动地刻画出了钱塘潮的威力。

　　描写潮汐之后谢灵运开始描写别墅本身，由他祖父谢玄开拓的北部写起，井然有序。花园四周有枌树和槿树环绕为篱。在《田南树园激流植援》一诗中他说自己"插槿当列墉"[124]。

　　通贯全赋，谢灵运都是在止步的时候反思过去的所作所为。记述栽植篱笆、多条绕园小径、河湖山丘之景后，他评论说：

考封域之灵异，	Upon examining the divine wonders my domain,
实兹境之最然。	I find that this place is unrivaled.

"封域"一词原指诸侯领地。[125] 谢灵运实际上是在以古代王侯的方式巡视自己的别业。

　　谢灵运从一开始就明确指出，他是为了有助观瞻才建楼造阁的。开门启户，为的是更好地观看风景和农田，但农田无疑也是他收入的主要来源：

[123] 枚乘描写了广陵的潮水。广陵在今扬州附近的长江边。但广陵潮和钱塘潮常为人合二为一。因为谢灵运在数行后提到了枚乘对潮水的描写，他可能以为枚乘所描写的潮就是钱塘潮。

[124] 见《文选》，卷30，页1397；《谢灵运集校注》，页114—116。

[125] 下文朝廷官员讨论为秦始皇赋颂刻石就是很好的一个例子。见《史记》，卷6，页246，"诸侯各守其封域"条。

敞南户以对远岭,	I opened a southern door facing the distant peak,
辟东窗以瞩近田。	Opened an eastern window looking out on nearby fields.

虽然这样的观览属于高卧东山、端坐不动的一类，却可见谢灵运并不满足于只从窗外欣赏别墅的景色。

观览的结果，谢灵运似乎将"园"和"田"分得很清楚。"园"主要是用来看风景的，"田"则用来种植稻谷、各种小米和黄豆。他是这样描写"田"的：

塍埒交经。	Raised pathways crisscross.
导渠引流,	We channel waterways to direct the flow;
脉散沟并。	Arteries spread out and conduits converge.
蔚蔚丰秫,	Thickly growing lush millet,
芯芯香秔。	Sweet-smelling fragrant rice,
送夏蚤秀,	As summer ends, the early crop ears,
迎秋晚成。	As autumn begins, the late crop ripens.
兼有陵陆,	There are also mounded and level plots,
麻麦粟菽。	To grow hemp and wheat, spiked millet and soybeans.

在谢灵运对自己耕作的记述中有些无意的嘲讽。他说自己鄙视一心牟利的工商之流，所以甘心做个卑微的农夫：

候时觇节,	Awaiting the time, watching the seasons,
递艺递熟。	First we sow, then reap.
供粒食与浆饮,	Being provided with grain to eat and beverages to drink,
谢工商与衡牧。	I can refuse to be artisan or merchant, forester

or pastor.

生何待于多资，
Why should livelihood depend on great riches,

理取足于满腹。
For the order of things finds sufficiency in a full stomach.

谢灵运在此处的观览具有实用主义的目的，即决定播种与收获的时节。在自注里他进一步解释上述几行：

许由云："偃鼠饮河，不过满腹。"[126] 谓人生食足，则欢有余，何待多须邪? 工商衡牧，似多须者，若少私寡欲，充命则足，但非田无以立耳。[127]

[126] 见《庄子·逍遥游》。

[127] "Commentary:Xu You says, 'When a mole drinks from a river, he takes no more than a bellyful.' This means that if a person's livelihood provides him sufficient food, he will be more than happy. Why does he need a surfeit? Artisans, merchants, foresters, and herdsman seem to need a surfeit. If one has little attachment to things and few desires, he will fulfill his fate and that will suffice. However, without fields, one has no means by which to stand."

谢灵运自然不是个卑微的农夫，他是个富有的地主，有大批依附于他的雇农为他照看、耕种别墅里的农田。他把自己同这些像农奴一样的劳动力之间的关系描绘成言过其实的和谐、平等：

山作水役，
For work in the mountains, labor on the waters,

不以一牧。
I do not use a single animal tender.

资待各徒，
I rely on my retainers,

随节竞逐。
Who through the seasons vie to outdo one another.

接着谢灵运列举了随从们做的各种工作：

陟岭刊木，
They climb peaks and fell trees;

除榛伐竹，
Remove dense growth, cut down bamboo.

抽笋自篁，
They cull shoots from bamboo thickets;

摛箬于谷，	Strip skin from bamboo in valleys.
杨胜所拮，	Actinidia they pick in great abundance;
秋冬菖荻，	Autumn and winter they harvest bindweed.
野有蔓草，	"In the wilds there is creeper grass;"
猎涉蔓藗，	They forage through field and stream for wild grapes.
亦酝山清，	They also brew "mountain purity,"
介尔景福。	Which "increases great blessings."
苦以术成，	The bitter is made from atractylis,
甘以攟熟。	The sweet is aged from mangosteen.
慕椹高林，	They cut mulberry fruits in tall forests,
剥茇岩椒。	Peel achnatherum on cliff tops.
掘蒨阳崖，	They dig up madder on southern ridges,
摘摵阴摽。	Pluck *xian* on northern crests.
昼见搴茅，	In the daytime one sees them picking thatch-grass,
宵见索绚。	At night one sees them knotting ropes.
芟菰翦蒲，	They mow zizania, cut cattails,
以荐以芰。	To serve as mats, to serve as wild rice stems.
既坭既埏，	They make mud, they make clay;
品收不一。	The varieties gathered are more than one.
其灰其炭，	They (observe) the ashes, they (observe) the charcoal;
咸各有律。	For each and all there is a (corresponding) pitch pipe.
六月采蜜，	In the sixth month they gather honey;
八月朴栗。	In the eighth month they thresh the grain.
备物为繁，	All of these things are so plentiful,

略载靡悉。　　　　　　　　I can only roughly recount them, certainly not
　　　　　　　　　　　　　in detail.

　　谢灵运并未把所有时光都消磨在农事上。他用了很多段落记述自己跋山涉水，游览别墅中多处景点的过程。在紧接上文所引鄙弃工商衡牧之流的一段后，他说到了"水区"：

自园之田，　　　　　　　From the garden one goes to the fields,
自田之湖。　　　　　　　And from the fields one goes to the lake.
泛滥川上，　　　　　　　The waters have flooded the riverbank,
缅邈水区。　　　　　　　Far and wide they flow over the watery precincts.

谢灵运观览田园并不仅限于观赏，他还是做了些劳动的。比如，疏浚河床，移除堵塞菰米田的缠绞植物：

浚潭涧而窈窕，　　　　　I dredged deep streams that wend long and far;
除菰洲之纤余。　　　　　I removed twisted tangles from the wild rice islets.

但他真正关心的只有风景：

愍温泉于春流，　　　　　Warm springs gush forth in early spring torrents;
驰寒波而秋徂。　　　　　Cold waves dash as autumn rushes onward.
风生浪于兰渚，　　　　　Wind stirs waves on isles where thoroughwort
　　　　　　　　　　　　grows;
日倒景于椒涂。　　　　　The sun refracts its light on the fagara-planted
　　　　　　　　　　　　path.

飞渐榭于中沚，　　　　　A water-soaked terrace soars from an island in
　　　　　　　　　　　　the river;
取水月之欢娱。　　　　　There we take pleasure in the moon reflected in

	the water.
旦延阴而物清,	At dawn shadows stretch and everything is cool;
夕栖芬而气敷。	At dusk fragrance gathers and the sweet aroma spreads.

[128] 见《文选》，卷 19，页 899。"treads the strong pungency of the fagara-planted path,/ Walks through clumps of asarum, scattering their fragrance."

[129] 见《文选》，卷 35，页 1601。"One greets a scented breeze in clumps of asarum,/ Sees a fagara-planted path by a marble stairway."

[130] 见《史记》，卷 28，页 1402；《汉书》，卷 25 下，页 1245。

[131] 见 The Mountain Poems of Hsieh Ling-yün, p. 18.

椒涂（种植有椒类植物的道路）常与色情或宫廷情景有关。在曹植（192—232）的《洛神赋》里，洛神"践椒涂之郁烈，步蘅薄而流芳"[128]。张协（307 年卒）在他的《七命》里描写了一处引人入胜的皇家园林，其中"溯蕙风于衡薄，眷椒涂于瑶坛"[129]。渐榭（浸满水的台榭）可能是"渐台"的别名。西汉长安建章宫有一座矗立在大湖中心的渐台。[130] 也许谢灵运是想将汉武帝（公元前 156—前 87）敕令建造的皇家建筑都搬到自己的别墅中来。

上引数行的重要性在于景物的形象化。"倒景"（阳光的反光或倒置的阳光）一词也作"倒影"，这个词再度显示了谢灵运对含糊其词的运用。到底是阳光还是山影投射到道路上，我还不能确定。在下一行中谢灵运继续从水面倒映的月光中撷"取"欢娱。接着是另一个光影的形象：太阳"延阴"。戴维·亨顿（David Hinton）将其译作"延展的影子"[131]。

谢灵运像汉代辞赋作家一样，在下文列举了一系列水草、草药、竹子和树木的名类。这里列举的条目都与汉赋中的植物种类不同。谢灵运花园里栽种的多是有实用价值的植物，可供食用或药用。第一类植物是萍、藻、蕰、茭、蕹、荪、芹、菱、莲花之类的水生植物。谢灵运用了很长的一段文字来颂美莲花：

虽备物之偕美,	Although all the things provided here are beautiful,
独扶渠之华鲜。	Only the blossoms of the lotus are brightly hued.
播绿叶之郁茂,	It displays a thick luxuriance of green leaves,
含红敷之缤翻。	And embodies a profusion of red blooms.

怨清香之难留，　　　　　I regret that its pure fragrance is hard to retain,

矜盛容之易阑。　　　　　And I lament that its resplendent form easily fades.

必充给而后擘，　　　　　It must be full before it can be picked;

岂蕙草之空残。　　　　　How unlike the patchouli that perishes in vain!

谢灵运对莲花情有独钟，将之归因于他本人醉心佛教可能更为有理。因为在他的时代，这种生长于水中的花已经成为最经典的佛教之花。

与宫廷赋作中所列举的植物名称不同，多数谢赋中提到的植物是适宜在始宁当地气候下生长的。谢灵运的园林可供给所有别墅住客所需要的食物。他对此颇为自豪，因而在自注里他说，他的山居"不待外求者"。

谢灵运对会稽的竹林也表达了乡土自豪感：

捎玄云以拂杪，　　　　　They brush away the clouds with their sweeping

　　　　　　　　　　　　crowns;

临碧潭而挺翠。　　　　　Overlooking turquoise pools, they thrust forth

　　　　　　　　　　　　their greenish hues.

蔑上林与淇澳，　　　　　This makes Shanglin and the cove of Qi seem

　　　　　　　　　　　　miniscule;

验东南之所遗。　　　　　And gives proof to what the southeast has

　　　　　　　　　　　　inherited.

据《尔雅》记载，"东南之美者有会稽之竹箭焉"[132]。在自注里谢灵运解释说，上林乃"关中之禁苑"，又说"淇澳"指卫地的一处竹园[133]。在他眼中，这两处园林"方此皆不如"，都比不上他的。

除了列举植物外，谢灵运接着介绍了动物种类，以一短小的导言性段落开头：

[132] 见 [晋] 郭璞注，[宋] 邢昺疏，[清] 阮元校勘，[清] 卢宣旬摘录，《尔雅注疏》（台北：艺文印书馆，1965，影印阮元校刻《十三经注疏附校勘记》本），卷9，页111-2。

[133] 淇澳是在古魏国的一处园林，见于正义《毛诗》第55首，《诗经·卫风·淇奥》，见《毛诗正义》，页126-2。该诗每一节都提一种叫作"绿竹"的植物。这种"竹"并非竹子（而是萹竹），谢灵运此处用典显然主要是为了文中"竹"这个字。

植物既载，	Not only do plants grow here,
动类亦繁，	Animals also here abound.
飞泳骋透，	They fly and swim, run and leap;
胡可根源。	How can one trace their root and origin?
观貌相音，	I view their appearance and examine their sound,
备列山川。	And I find them fully arrayed over mountains and streams.

[134] "There are several kinds of animals, There are those that soar and those that run. Those that run, gallop, and those that jump, leap. I say that their species are so numerous I cannot keep track of them. If I only observe their appearance and examine to their sounds, I can know the beauty of mountain and stream."

这一段关于观览的陈述相当引人入胜。"动类"当然是"动物"的意思，但谢灵运把"动物"称作"动类"（活动的种群）。与"栽种的""静止的"植物不同，这些东西能够活动，能够飞翔（飞）、游水（泳）、奔跑（驰）、跳跃（透），因为它们几乎没有一刻是静止的，也很难追溯它们的本源。但是谢灵运还是可以观其外形，察其声音（观貌相音），也看到它们"备列"于山川之间。谢灵运似乎认为，有生命的物体就是山川景色的一部分，所以他在自注里写道："兽有数种，有腾者，有走者。走者骋，腾者透。谓种类既繁，不可根源，但观其貌状，相其音声，则知山川之好。"[134]

谢灵运提及的动物种类包括鱼类、鸟类和哺乳动物。同样的，它们多是东南一带的动物。谢灵运除了标出它们的读音外，未特意指明它们的类别，有些根本无法确知是何种类。谢灵运在下一段的结语中解释了他在别墅禁渔禁猎的做法：

缗纶不投，	Fishing leaders and lines are not cast,
置罗不披。	Nets and mesh are not spread out,
礌弋靡用，	Stones and arrow cords are not used,
蹄筌谁施。	Traps and snares no one sets.
鉴虎狼之有仁，	Drawing a lesson from the kindness of tigers and wolves,

伤遂欲之无崖。	I am distressed that there is no end to fulfilling desire.
顾弱龄而涉道，	I recall in my youth when I embarked on the Way,
悟好生之咸宜。	And I realized that loving life should apply to all.
率所由以及物，	Following this course, I extend this principle to all things;
谅不远之在斯。	Truly I am not far from it here.
抚鸥鲦而悦豫，	Cherishing gulls and hemiculter, I feel happy and at ease;
杜机心于林池。	I shall keep the "heart of contrivance" out of grove and pond.

谢灵运在自注里对此作了详细的说明。一个主要的动因当然是他对佛教的推崇。但他还在《庄子》中找到了反对杀生的理由。《庄子》里的那一段讲的是虎狼的仁爱本性："虎狼仁兽，岂不父子相亲。"[135] 前引一段最后两行也用了典，谢灵运将两个典故合二为一。第一个典故出自《庄子·天地》篇，说的是子贡与一个园丁相逢，后者正在勉力地提水浇灌花园。子贡建议他为省事起见，不妨借助"机械"。但园丁说，他的老师教训他"有机械者必有机事，有机事者必有机心"[136]。第二个典故出自《列子·黄帝》[137]。说的是海边的一个男子喜爱海鸥，每日去海边与海鸥嬉戏，一天他的父亲要他捉几只回家以供赏玩，当天海鸥就"舞而不下"了。

谢灵运在《山居赋》的最后一部分以大量篇幅描写了别墅的南山部分，并首先讲述了自己是如何独自外出，通观全域，以便系统地勾画出全面蓝图的：

[135] 见《庄子集释》，卷 5 下，页 497—499。"Tigers and wolves are kind, for aren't sire and cub affectionate with each other?"

[136] 见《庄子集释》，卷 5 下，页 433。"whoever has contrivances, must have activities that involve contrivances, and anyone who has activities involving contrivances, must have a heart of contrivance."

[137] 杨伯峻，《列子集释》（北京：中华书局，1979），卷 2，页 68。

爰初经略，	When I first laid out a plan and design (for my estate),
杖策孤征。	Leaning on a walking stick, I traveled alone.
入涧水涉，	I entered streams, forded rivers,
登岭山行。	Climbed peaks and walked over mountains.
陵顶不息，	Upon traversing a summit, I did not rest;
穷泉不停。	Upon tracing a spring to its source, I did not stop.

谢灵运出游常有大批随从、食客相伴左右，所以他自称"孤征"是可疑的。似乎在谢灵运之前不久，这个词语才被用到行旅上，这段文字中更引人注意的是谢灵运对他巡视活动的描述，他对此不仅富有活力，甚至极其热衷。在区区四行文字之内他跋山涉水，即使登上顶峰、穷尽水源也不稍作停歇。他将自己描绘为一个闯入未知地域、筚路蓝缕的拓荒者：

剪榛开径，	Cutting through thick growth, I opened a trail;
寻石觅崖。	I explored rocks, scoured cliffs.
四山周回，	On all sides mountains would around me;
双流逶迤。	A pair of streams sinuously flowed.

[138] 见《谢灵运集》，页 258，注 239。 文中提到的两条溪流可能是剡江和小江。[138]

或许谢灵运无意对这段山间跋涉作具体的记载，因为他可能想要描述为达到某种更高的精神领域而作出的艰辛努力。其后数行文字里谢灵运告诉我们，他探索的结果就是至少在一年中的部分时间里为居住在他别墅中的僧人营建房屋（下文我将作说明）：

面南岭，	Facing the southern peaks,
建经台。	I built a scripture terrace.
倚北阜，	Against the northern hill,

筑讲堂。	I constructed a lecture hall.
傍危峰,	Beside a precipitous peak,
立禅室。	I set a meditation chamber.
临浚流,	Overlooking a deep stream,
列僧房。	I placed houses for monks.

谢灵运在这结尾几行,揭示了为何山居的环境最适宜他的佛徒宾客(大概也适宜他自己):

谢丽塔于郊郭,	I bid farewell to the pretty pagodas of the suburbs,
殊世间于城傍。	I withdraw from the world by city walls.
欣见素以抱朴,	I am delighted to see simplicity and embrace the uncarved block;
果甘露于道场,	And I truly have found sweet dew in the "Place of the Way."

"道场"是 Bodhimanda 的中译,意为真理之域,这里指学习佛经、修行的场所。[139] 在自注里谢灵运用几句话解说了上述几行:"贫者既不以丽为美,所以即安茅茨而已。是以谢郊郭而殊城傍,然清虚寂漠,实是得道之所也。"韦斯特布鲁克指出,不应从字面意义上理解谢灵运所说的贫穷,因为他可能摆出佛教徒的姿态,强调自己热衷于简单与"抱朴"。[140]

记述僧众的佛事活动及其精神的纯净之后,谢灵运在下一段谈到了道士。道士在他的别墅里也颇受优遇。尽管谢灵运竭力赞赏佛道二教,在自注里他却把道士降低一级,因为他们尚"未及佛道之高"。在记述佛道教信徒生活的平和与宁静之后,谢灵运继以上文引用的一段,讲述随从在别墅中从事的各种劳动。

南山一带山色雄奇,有三园、九泉、五谷,多条溪水流经此地,为堤坝所阻。从谢灵运的注解中

[139] 见吴汝钧编,《佛教大辞典》(北京：商务印书馆, 1992),页488右下。
[140] 见 "Landscape Description in the Lyric Poetry and 'Fuh on Dwelling in the Mountains' of Shieh Ling-yunn," p. 279.

我们得知，那里有很多小道和蹊径。有一条小路经过山顶，并环绕平原长达三里（约一英里）。路旁竹木繁茂，"飞流"激湍。另一条路呈东西走向，嵋山在其上清晰可见。从此地俯瞰，则可见"清川如镜"。不过谢灵运并不是从一个静观者的视角察看大地的，因为他还在继续游览山水：

凌阜泛波，	Traversing the hills, drifting on the waves,
水往步还。	I go forth by water, return on foot.
还回往匝，	Turning and winding, taking a circuitous course.
枉渚员峦。	There are twisting islets, rounded peaks.

谢灵运在园地的西边建起一处馆阁。他形容说，这座建筑是依照四周的自然环境建造的：

抗北顶以茸馆，	Against the northern crest I have built a lodge,
瞰南峰以启轩。	Looking down from the southern peak I placed the veranda.
罗曾崖于户里，	Layered cliffs are displayed in the doorway;
列镜澜于窗前。	Mirrorlike ripples are arrayed before the window.
因丹霞以颒楣，	I use cinnabar-colored mists to serve as scarlet lintels;
附碧云以翠椽。	Attach prase-colored clouds to make green rafters.

可能这种描写是谢灵运试图淡化"人工"的痕迹，将别墅中的人造建筑呈现为"自然""单纯"的又一例子。

谢灵运并未分别着笔描写"三园"和南山别墅附近的竹园。在自注里谢灵运提供了一些确切的数字：竹园东西长一百丈（约 231 米），南北长一百五十五丈（约 358 米）。自注提供了有关山居环境极其详尽的细节，甚至包含具体的距离。以下仅举一例：

南山是开创卜居之处也。从江楼步路，跨越山岭，绵亘田野，或升或降，当三里许。涂路所经见也，则乔木茂竹，缘畛弥阜，横波疏石，侧道飞流，以为寓目之美观。及至所居之处，自西山开道，迄于东山 [141]，二里有余。南悉连岭叠巘，青翠相接，云烟霄路，殆无倪际。[142]

[141] 由这两处相距很近，可知此"东山"不可能是作为别墅一部分的"东山"。我估计它是属于南山的较小山丘。

[142] "South Mountain is the place where I built and divined a dwelling. If one walks along the road from the mountain tower, crosses the mountain crest, and follows along the fields, either ascending or descending, the distance is about three *li*. This is what one sees along the road: towering trees and lush bamboo skirting the fields and stretching over the hills; heaving waves and scattered rocks, side paths with cascading streams. These are the beautiful sights that catch one's eyes. When one reaches the place where I dwell, there is a road leading from the western hill that extends for over two *li* all the way to the eastern hill. To the south is nothing but interconnected ranges and mountain barriers, their greenish hues conjoined, and an empyreal road through clouds and mist that seems utterly without end."

[143] "The cliffs to the west are girded by a forest, and about twenty *zhang* (46.2 m) from a lake I laid a foundation and constructed a roof. In the midst of the cliff and forest, water surrounds stone stairs, and windows open out toward the mountains, and one can gaze upward to the layered peaks, and look down and see the deep chasm shining like a mirror."

[144] "Halfway to the top of the peak from the cliff is another tower. Gazing afar and looking all around one finds something of interest in the distance, and looking back one sees the western lodge. One directly gazes upon its windows and doors."

西岩带林，去潭可二十丈许，葺基构宇，在岩林之中，水卫石阶，开窗对山，仰眺曾峰，俯镜浚壑。[143]

去岩半岭，复有一楼。迥望周眺，既得远趣，还顾西馆，望对窗户。[144]

南山别墅还有一个特点是有多处泉水。谢灵运以《诗经》中的词句来描写它们，并在自注里标明典故。下面一例可能是《山居赋》中几处引经据典的景色之一：

因以小湖，	Following from here is a small lake;
邻于其隈。	It borders upon the mountain nooks.
众流所凑，	This is where the many streams converge,
万泉所回。	And the myriad springs return.
沈滥异形，	"Sidewards spouting" and "upward welling" in variant forms,

| 首毖终肥。 | First "burbling" and last "gushing." |

自注:沈滥、肥毖,皆是泉名,事见于诗。云此万泉所凑,各有形势。[145]

在此后三个较长的段落里,谢灵运更加详细地描写了南山、北山两处的植物,其中包括一段有关他的果园的记录。他的果园有些是以古书中著名的果园来命名的:

| 杏坛柰园, | There are Apricot Altar, Mango Orchard, |
| 橘林栗圃。 | Orange Grove, Chestnut Garden. |

谢灵运在自注里解释了这些典故:"庄周云:'渔父见孔子杏坛之上。'[146]《维摩诘经》'柰树园'[147]。扬雄《蜀都赋》云'橘林'[148]。左太冲亦云:'户有橘柚之园。'[149]"

这些花园和果园不但提供食物,还出产草药,谢灵运服食那些草药,以使他的"弱质"复元。此处他展示了自己对山中草药的丰富知识:

颓龄易丧。	Fading years are easily lost.
抚鬓生悲,	I stroke my temple hairs and sadness grows;
视颜自伤。	I look at my face and commiserate with myself.

[145] 这些词语在《诗经》中都被用来描写泉水。关于"沈",见《诗经·小雅·大东》第3章,《毛诗正义》,页439-1;关于"滥",见《诗经·小雅·采菽》第2章,页500-2;关于"肥",见《诗经·邶风·泉水》第4章,页102-2;关于"毖",见《诗经·邶风·泉水》第1章(似为泉水名)页101-1。自注:"'Sideways spouting,' 'upward welling,' 'gushing,' and 'burbling' are names applied to springs. As for matters concerning them see the *Classic of Songs*."

[146] "杏坛"见于《庄子·渔父》。见《庄子集释》,卷10上,页1023。"The fisherman saw Confucius on Apricot Rise."

[147] 柰树园译自梵文庵罗园(Āmravana),后者是由一位名叫庵罗女(Āmradārika)的女性皈依者奉献给佛陀的树林。《维摩诘经》(*Vimalakīrti nirdeśa sūtra*)首先提及了佛陀在庵罗园所作的逗留,见《大正新修大藏经》(台北:新文丰出版公司,1983),第14册,第474经,页519a。

[148] 见[汉]扬雄,《蜀都赋》,张震泽编注,《扬雄集校注》(上海:上海古籍出版社,1993),页1。

[149] 见[晋]左思,《蜀都赋》,《文选》,卷4,页181。"Each household has an orange and pomelo orchard."

承清府之有术,	Having obtained the arts of the pure temple,
冀在衰之可壮。	I hope my declining state can be made strong.
寻名山之奇药,	I search for rare herbs on famous mountains,
越灵波而憩辕。	Cross divine waves and rest my cart.
采石上之地黄,	I pick rehmannia from the tops of stones,
摘竹下之天门。	Gather shiny asparagus from beneath bamboo.
摭曾岭之细辛,	I take asarum from layered peaks,
拔幽涧之溪荪。	Pluck calamus from secluded brooks.
访钟乳于洞穴,	I seek out stalactites in deep caverns,
讯丹砂于红泉。	Search for cinnabar in red springs.

谢灵运自幼多病,他在《山居赋》中几处提到自己久病沉疴,这并非言过其实。[150] 种植草药也同他对道教的兴趣及"长生之道"有关。他少年时曾被寄养在杭州一带一个信奉道教的人家,并接受教育。[151] 他必然熟读作为传统必修课之一的《本草》。

除了游观之外,谢灵运还讲述了他参与的静修活动,特别是在雨季,同来此地远近僧众的"安居"(vārsa,又称雨安居、坐夏或坐腊,指僧徒每年在雨季三个月内不外出,静心坐禅修学)活动:

[150] 有关谢灵运的疾病,见 The Murmuring Stream ; The Life and Works of Hsieh Ling-yün, vol. 1, p. 32.

[151] 见 The Murmuring Stream ; The Life and Works of Hsieh Ling-yün, vol. 1, pp. 5–6.

安居二时,	The monks "tranquilly dwell" for two seasons,
冬夏三月。	In winter and summer, each three months.
远僧有来,	There are monks who come from afar,
近众无阙。	The nearby *sangha* also are not absent.
法鼓朗响,	The *dharma* drum loudly sounds,
颂偈清发,	*Gāthā* of praise are clearly intoned,
散华霏蕤,	Scattered blossoms profusely fall,
流香飞越。	Streaming fragrance spreads in flying flow.

析旷劫之微言,	They analyze the subtle words of distant kalpas,
说像法之遗旨。	Explain the residual meaning of the "counterfeit Doctrine." [152]
乘此心之一豪,	They avail themselves of a hair-breadth of this heart.
济彼生之万理。	To aid the myriad innate tendencies of other beings.
启善趣于南倡,	The teaching on "good destinations" begins with the leader on the south,
归清畅于北机。	And the clear and smooth response returns from the northern teacher.

此处谢灵运提到了从古代的原始部落节庆中发展起来的"斋"。作为佛教仪式，这是帝王、贵族、富有的居士主持的集会，内容包括吃斋饭以及讲经说法。[153]谢灵运肯定是这类活动在中古早期最早的赞助者之一。他在对"讲道"，即前称佛经"俗讲"的描述中，谈到"都讲"诵经，之后由博学的"法师"参加斋戒仪式以及解说经文。[154]

与谢灵运热衷跋涉山水、其田园中的农民辛苦劳作形成明显对比的是，斋仪的参加者都静止不动，连山中的景色也是静谧的：

[152] pratirūpaka-dharma 即中文"像法"的同义语，"其实'像法'意为佛教逐渐堕落的第二阶段，在千年'正法'和'末法'的最后情状之间。在'像法'的最末，佛法实际上从世界上消失了，这个词语也可简单解释为'普通佛教'"。见《佛教征服中国》，页 404，注 11。

[153] 见 Paul Demiéville, "Récents Travaux sur Touen-houang"(《近期有关敦煌的论著》), T'oung Pao (《通报》), 56 (1970): 69-74 ; Ricard Mather (马瑞志), "The Bonze's Begging Bowl :

Eating Practices in Buddhist Monasteries of Medieval India and China"(《僧人乞讨的钵 : 中古印度和中国佛寺中的进食风俗》), Journal of the American Oriental Society (《美国东方学会学报》), 101.4 (1981): 419-423.

[154] 见孙楷第,《唐代俗讲规范与其本之体裁》,《国学季刊》, 1937 年第 6 期第 2 号, 页 1—52 ;《俗讲、说话与白话小说》(北京 : 作家出版社, 1957), 页 42—98。

山中兮清寂，	In the mountains it is quiet and still ;
群纷兮自绝。	Here from all entanglements one is cut off.

当寂静被寒风的呻吟声打破，或当烈日直射下来时，山景仍旧是慰藉的源泉：

寒风兮搔屑，	The cold wind soughs and sighs,
面阳兮常热。	But facing the southern slopes, one is always warm.
炎光兮隆炽，	The sun's fiery light blazes strong,
对阴兮霜雪。	But toward the northern faces there is frost and snow.
憩曾台兮陟云根，	Resting in storied terraces, we climb the clouds' roots;
坐涧下兮越风穴。	Sitting by a brook, we pass by the cave of winds.
在兹城而谐赏，	At this "city" we find harmonious appreciation,
传古今之不灭。	And transmit what has never been extinguished from past to present.

"云根"一词已见于张协著名的《杂诗》："云根临八极。"[155] 这句诗里，张协用"云根"指山雨的来源。"风穴"常指吹出北地寒风的神秘洞穴。[156]在一首已缺佚不全的诗作里谢灵运记述了自己清晨离开一个风穴，并夜宿雪峰的经历："平明发风穴，投宿憩雪嶂。"[157]

　　尽管《山居赋》此后还有三段才结束，谢灵运对别墅的描写就到此为止了。不过，赋的最后一段多少提示了谢灵运在其山居中寻求的是怎样的景象：

既耳目之靡端，	Since eyes and ears provide no direction,
岂足迹之所践？	How can one tread in footprints?
蕴终古于三季，	All time is collected in the Three Seasons;

[155] 见《文选》，卷 29，页 1384。"The roots of the clouds look down on the eight limits."

[156] 有关这一解释，见金开成等编注，《屈原集校注》(北京：中华书局，1996)，卷 9，页 651。

[157] 见《谢灵运集校注》，页 203。"leaving a wind cave at dawn and spending the night on a snowy peak."

俟通明于五眼。 　　I await the comprehensive vision of five-fold sight.

　　韦斯特布鲁克在其论著中说："此处似乎并指过去、现今和未来。谢在寻求能够超越时间区别的启示"。[158] 谢灵运在自注中写道："谓此既非人迹所求，更待三明五通，然后可践履耳。" [159] 他的意思或许是说，人不能相信自己的视觉或听觉，因而形而下的漫游和观览（游观）并非获得真谛的有效方法。他将精神上的启发称作"三明"和"五眼"。这是两个佛教概念。三明指宿命明（能知过去世的种种因缘）、天眼明（能知未来的果报及将发生的事故）和漏尽明（断尽烦恼而得的智慧）。[160] 五眼指肉眼（肉身的眼）、天眼（神眼，能透视众生的未来与死生的事）、慧眼（能观照一切事象的空的本质）、法眼（菩萨的眼，能透观一切法的分别相）以及佛眼（圆具一切的眼力）。[161]

　　谢灵运并没有说明他希望如何得到"三明"和用"五眼"观看的能力，但他暗示了这种精神上的视觉无法经由游的行动（kinetic activity）获得。确实，他似乎在暗示说，静坐观山比亲身在别墅中游览观山更为行之有效。因而，谢灵运所述的种种观山之乐趣正像彼特拉克的一样，也有种精神意义上的倾向。尽管谢灵运没有像彼特拉克一样，从登山时随身携带的一本小书中获取灵感，但他又像彼特拉克一样，将"心目"静静地转向了自己，凝神静思乃至安享山居带给他的精神上的安宁。

（吴捷 译）

[158] 见 "Landscape Description in the Lyric Poetry and 'Fuh on Dwelling in the Mountains' of Shieh Ling-yunn," pp. 335-336.
[159] "I say that since this not something that one can seek through human footprints, I shall await the three-fold vision and five-fold comprehension."
[160] 见《佛教大辞典》，页 71。
[161] 见《佛教大辞典》，页 119。

欧美赋学研究概观 [*]

* 本文原载于《文史哲》2014 年第 6
期（总第 345 期）。

在第一届国际赋学会议（1994 年，济南）举办之前，赋学研究确实沉寂了相当长一段时间，如今在中国以及东南亚，赋学研究日趋复兴、日益繁荣，本人感到十分欣慰。我希望今天不论是在欧洲或是在美国，赋学研究也都能够继续下去，但事实上并非如此。赋学研究在西方已有 160 年的历史，但不论在欧洲或是美国，这仍然是一块很小的学术园地。我希望能够重新审视赋学在欧洲和美国的研究历史，这或许并不新奇。然而，我将介绍并强调的是，有些西方学者的著作对国际汉学的研究而言，是相当重要的。因此，我希望这篇小文能为各位带来一些研究的新兴趣。

最早开始研究赋学的都是欧洲的学者，包括奥地利、德国、法国和英国的学者，他们早在十九世纪的中期便开始研究了。他们的研究工作都是从翻译着手。欧洲学者最感兴趣的著作是《楚辞》，一般认为这是屈原创作的诗歌。就我所知，奥地利学者费之迈（August Pfizmaier，1808—1887）是最早将中国的赋翻译成德文的学者。

费之迈出生在今天捷克共和国的卡尔斯巴德，他的父亲是小旅馆的东主。他大学本科学的是医学，在研读神学和土耳其文后，他开始自学中文、满文和日文。1843 年，他受聘担任维也纳大学东方语言文学编外教授。1848 年，费之迈成为维也纳科学院的院士，就在这个时候，他开始在维也纳科学院的刊物上发表他以翻译为主的学术著作，"费之迈在 1850 年到 1887 年之间，以平均每年 200 页的速度发表中译德的作品"[1]。在这数十年间，费之迈发表了大量有关中国正史的译文。[2] 同时，他开始研究、翻译白居易的诗文。就在过世之前，他完成了两篇有关白居易诗歌的专题论著。[3] 1851 年，他在奥地利将《离骚》和《九歌》的翻译呈给皇家科学院，这两篇译文在 1852 年出版。[4]

费之迈的《楚辞》翻译主要是依据 1802 年

[1] 傅熊（Bernhard Führer）著，王艳、儒丹墨译，《忘与亡：奥地利汉学史》，（上海：华东师范大学出版社，2011），页 71。

[2] Richard Louis Walker（翰尔科），"Pfizmaier's Translations from the Chinese," *Journal of the American Oriental Society*, 69.4（1949）：215–223.

[3] "Die elegische Dichtung der Chinesisen," *Denkschriften der Kaiserlichen Akademie der Wissenschaften in Wien/ Österreichischen Akademie der Wissenschaften*, phil.-hist. Klasse, 36（1886）：211–282；"Der chinesischer Dichter Pe-lǒ-thien," *Denkschriften der Kaiserlichen Akademie der Wissenschaften in Wien/Österreichischen Akademie der Wissenschaften*, phil.-hist. Klasse, 36（1888）：1–80.

[4] 见 "Das Li-sao und die neun Gesänge, Zwei chinesische Dichtungen aus dem dritten Jahrhundert vor der christlichen Zeirechnung," *Denkschriften der Kaiserlichen Akademie der Wissenschaften in Wien/Österreichischen Akademie der Wissenschaften*, phil.-hist. Klasse, 3（1852）：159–174.

由大小堂出版、收藏在奥地利皇家图书馆的王逸注《楚辞》，费之迈的《楚辞》注解也包括了王逸的评注。由于费之迈自学中文，因此他的译文中充满了错误。下文便是一个例证：

　　帝高阳之苗裔兮

他译作：

Die Schleppe Ti-kao-yang's und seine Halm' in Feld!
The train（of the gown）of Digaoyang and his stalk in the field!

"帝高阳的袍裾（裔）和田地里的梗茎（苗）"这句话译成德文毫无意义：他将"兮"误作感叹词，而他也将"苗裔"误解为表面意思，他从字面的意思解释"苗"，把苗当作树苗的梗茎，而"裔"他认为是拖地长袍的后裾部分。他的注解作"拖地长袍的后裾和田地里的树苗梗茎，或是后代的子孙"。他或许依据的是王逸的注解，王逸将"苗裔"解释为"胤末之子孙"。"子孙"代表一个人的后裔、后代，而非"孙子"。费之迈的译文有许多类似的错误。

　　另一位翻译中国辞赋的欧洲学者为法国的汉学家德理文侯爵（Le Marquis d'Hervey de Saint-Denys，1822—1892）。德理文的父亲为一名男爵。1858年德理文的父亲去世，他被过继给了叔父，并继承了"侯爵"的称号。德理文十九岁进入巴黎东方语言学院学习中文和满文。1874年，他继法国著名汉学家儒莲教授（Stanislas Julien）之后成为法兰西学院的第三任主座教授。1878年，德理文当选碑铭与美文学院（L'Académie des Inscriptions et Belles-Lettres）的院士。德理文对汉学最大的贡献是他翻译了一些中国古典文学的作品，主要的著作包括《唐代诗集》（*Poésies de l'époque des Thang*，1863）、《离骚：公元前三世纪的诗歌》（*Le Li-sao: Poème du III e siècle avant notre ère*，1870）及《今古奇观》中的12篇小说（*Trois Nouvelles Chinoise*, 1885; *Trois Nouvelles Chinoise*,1889; *Six Nouvelles Chinoise*, 1892）。

[5] For a good study of 庄延龄, see David Prager Branner, "The Linguistic Ideas of Edward Harper Parker," *Journal of the American Oriental Society*, 119.1 (1999): 12-34.

[6] V.W.X., "The Sadness of Separation, or *Li Sao*," *China Review*, 7.5 (1879): 309-313.

德理文的《楚辞》翻译依据的是朱熹的《楚辞集注》，德理文的法文翻译通顺流畅，不但准确，还具有诗意，远比费之迈的德文翻译更佳。首篇第一句"帝高阳之苗裔兮"，他译作"帝高阳是我的先祖"。

十九世纪欧洲的汉学家仍然对《离骚》具有强烈的兴趣。首先将《离骚》翻译成英文的是庄延龄（Edward Harper Parker，1849—1926）。庄延龄 1869 年来华，1871 年至 1893 年担任英国领事馆翻译或领事的职务，1896 年被利物浦大学聘为汉学讲师，五年后被推为曼彻斯特维多利亚大学（Victoria College of Manchester）的汉学教授。[5]1879 年庄延龄在《中国评论》（*China Review*）发表了《离骚》的英译。[6] 庄延龄的英译本没有序言，也没有注解，甚至也没有提到《离骚》的作者为屈原。他的译文押韵，但不严谨，有关植物名称的地方则一笔带过，例如：

> 朝搴阰之木兰兮，　　In the mornings I read of Immortal Virtue,
> 夕揽洲之宿莽。　　　Of Truth at the close of day.

翻译的英文诗句可用白话文作这样的理解：

> 晨间我阅读有关万古流芳的美德，
> 夕时则阅读永垂不朽的真理。

正确的英文翻译可作：

> 黎明的时候我在斜坡上摘采木兰花的枝子；
> 傍晚的时候我从小洲（岛）上采集青草。

我无从理解庄延龄为什么将"木兰"译作"万古流芳的美德"，而将"宿莽"译作"真理"。

著名英国汉学家理雅各（James Legge，1814—1897）在他晚年的时候发表了对《离骚》的长篇研究和翻译。[7]

[7] See "The Li Sao Poem and Its Author," *Journal of the Royal Asiatic Society of Great Britain and Ireland*，1（1895）：77-92;7(1895):571-599;10（1895）:839-864.

理雅各在苏格兰出生。1839 年，英国基督教伦敦传道会派他驻马六甲主持英华书院。1841 年理雅各开始着手翻译中国的经典，从 1861 年到 1872 年间，相继出版了《中国经书》（*The Chinese Classics*）五卷一共八本，包括《论语》《大学》《中庸》《孟子》《尚书》《诗经》《春秋》及《左传》。从 1876 年到 1897 年，理雅各担任牛津大学第一任汉学教授，这期间他相继出版了《中国圣典》（*The Sacred Books of China*）的六卷，英译了《尚书》《诗经》《孝经》《易经》《礼记》《道德经》及《庄子》。

理雅各在他题为《离骚》的长文中，首先根据《史记》的《屈原列传》介绍了屈原的身世背景。文章的第二部分大体介绍《离骚》的内容。他对有些章节的评语现在来看则相当幽默。例如，有关屈原寻求的宓妃，理雅各认为她就是"伏羲之女"和"帝喾之妃简狄"。他说："帝喾统治的年代约为公元前 2431 年到前 2362 年间，屈原想和她结合的荒谬性不亚于他过去对伏羲女儿的奢欲，而荒唐的程度也不亚于文章内其他求偶（追求女性）的细节。"理雅各文章的第三部分和最后一部分则是《离骚》的全文翻译，但是没有注解。虽然理雅各的译文没有什么大错，但读之无味。他的译文既不押韵，也不带有诗意。

朝搴阰之木兰兮，
夕揽洲之宿莽。

In the morning I plucked the magnolias of Pì;
In the evening I gathered the evergreen herbage of the islands.

理雅各的翻译确实接近原文的意思，但是他决定要研究、翻译《离骚》的用意则不清楚，他不认为《离骚》是一部伟大的诗作，最多只能说"我们喜欢（屈原）这个人，但并不是敬佩他的诗文。我们也为屈原不幸的遭遇和多舛的命运感到悲伤"。理雅各对于诗歌事实上没有透彻敏锐的理解，而

[8] See Herbert A. Giles, *A History of Chinese Literature* (London: William Heinemann, 1901; rpt. New York: D. Appleton and Company, 1923), p. 50.

[9] See *Gems of Chinese Literature* (London: B.Quaritch; Shanghai: Kelly & Walsh, 1884).

[10] See *Gems of Chinese Literature* (Shanghai: Kelly and Walsh, 1923; rpt. New York: Paragon, 1965).

[11] See *A History of Chinese Literature*.

[12] See David E. Pollard, "H. A. Giles and His Translations," in *Europe Studies China : Papers from an International Conference on the History of European Sinology* (London: Han-Shan Tang Books, 1995), p. 494.

[13] See *A History of Chinese Literature*, p. 97.

且《离骚》雕饰和典雅的语言也不是他所喜欢的。

从十九世纪末年到二十世纪初年，英国学者对《楚辞》普遍持有下面这样的看法。例如翟理斯（Herbert A. Giles，1845—1935）对于屈原的诗和他的"学派"作了这样的评论："他们的诗文狂放不拘，充满了典故和高度的讽谕性，如果没有注解，大多数的诗文可能无从理解。"[8]

翟理斯是十九世纪后期二十世纪初著名的英国汉学家。1845 年翟理斯在英国牛津出生。1867 年他来到中国，历任英国驻天津、汕头、厦门、宁波、上海、淡水等地的英国领事。他 1892 年出版《华英辞典》（*Chinese-English Dictionary*），1893 年回国。他的另一部名著是《中国人名辞典》（*A Chinese Biographical Dictionary*），曾获法兰西学院儒莲奖（Prix Stanislas-Julien）。

1897 年，翟理斯担任剑桥大学的教授，到 1932 年退休，任教长达 35 年。当他还在英国领事馆服务的时候，他就开始着手翻译中国文学。1884 年，他的《中国文学作品选珍》（*Gems of Chinese Literature*）出版了，选译的诗文包括了最早的文学作品到清代的作品。[9]1922 年，这本书的修订本出版了，他增加了一些清代到民国时期的作品。[10]1901 年，翟理斯出版了《中国文学史》[11]，这是英国诗人戈斯（Edmund W. Gosse，1849—1928）所主编《世界文学简史丛书》（*Short Histories of the Literature of the World*）的一部分。翟理斯的《中国文学史》是西方语言最早有关中国文学史的著作，但是缺乏分析或是学术研究性。正如卜立德（David E. Pollard）指出，内容由"断简残篇的翻译组成，……由一些微不足道的，甚至用些毫无价值的轶事作为佐证"[12]。翟理斯对中国辞赋的了解相当有限，他对中国辞赋家的认识有些地方甚至明显有错。例如有关司马相如的生平，他说："司马相如是个好色之徒，他与年轻的寡妇私奔，当他的诗文成名时，他被召到宫中，由皇帝任命担任高职。他的诗文都已失传。"[13]相信各位读者对司马相如的作品已经失传的说法，一定会感到相当讶异。

二十世纪初年，有好几位欧洲的学者开始专注于中国辞赋的研究。其中以韦利（Arthur Waley, 1889—1966）为首。韦利是位少见的天才，他在中国文学方面的成就几乎都是源于自学的。韦利出生于德国籍英国犹太人家庭。他父亲戴维·弗雷德里克·施洛斯（David Frederick Schloss）曾在英国商业总部担任公职，家境富裕。他的母亲姓韦利（Waley），也是犹太人。在第一次世界大战反德的情绪下，他便毅然地放弃了父姓，而采用母姓韦利。韦利在剑桥大学的国王书院（King's College）接受大学教育，主修古典文学，他的家人原希望他能在出口贸易方面取得一席之地，但是在 1913 年，他接受了大英博物馆版画室的一个职位，也就在这个时候，他开始对中国的事物感兴趣。他任该职一共十八年（1913—1930）。在这段时间里，他曾编纂了斯坦因（Aurel Stein）所收集的敦煌壁画目录，同时，他也很快地学会了中文，并能翻译中国的诗文了。1918 年，他出版了《中国诗一百七十首》（*A Hundred and Seventy Chinese Poems*），次年出版了《中国诗选译续集》（*More Translations from the Chinese*），在 1923 年，他出版了《白居易〈游悟真寺诗〉和其他等诗》（*The Temple and Other Poems*）。这三本书包括一部分辞赋译作。例如他的《中国诗一百七十首》包括了宋玉的《风赋》和前半部的《登徒子好色赋》。他的《白居易〈游悟真寺诗〉和其他等诗》则包括更多的辞赋译作，包括宋玉《高唐赋》，邹阳《酒赋》，扬雄《逐贫赋》，张衡《髑髅赋》《舞赋》，王逸《荔枝赋》，王延寿《王孙赋》《梦赋》《鲁灵光殿赋》，束皙《饼赋》，欧阳修《鸣蝉赋》。韦利在该书的前言中提到，将司马相如这样富丽的辞藻翻成另一种文字是一件多么不容易的事。他说："我想凡是读过司马相如赋的人，一定不会责怪我未能将他的赋完全翻译出来，世界上没有任何作家的笔下能写出这样滔滔不绝的富丽辞藻……他能与文字语言嬉戏，正如海豚能与海洋嬉戏一般，像这般富丽的辞藻是不能形容的，更遑论翻译了。"[14]

韦利翻译的阅读对象是一般的读者，而不是学者专家，他翻译的赋虽然可读性很强，但从训诂学的观点来看，有时候并不十分准确。此外，他的翻译也缺乏详细的注释，因此韦利的书出版不久，德国的汉学家叶乃度（Eduard Erkes, 1891—1958）开始翻译《楚辞》和宋玉的作品。

叶乃度 1891 年 生 于 热 那 亚（Genoa），于

[14] See *The Temple and Other Poems*, pp. 43-44.

科隆（Cologne）成长。1913 年他在莱比锡大学取得博士学位，写的论文是关于宋玉的《招魂》。[15] 他 1917 年以《论〈淮南子〉的世界观》[16] 取得了特许任教资格（Habilitation），1917 年成为莱比锡大学东亚系的编外讲师（Privatdozent, Unsalaried University Lecturer），1921 至 1933 年成为莱比锡民族博物馆的管理员。1929 年，叶乃度被任命为编外教授（Außerordentliche Professor, University Lecturer）。1919 年他加入了德国社会民主党（Sozialdemokratische Partei Deutschlands）。1933 年希特勒统治时期，由于他是社会民主党的党员，被迫离开大学。1945 年第二次世界大战结束后，叶乃度再度被聘为莱比锡大学的编外教授。1947 年，莱比锡大学率先在东德恢复东亚系，叶乃度被请回担任教授兼主任。

[15] *Das "Zurückrufen der Seele" (Chao-hun) des Sung Yüh, Text, übersetzung un Erläuterungen*（Leipzig : W. Drugulin, 1914）.

[16] *Das Weltbild des Huai-nan-tze*（Berlin : Oesterheld & Co., 1917 ; Habilitationsschrift, Leipzig, 1917）.

[17] 有关赞克生平事迹，可参考 Arthur von Rosthorn（骆司同），"Erwin Ritter v. Zach, *Almanach der Akademie der Wissenschaften in Wien für das Jahr*, 1943（Jg 93）, 195-198 ; Alfred Forke（傅尔克），"Erwin Ritter von Zach in memoriam," *Zeitschrift der Deutschen Morganländischen Gesselschaft*, 97（1943）: 1-15 ; Alfred Hoffman（霍福民），"Dr. Erwin Ritter von Zach（1872-1942）in memoriam : Verzeichnis seiner Veröffentlichgen," *Oriens Extremus*, 10（1963）: 1-60 ; Martin Gimm（嵇穆），"Eine nachlese kritisch-polemischer Beitrage und Briefe von Erwin Ritter v.Zach（1872-1942），" *Nachrichten der Gesellschaft für Natur-und Völkerkunde Ostasiens/Hamburg*, 130（1981）: 15-53 ; Bernhard Führer（傅熊），*Vergessen und verloren : die Geschichte deRösterreichischen Chinastudien*, Ed. Cathay, Bd. 42（Dortmund : Projekt-Verlag, 2001）: pp.157-187；《忘与亡：奥地利汉学史》，页 173—207。

1926 年到 1928 年间，叶乃度发表了宋玉的《风赋》和《神女赋》的英文译文。

约在同一时候，一位原籍俄国、移居法国巴黎的学者马古烈（Georges Margouliès）也出版了《文选辞赋译注》（*Le "Fou" dans le Wen-siuan*, Paris : Paul Geuthner, 1926）一书。其中的译文包括班固的《两都赋》、陆机的《文赋》以及江淹的《别赋》。

叶乃度和马古烈的译文都有详细的注释。马古烈在"序言"中指出，他还计划翻译《文选》中绝大多数的赋篇，并且研究《文选》中所有的赋篇。很可惜的是，马古烈壮志未酬，这本预计中的著作未能与读者见面。

二十世纪初年，研究中国辞赋的欧洲学者，以赞克（Erwin Ritter von Zach, 1872—1942）的研究成果最为重要。赞克出生于维也纳一个贵族军官世家。自 1901 年到 1919 年间，他曾担任奥匈帝国的领事，在这段时间，他多半住在中国。[17] 他不但精通汉文，而且对西藏文和满文都有深入的研究，1897 年，他曾在荷兰莱顿受教于施古德（Gustav Schlegel）的门下，不过他是个自学成才的汉学家，他的第一部主要著作就是在中国出版的，内容是订正翟理斯《中英辞典》(*Chinese-English Dictionary*)。到了 1909 年，赞克以本书的一部分作为他在维也纳大学攻修的博士论文。

[18] Paul Pelliot, "Monsieur E.von Zach," *T'oung Pao*, 26 (1929): 378.

　　1919 年奥匈帝国解体之后，赞克开始在东印度群岛的荷兰领事馆工作，1924 年他辞去工作，将全部的时间和精力花在学术研究上。1942 年，东印度群岛受到日军的轰炸，岛上的外籍居民开始被疏散，他所搭乘的荷兰轮船受到日本鱼雷的侵袭，船上荷兰籍的船员被救起，而船上德国籍的乘客多半落水溺毙。

　　辞去工作后，赞克多半时候是住在巴达维亚（Batavia），也就是印度尼西亚首都雅加达，就在这段时间，他致力于翻译中国的文学作品，他几乎将所有的杜甫、韩愈和李白的诗翻译成德文，甚至在他过世之前，仍孜孜不倦地致力于《文选》全集的翻译。赞克自 1926 年开始翻译《文选》，完成的作品占全集的百分之九十以上。但是由于赞克脾气暴躁，而他又过于苛刻地批评其他汉学家的作品，最后导致欧洲学术期刊拒绝刊登他的作品。例如他与著名的法国汉学家伯希和（Paul Pelliot）在 1920 年代的晚期交换了一些批评对方作品的书信，措辞用字都很不客气，结果伯希和是如此的气忿，他禁止他主编的学术期刊《通报》刊登赞克的任何作品。伯希和说："赞克先生不配做一名学者，因为他所犯的大错。赞克先生也不配做一个人，因为他粗鲁的行为。从现在起，《通报》再也不会有赞克先生的问题了。"

　　　　M.E. von Zach s'est déconsidéré comme savant par ses balourdises. M.E. von Zach s'est disqualifié comme homme par ses grossièretés. Il ne sera plus question de M.E. von Zach dans le T'oung Pao. [18]

　　　　Mister E. von Zach is discredited as a scholar because of his gross blunders. Mister E. von Zach is disqualified as a man because of his rudeness. There will be no more question of Mister E. von Zach in the *T'oung Pao*.

结果赞克的译文绝大部分是出版在默默无闻的巴达维亚杂志——他的作品多半登在《德国瞭望》(*Deutsche Wacht*)杂志，这本杂志每月出版一期，主要读者是荷兰占领东印度群岛说德语的人士。1933 年之后，他无法再在《德国瞭望》杂志刊登他的译文，他则自己出资，在他于巴达维亚创办的《汉学文稿》(*Sinologische Beitrage*)登载他自己的译作。《汉学文稿》1930 年创刊，1939 年停办。《汉学文稿》第 2 册和第 8 册登载了他一部分的辞赋译作，后来哈佛燕京学社收集了这些翻译的作品予以重印，由哈佛大学出版社出版了三本集子，由海陶玮(James Robert Hightower)和方马丁博士(**Dr. Ilse Martin Fang**)负责编辑：第一本题为《韩愈诗作》(*Han Yü's Poetische Werke*, Cambridge, Mass.: Harvard University Press, 1952);第二本题为《杜甫诗集》(两卷，*Tu Fu's Gedichte*, Cambridge, Mass.: Harvard University Press, 1952), 包括杜甫所作的 1400 首诗的德文翻译；第三本为《中国文学选集:〈文选〉译文》(两卷，*Die Chinesische Anthologie : übersetzungen aus dem Wen-hsüan*, Cambridge, Mass.: Harvard University Press, 1958)。

赞克翻译了《文选》四十篇的赋，只有下面几篇不曾翻译:班固《西都赋》《东都赋》，王粲《登楼赋》，宋玉《风赋》《高唐赋》《神女赋》《登徒子好色赋》，江淹《恨赋》《别赋》，陆机《文赋》。另外，赞克还翻译了枚乘《七发》、曹植《七启》、张协《七命》和扬雄《解嘲》。赞克也是欧洲第一位翻译唐朝辞赋的学者。1925 年，他在欧洲出版的汉学杂志《亚洲专刊》(*Asia Major*)发表了七篇李白辞赋的德文翻译，包括《大鹏赋》《拟恨赋》《愁阳春赋》《悲清秋赋》《剑阁赋》《明堂赋》《大猎赋》。[19]除此之外，赞克也翻译了庾信的《哀江南赋》。

赞克自认是位具有 "科学精神" 的学者，没有时间去理会他所谓 "理论学上的胡言乱语"[20]。他译文的风格有人批评 "平淡而且训诂气息太浓"[21]，这类的评语可能正是对赞克的一种赞美之词，因为他翻译的目的正是想拿他的译文当作学生翻译的解答本，他在 1935 写的《文选序注》前言中，便很清楚地表明了他翻译辞赋的目的，他说："这些翻译作品不

[19] "Lit'aipo's Poetische Werke," *Asia Major*, 3 (1925): 421-455.
[20] See Erwin von Zach, "Das Lu-ling-kwang-tien-fu des Wang Wen-k'ao," *Asia Major*, 3 (1926): 469.
[21] See Alfred Hoffman, "Dr. Erwin Ritter von Zach (1872-1942) in memoriam: Verzeichnis seiner Veroffentlichgen," *Oriens Extremus*, 10 (1963): 49.

是为一般读者写的，而纯粹是为学者写的，凡是
研究汉学的学者在研究读本译文时应该和原文参
考比较，如此，数星期的进步，要远比一年来参

[22] See *Sinologische Beitrage* 2, 前言。
[23] *Die Chinesische Anthologie*
　　1 : p. 109 ; *Deutsche Wacht*, 13
　　(1927) : 33.

佐错误的字典和文法书为大。这个节省精力的想法是我决定这么翻译的主
因，因此这也左右了我翻译的风格，我追求的是翻译的文字精确、文笔一致，
而不追求流利与美观的形式。"[22]

　　赞克虽然是这么说，但是这位勤奋不倦的翻译家仍能写出像诗句一般
的译文。前面曾经提及，韦利认为司马相如的辞赋是不能翻译的，但是赞
克翻译司马相如《上林赋》有关河川这一段，则是充满了诗意，从下面的
引文可以看出，每一句的句尾押韵：

> Stürzen rollend，brechend，
>
> Uberströmend，brausend，
>
> Tosend in den Abgrund，
>
> Stossend，drängend，
>
> Tobend，rasend，
>
> An die Klippen schlagend，in den Tiefen rastend，
>
> Wo sie leis verklingend scheinbar sterben—
>
> Um von neuem aus den Schlünden
>
> Stöhend sih emporzurichtn，
>
> Sprudelnd，spritzend，
>
> Kochend，zischend.[23]

　　穹隆云桡，宛潬胶盭，逾波趋浥，涖涖下濑，批岩冲拥，奔扬滞沛，
临坻注壑，瀺灂霣坠，沉沉隐隐，砰磅訇礚，滈滈濎濎，湁潗鼎沸。

　　虽然赞克的翻译字义精确、形式一致，但是他的译文若从训诂学的观点
来看，并不一定都是正确的。例如他经常只用罗马字拼出动物和植物的名称，
而未能分别去鉴定这些动物、植物的学名和俗名等。下面是他翻译《上林赋》

植物名词的一部分：

Der Sha-t'ang-Baum，Li，Chu，Hua-feng，P'ing（-chung），Lu，Liu und Lo，Hsüyeh，Jen-p'in，Ping-lü，Ch'an-tan，Mu-lan，Yü-chang，Nü-chen（und andere Bäume sind oft）tausend Klafter hoch...[24]

沙棠栎楮，华枫杆枦，留落胥邪，仁频并闾，檆檀木兰，豫章女贞，长千仞，大连抱。

古代植物的名称不难辨认，翻译学家在翻译时有义务提供准确的翻译。一般来说，赞克卓越的译文足可弥补一切缺点。很明显的，他在当时是在一个十分艰苦的环境下从事翻译工作，他的参考书籍相当有限，不过他的翻译大多数还是正确的。赞克对汉学有极深入的研究，一般的汉学家若是也处在与赞克类似的环境下工作，相信他们的译作是不能与赞克相提并论的。

在结束文章之前，我希望就我个人如何开始研究中国的辞赋作一简短的报告。当我还在西雅图高中念书的时候，我就立志研究化学，希望将来做一名医生。这是因为我的母亲是一名护士，她很早就希望我能从事医学。高中的最后一年，我选读了"远东史"这门课，指定的读物有两本，一本是赛珍珠的《大地》（*The Good Earth*），另一本是老舍的《骆驼祥子》英译本。我们的任课老师邀请华盛顿大学的卫德明教授（Hellmut Wilhelm）就这两本指定的读物来课上做一场演讲。

虽然我听过很多大学教授的演讲，但独有卫德明教授的演讲给我留下最深刻的印象。他的演讲不但对两本著作具有高度启发式的诠释，而且他对故事的内容和时代的背景也做了详细的说明，同时他所呈现的是对文学不同寻常的敏感性和鉴赏力。最让我感到震惊的是，英文翻译对于《骆驼祥子》的结局作了如此大的变动——为了配合西方的喜好，竟然将悲剧改成喜剧收场。虽然我当时的兴趣主要是在科学方面，但是我真正喜爱的是语言和文学。卫教授演讲之后，他坐下来回答几位同学的问题。他的耐心给我留下了极为深刻的

[24] *Die Chinesische Anthologie* 1：p. 112.

印象。有些问题对他来说，可能既可笑，也太肤浅，但是他为了回答我们的问题，在演讲之后，至少还停留了一个小时。另外，卫教授对中国最直接的（第一手资料的）认知和了解，也给我留下了极为深刻的印象。卫教授是德国人，在青岛出生，他在中国现代史上最艰难的一段时间住在中国，对中国的文学和历史都有广博、精深的研究，但是对着我们这群高中学生，他却能将他渊博的学识降低到我们高中学生的层面，让初次接触中国文化的高中学生能够了解。在听过卫教授的演讲之后不久，我开始重新考虑上大学以后要研读的科目。虽然对研究中国的学科只有一些模糊的印象，但是我决定正式开始研究中国的历史、语言和文学。我上华盛顿大学以后，成了这方面的本科生，而不是化学或生物学的。要到三年级的时候我才有信心选修卫教授的课，我选修第一门卫教授的课是整学年的"中国历史"，第二年选的是"中国文学史"。卫教授在课堂上讲授这两门课，学生记笔记，这是当年通行的授课方式。卫教授一星期授课五天，没有教科书，没有指定作业，没有期中考，只有期末考和写一篇期中报告。学生可以自由选择阅读他们感兴趣的书目，事实上，卫教授也鼓励我们这样做。每节课开始的时候，卫教授就在黑板上写出跟今天上课内容有关的书名，包括英文、法文、德文、中文和日文。

在继续这个话题之前，我希望能够谈谈卫教授的生平。

卫教授于 1905 年 12 月 10 日在山东省青岛出生。他的父亲是著名的德国汉学家卫礼贤（Richard Wilhelm，1873—1930），1899 年，他前往山东省的德国同善会任教。众所周知，卫礼贤最大的贡献就是将中国早期的经典介绍给德国的读者。在西方的学术界，他最著名的成果是《易经》的翻译，而他的儿子卫德明教授，在他父亲研究的基础上，用他一生的学术生涯，继续研究、诠释这部经典。

卫教授早期在中国受教育，在二十世纪初年，他对中国的学术界有了更进一步的认知。1924 年，他随父亲回到德国。卫礼贤教授受聘担任法兰克福大学的首席汉学教授，而卫德明教授则担任他父亲新成立的中国学院的助手，出版学术季刊《汉学杂志》（Sinica）。在这段时间，卫教授继续研读汉学，同时也开始为他将来的法律事业做准备工作。1928 年，他通过了国家法律的考试，并在法兰克福的法庭担任过短暂的职务。1930年，卫教授的父亲过世，他决定继承他父亲在汉学方面的研究工作，在柏林大学攻读汉学博士学位。1932年，他获得博士学位，他的博士论文是有关顾炎武（1613—1682）的研究[25]。

从1933年至1948年，卫教授住在北京。卫教授多年住在中国，他能够更广、更博地研究中国的历史、哲学思想和文学。1948年，卫德明受聘担任美国华盛顿大学教授，直到1971年才退休。在华盛顿大学任教期间，几乎凡是跟中国有关的科目，都由他任教。其中包括文学和哲学，政治和宗教，古代和现代历史。

我第一次接触中国的汉赋是上卫教授的"中国文学史"课，我写的第一篇有关汉赋的研究报告是"扬雄的赋"（扬雄，公元前53—公元18）。我后来在卫教授的指导之下，完成了有关扬雄辞赋的博士论文。卫教授对汉赋的研究极为精深广博，1957年，他发表了一篇有关汉赋的重要论文《学者的挫折感——论"赋"的一种形式》（"The Scholar's Frustration : Notes on a Type of *Fu*"）[26]，这是当时为召开中国思想史会议而准备的一篇论文，1975年在台湾出版。英国剑桥大学教授李约瑟（Joseph Needham）评论他的论文说："这本会议论文集中最重要的一篇论文当属卫德明的《学者的挫折感》——正如他所称的——赋的一种形式。卫德明可算是当今最杰出的汉学家之一，而他这篇论文的清晰正是他才智的典型一例。"[27]

卫教授在这篇论文中讨论了中国所谓"士不遇赋"的各种类型，他认为汉代的士人学者常为了皇帝和朝廷的认可而挣扎。他甚至认为，这些士人学者要在社会上建立起他们自己的统治阶层。虽然在汉朝的时候，他们的地位与势力已经相当可观，但他认为他们的成功是"双刃"的。他的意思是，他们学术研究达到机构化的结果是缺乏自主性和自由性。他们的主张所依附的唯一机构就是朝廷，他们不像战国时代那样，"不遇"

[25] *Gu Ting Lin, der Ethiker*, Inaugural-Dissertation zur Elangung der Doktorwürde de genehmigt von der Philosophischen Fakultät der Friedrich-Wilhelms-Universität zu Berlin（Darmstadt : L. C. Wittsich'sche Hofbuchdruckerei, 1932）.

[26] See John K. Fairbank, ed., *Chinese Thought and Institutions*（Chicago: University of Chicago Press, 1957）: pp. 310-319, 398-403. 中文译文见刘纫尼译，《学者的挫折感——论"赋"的一种形式》，《幼狮月刊》，1974年39卷6期：页19—24。

[27] "Review of *Chinese Thought and Institutions*," *American Anthropologist*, New Series, 61.2（1959）: 309.

的士人学者可以从一国自由地迁移到另一国。卫教授接着在论文中主要讨论董仲舒的《士不遇赋》和司马迁的《悲士不遇赋》。许多学者包括我在内都深受卫教授论文的启发。《士不遇赋》成为西方研究中国文学的主题之一。

当我在华盛顿大学研读辞赋的时候，我发现有另一位美国学者也是赋学专家，他就是哈佛大学的海陶玮教授（James Robert Hightower，1915—2006）。大学毕业之前，我曾跟卫教授商量过，他鼓励我申请哈佛大学的研究所，幸运的是，哈佛大学接受了我的申请。海教授那时候已经出版了两本有关辞赋的专著，第一本就是《中国文学论题》（*Topics in Chinese Literature*），该书主要是为哈佛学生准备的中国文学史的教材。海教授的这本书中有 8 页讲了中国的赋学史——从《楚辞》到宋朝的赋学史。直到今天，这本书仍是有关中国简明赋学史的最佳英文著作。当我开始学习的时候，这本书我至少读了十几遍。

谈到这里，我希望简短地介绍有关海教授的生平。海教授 1915 年出生，2006 年辞世，享年 90 岁。海教授从科罗拉多大学化学系毕业后，得到一份奖学金，开始到欧洲研习文学。他这时住在德国和法国，写诗，写小说，并继续学习他在美国就开始研习的中文。在巴黎的时候，他遇见了詹姆斯·乔伊斯（James Joyce），然而，出于某种原因，他从来没有告诉过我，他决定回美国哈佛大学继续研读中文。1940—1943 年及 1946—1948 年间，他到北京继续研习中文。郑振铎先生是他的老师之一。1946 年，海教授取得哈佛大学的博士学位。一般公认，海教授是他那一代最杰出的研究中国文学的美国专家。他的博士论文《韩诗外传》（哈佛大学出版社，1946 年）是所有语言中研究该书的最佳著作之一。1970 年，他翻译陶潜诗文的全译注释本（*The Poetry of T'ao Ch'ien*，Oxford，1970）正式出版。

海教授有关赋学最重要的著作是 1954 年发表的一篇长文《陶潜的赋》（"The *Fu* of T'ao Ch'ien"）。他在文中讨论并且翻译了陶潜所有的赋篇，其中最重要的是，他还翻译并且分析了陶潜之前所有对他有所启发的辞赋，因此，他这篇文章实际上也研究了董仲舒、司马迁、张衡、蔡邕、阮瑀、王粲、应玚、陈琳、曹植和陶潜的《感士不遇赋》《闲情赋》《归去来辞》。海教授的这篇文章是严谨学术论文的典范。就我所知，这篇论文还没有被翻译成中文，我觉得它很值得被翻译。

当我开始研习赋学的时候，美国或是欧洲研究这方面的学者不多。有一位法国汉学家吴德明（Yves Hervouet，1921—1991）早些时候出版了有关司马相如的两本著作，第一本是他有关司马相如的博士论文[28]，共 478 页，一直到今天，这本书还是所有语言中有关司马相如的最佳论著之一，他的第二部著作则是《史记·司马相如列传》的翻译[29]。吴教授不但翻译了司马相如大部分的赋，并且还做了详细的批注。吴教授能阐释司马相如赋中十分艰涩的辞藻和言语，这真正显示了他的学术素养和功力。遗憾的是，吴教授没有继续他在赋学方面的研究。过去几十年来，我可能是西方汉学家中唯一继续从事这方面研究的人。

我是美国蒙特拿州人，生于 1942 年，现任美国西雅图华盛顿大学亚洲语文系教授。我的博士论文由卫德明先生亲自指导，题目为《扬雄、辞赋及汉代修辞研究》，在文中我将扬雄所有的赋作都译为英文并详加批注与分析。该论文修改后在 1976 年由英国剑桥大学出版。我自 1980 年代以来即着手英译《昭明文选》的工作，预计将六十卷《文选》译为八册英文。在《文选》翻译中，我对赋中的动物、植物及矿物的学名与俗名，皆加以辨识，天文星名、地名及典故，亦加以考释。我在 1983 年出版了第一本赋篇部分的翻译，1987 年继续出版第二本。翻译《文选》之余，我又撰写汉魏六朝的《赋史》。除英译《文选》外，我尚有研究汉赋的多篇文章发表。从二十世纪八十年代末开始，我就和中国大陆较早涉足辞赋领域的著名学者龚克昌先生展开了密切的学术交流，我相信，我们都从这种合作中受益良多。

（张泰平 译）

---

[28] *Un Poète de cour sous les Han*: *Sseu-ma Siang-jou*（Paris: Universitaires de France，1964）.

[29] *Le Chapitre 117 du Che-ki* (*Biographie de Sseu-ma Siang-jou*)（Paris: Presses Universitaires de France，1972）.

《文选》在中国与海外的流传 [*]

* 本文内容曾于 2014 年 3 月 27 日香
港浸会大学当代学术名家讲坛上
演讲，讲题原译作"《文选》在中
国境内与境外的传承与传统"。

《文选》是中国现存最早按文章体裁编纂的文学总集。本文第一部分首先探讨《文选》在中国的传播与接受史，尤其是唐宋时期的情况，关注初唐出现的文选学、唐代诗人对《文选》的兴趣、《文选》早期的印刷史、"文选烂，秀才半"这一说法的起源，以及苏轼对《文选》的严厉批评。第二部分是关于《文选》在海外的接受史。此书在东亚其他国家，尤其在古代日本和韩国受到广泛阅读。早于八世纪，《文选》便流传至日本，不少重要《文选》钞本都保存在东瀛，其中以《文选集注》残本最为重要，其中所收唐人评注大都于中国佚失。《文选》在朝鲜也有崇高地位，李氏朝鲜王朝（1392—1910）曾命徐居正（1420—1488）监修《东文选》（1478年成书），仿《文选》体例编纂朝鲜文学总集。本文最后一部分将简述欧美文选学史，特别指出韦利（Arthur Waley, 1889—1966）、赞克（Erwin von Zach, 1872—1942）和海陶玮（James Robert Hightower, 1915—2006）三人对文选学的贡献。

一、唐宋文选学的盛衰

　　《（昭明）文选》是中国现存最早按文章体裁编纂的文学总集，亦是研究战国时代至齐梁时期中国文学的重要文献。此书是梁昭明太子萧统（501—531）于520至530年间编纂的，虽然从成书开始至南朝末年的流传情况不明，但我们知道《文选》逃过了梁末皇家藏书被悉数焚毁的书厄，故得以著录于《隋书·经籍志》。[1]

　　据知最早为《文选》作注的人为兰陵萧氏，即鄱阳王萧恢（476—526）之孙萧该（六世纪下半叶在世），而萧恢兄长萧衍（464—549）即萧统之父，[2]因此萧该当为萧统堂侄。屈守原认为萧该年少在江陵时始习《文选》，其时已近梁末，[3]并说江陵所在的荆州有西府之称，是人文繁盛之区。据此推测，《文选》编成后可能有钞本在荆州府流传。

　　萧该曾参与《切韵》的编纂，并撰有《汉书

[1] ［唐］魏徵等撰，《隋书》（北京：中华书局，1973），卷41，页1082。

[2] 《隋书》，卷75，页1715—1716。萧该生平及学术，见汪习波，《隋唐文选学研究》（上海：上海古籍出版社，2005），页43—50；王书才，《萧该生平及其〈文选〉研究考述》，《安康师专学报》，2005年第17卷第2期，页66—68、84。

[3] 屈守元，《文选导读》（成都：巴蜀书社，1993），页46。

音义》[4] 及《文选音义》。后者虽已不存，但从书名可知此书注重音义训释。王重民（1903—1975）据称在敦煌遗书中发现《文选音义》残卷，[5] 但这个说法已被周祖谟（1914—1995）推翻[6]。然而从《文选》李善注所引中，尚可辑出一些佚文。[7]

真正意义的文选学形成于隋唐之际，幕后功臣是在扬州讲授《文选》的学士曹宪（605—649）。[8] 曹宪亦著有《文选音义》，为文中单字作音训疏释，但与其《尔雅音义》俱佚。[9]

虽然曹宪的《文选音义》不存，但随他学习《文选》的弟子不少各自名家，并有著述留存后世。据《旧唐书》，曹门高足有许淹、李善（630—689）和公孙罗（661 年在世），[10]《新唐书》则加上魏模[11]。我们对魏模的选学著作所知甚少，但前三人的著述大体可考。

许淹，润州句容（今江苏句容市）人，少时一度出家为僧，后还俗，专心治学；以博物洽闻见称，尤精诂训，[12] 撰有《文选音》十卷[13]。敦煌遗书中发现《文选音》唐写本残卷，有指为许淹所著，[14] 但有学者持异议[15]。

据《旧唐书·儒学传》，公孙罗祖籍江都（今扬州），[16] 但《大唐新语》则云江夏（今

[4]《隋书》，卷 33，页 953。萧该参与编修《切韵》的情形，见 Göran Malmqvist（马悦然），"Chou Tsu-mo on the Ch'ieh-yün"（周祖谟论《切韵》），Bulletin of the Museum of Far Eastern Antiquities, 40 (1968): 33–78.

[5] 王重民，《敦煌古籍叙录》（北京：中华书局，1979），页 322–323。

[6] 周祖谟《论文选音残卷之作者及其音反》，《辅仁学志》，1939 年第 8 卷第 1 期，页 113–125；经修订为《论文选音残卷之作者及其方音》，载氏著《问学集》（北京：中华书局，1966），上册，页 177–191；另收入俞绍初、许逸民主编，《中外学者文选学论集》（北京：中华书局，1998），页 45–58。敦煌唐写本《文选音》原件图版，见饶宗颐编，《敦煌吐鲁番本文选》（北京：中华书局，2000），页 101–111。

[7] 如张衡《思玄赋》"行颇僻而获志兮，循法度而离殃"下李注云："颇，倾也。离，遭也。殃，咎也。萧该音本作陂，布义切。"见［南朝梁］萧统编，《文选》（上海：上海古籍出版社，1986），卷 15，页 654。

[8] 刘肃（806—820 在世）《大唐新语》云："江淮（长江、淮河下游）间为《文选》学者，起自江都曹宪。"见［唐］刘肃撰，许德楠、李鼎霞点校，《大唐新语》（北京：中华书局，1984），卷 9，页 133。另参［晋］刘昫等撰，《旧唐书》（北京：中华书局，1975），卷 189 上，页 4945—4946；［宋］欧阳修等撰，《新唐书》（北京：中华书局，

1975），卷 198，页 5640。曹宪生平简述，见王力才，《曹宪生平及其〈文选〉学考述》，《郑州大学学报（哲学社会科学版）》，2004 年第 4 期，页 124—126。有关唐代扬州文选学史，见诸煜煜，《唐代扬州的〈文选〉学》，《扬州师院学报（社会科学版）》，1996 年第 1 期，页 131—134。

[9]《旧唐书·经籍志》不载《文选音义》，《新唐书·艺文志》则云已亡，见《新唐书》，卷 57，页 1622。

[10]《旧唐书》，卷 189 上，页 4946。

[11]《新唐书》，卷 198，页 5640。

[12]《旧唐书》，卷 189 上，页 4946；《新唐书》，卷 198，页 5640。另见屈守元，《文选导读》，页 62—63。

[13]《旧唐书》，卷 47，页 2077；《新唐书》，卷 60，页 1619、1622。

[14] 参见周祖谟，《论文选音残卷之作者及其音反》，《辅仁学志》，1939 年第 8 卷第 1 期，页 113—125；经修订为《论文选音残卷之作者及其方音》，载氏著《问学集》（北京：中华书局，1966），上册，页 177—191；另收入俞绍初、许逸民主编，《中外学者文选学论集》（北京：中华书局，1998），页 45—58。敦煌唐写本《文选音》原件图版，见饶宗颐编，《敦煌吐鲁番本文选》（北京：中华书局，2000），页 101—111。

[15] 如范志新，《唐写本〈文选音〉作者问题之我见——文选学著作考（一）》，《晋阳学刊》，2005 年第 5 期，页 125—126。

[16]《旧唐书》，卷 189 上，页 4946。

[17]《大唐新语》,卷9,页134。

[18]《旧唐书》,卷47,页2077;《新唐书》,卷60,页1621。有关公孙罗的著述,另参屈守元,《文选导读》,页63—66;王书才,《论公孙罗〈文选钞〉的价值与阙失》,《中州学刊》2005年第3期,页220—222。

[19]《日本国见在书目录》(光绪十年[1884]《古逸丛书》刊本),页45。

[20] 相关考证详见森野繁夫,《文選集注所引「鈔」について》,《日本中国学会报》,1977年第29集,页91—105;长谷川滋成,《「文選鈔」の引書》,《日本中国学会报》,1980年第32集,页155—167;富永一登,《「文選集注」所引「鈔」の撰者について:東野治之氏に答う》,《中国研究集刊》,1989年第7号,页15—20。

[21] 李善生平,详见《文选导读》,页52—61;饶宗颐,《唐代文选学略述》,《敦煌吐鲁番本文选》,页9—12;《隋唐文选学研究》,页59—69。

[22]《旧唐书》,卷189上,页4946;《新唐书》卷127,页5754。

[23][唐]李匡文,《资暇集》(《四库全书》本),卷上,页7下。另参[宋]王谠撰,周勋初校证,《唐语林校证》(北京:中华书局,1987),卷2,页168。

湖北武汉市)[17]。其所著《文选音(义)》十卷及所注《文选》六十卷见于两唐书《经籍志》及《艺文志》;[18] 另有著作流传至日本,如所撰《文选音诀》十卷及《文选钞》六十九卷俱著录于藤原佐世(898年卒)《日本国见在书目录》[19]。现存日本的唐写本《文选集注》屡引《文选钞》,应即为公孙罗所著。[20]

曹宪弟子中声誉最隆的首推李善。[21] 李善,字次孙,生于扬州江都,曹宪多年来在此地讲授《文选》。李善先后在李弘(652—675,唐高宗第五子,显庆元年[656]被策立为太子)及李贤(653?—684,先后于655及661年被封为潞王及沛王)门下任事,为太子内率府录事参军及潞王府记室参军。大约在咸亨二年(671)坐事流配至岭南姚州(府治在姚城,今云南姚安县以北),674年遇赦北还,寓居于汴州(今开封市)、郑州(今河南荥阳市)一带讲授《文选》,载初元年(689年11月—690年8月)卒。[22]

李善为《文选》所作的注解成为了《文选》的标准注释,李善注研究亦成了文选学的主要课题。另外,李善作注时亦重定了《文选》的篇次。《文选》原来只有三十卷,李善注本则有六十卷。他在显庆三年(658)向高宗(649—683年在位)进上《文选注》。

李善注可谓理解《文选》篇章字词最重要和最有用的工具,它除了解释字音字义、为词语用法提供书证、标明典故出处外,亦引用大量文献补充作品的背景资料,其中不少所引书现已佚失。

李善早于显庆三年(658)进表呈上六十卷《文选注》,不过显然续有修订,有证据显示他至少五易其稿。[23] 现存最早的李善注钞本是张衡(78—139)《西京赋》写卷(《文选》李注卷二),卷末题记为"永隆年(681)二月十九日弘济寺写"，按弘济寺在唐长安，其时李善尚在世。[24] 写卷后来从长安辗转流落至敦煌，现藏法国国家图书馆，编号为伯2528，见次页图版。[25]

李善注虽然善之又善，但部分唐代学者认为其未如人意，尤其是发明章句、转述大意的地方不足。开元六年（718），工部侍郎吕延祚将新集《文选》注本呈上玄宗，此时距李善向高宗献书刚好过了一个甲子。集注本包含以下五人的注：

1. 衢州常山县尉吕延济

2. 都水使者刘承祖之子刘良

3. 处士张铣

4. 处士吕向

5. 处士李周翰

[24] 见季爱民，《隋唐两京寺观丛考》，《中国历史地理论丛》，2011年第2期，页100—101。有关该写卷的研究，见刘师培，《敦煌新出唐写本提要·文选李注卷第二残卷》，《国粹学报·通论》，1911年第77期，页6上—11下；饶宗颐，《敦煌本文选斠证》，《新亚学报》，1957年3卷1期，页333—403；伏俊连，《敦煌赋校注》（兰州：甘肃人民出版社，1994），页1—97；罗国威，《敦煌本〈昭明文选〉研究》（哈尔滨：黑龙江教育出版社，1999），页1—117；傅刚，《文选版本研究》（北京：北京大学出版社，2000），页240—249。

[25] 图片转载自国际敦煌项目，特此鸣谢。[2014-12-29]. http://idp.bl.uk/database/oo_scroll_h.a4d?uid=29599652014;recnum=59634;index=5.

[26]《新唐书》，卷202，页5758。

[27]《旧唐书》，卷50，页2150。

[28]［唐］李善等注，《六臣注文选》（北京：中华书局，1987），页1。

是谓"五臣注"，其中知名于世者仅吕向一人。吕向早年与房琯（697—763）于洛阳附近的陆浑山隐居，自五臣注进上后颇为显贵，开元十年（722）被召入翰林院，兼集贤院校理。[26] 吕延祚则是开元初年的重要人物，开元三年（715）曾预修《开元格》。[27]

吕延祚向玄宗呈上《五臣注文选》三十卷时附有进表，但这篇《进集注文选表》大有可能出自吕向手笔。文中对李善的批评毫不留情：

> 往有李善，时谓宿儒，推而传之，成六十卷。忽发章句，是征载籍，述作之由，何尝措翰。使复精核注引，则陷于末学，质访指趣，则岿然旧文。只谓揽心，胡为析理。[28]

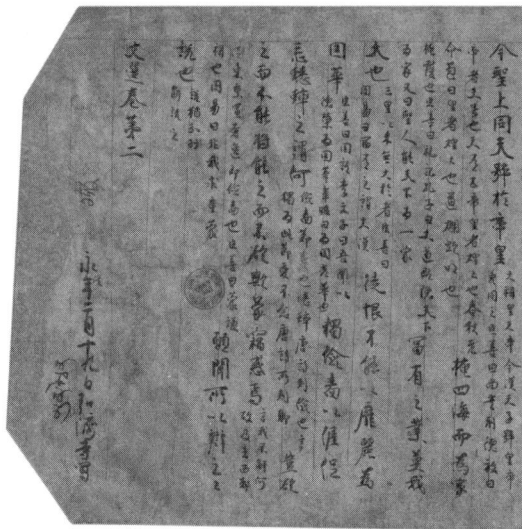

尾题为"永隆年二月十九日弘济寺写",按永隆年号为时甚短,只于680至681年使用,因此本卷钞毕之日应为公元681年3月17日。

玄宗宣口敕云:

> 比见注本,唯只引事,不说意义。

所谓注本自然指李善注本。玄宗叫吕延祚领取赐绢,可以推想此书已入内廷书库。

及至晚唐时期,五臣注颇受抨击,最著名者为《非五臣》。作者李匡文(又作匡义,普遍以匡文为是)是李唐宗室,著有笔记《资暇集》,[29] 内收《非五臣》一文非常有意思,值得作详尽研究。李匡文除了批驳五臣注外,亦留下李善献书朝廷后,四次修订其《文选》注释的重要记载。

在研究隋唐文选学的著作中,以复旦大学中文系汪习波博士的近著最精辟。[30] 汪博士年纪虽轻,但有不少新见解。

五臣注虽然被李匡文严厉批评,但直至十一、十二世纪以前,仍然较李善注流传更广。《五臣注文选》很早便有刻本,现知最早的版本是五代时期四川刊本。[31] 五臣单注本《文选》颇为稀

[29] 李匡文的仕履,见张固也,《〈资暇集〉作者李匡文的仕履与著述》,《文献》,2000年第4期,页101—105。
[30] 《隋唐文选学研究》,页316。
[31] 见[宋]王明清,《挥麈录余话》(《四库全书》本),卷2,页21上至下,转引陶岳《五代史补》语。

靓，其中台湾"中央图书馆"收藏一部南宋绍兴三十一年（1161）陈八郎刻本，建阳（今属福建）崇化书坊刊行。此本通称陈八郎本，收藏单位曾照相影印出版。

在唐代，《文选》成为应考进士科的重要读本。士子需要掌握《文选》作品的内容并模仿其风格，方能在科举考试中出类拔萃，故杜甫叮嘱幼子宗武"熟精《文选》理"[32]。虽然《文选》不是直接考试的内容，但有史料显示该书是士子准备应举时的主要参考书。李德裕（787—849）对科举考试深表不满，据载曾对武宗（840—846年在位）直言祖父李栖筠（719—776）在天宝（742—755）末年应举是逼于无奈，"以仕进无他歧"；虽然祖父一举登第，但李德裕认为所考无关实学，他对这种进身之阶大为不屑，因此劝子弟绝意科场，并且"自后家不置《文选》"[33]。

从另一条史料可见，《文选》在唐代流传之广已至西域。唐中宗女金城公主（741年卒）因和亲吐蕃，嫁于赞普赤德祖赞（绰号梅阿迥，712—755年在位），开元十八年（730）金城公主曾遣吐蕃使者向唐朝廷奏请"《毛诗》《礼记》《左传》《文选》各一部"[34]。

当时俗文学中亦有提及《文选》的。敦煌遗书中有一篇《秋胡变文》，讲述秋胡离家求取功名的故事。他"辞妻了道（首），服得十帙文书，并是《孝经》《论语》《尚书》《左传》《公羊》《穀梁》《毛诗》《礼记》《庄子》《文选》，便即登逞（程）"[35]。在他带走的十本书中，只有《文选》和《庄子》不属于儒家典籍，由此可见士子备试时除了温习经传，亦会钻研《文选》。

《文选》在宋初仍然为人广泛阅读，但及至熙宁（1068—1077）、元丰（1078—1085）年间，此书在士人心目中的地位已大不如前。导致"文选之衰落"的主因包括欧阳修（1007—1072）带头革新科举制度，并于嘉祐二年（1057）知贡举时以古文取士，凡作"太学体"文章一概黜落不取，其后王安石（1021—1086）实行熙宁变法，进一步推波助澜。[36]谈到文选学在宋代衰落时，学者往往引陆游(1122—1210)《老学庵笔记》的这一条记载：

[32] 仇兆鳌注，《杜诗详注》（北京：中华书局，1979），卷19，页1478。
[33]《新唐书》，卷44，页1169。
[34]《旧唐书》，卷196，页5232。
[35] 项楚，《敦煌变文选注》（增订本）（北京：中华书局，2006），上册，页369。
[36] 郭宝军，《宋代文选学研究》（北京：中国社会科学出版社，2010），页271—282。

[37]［宋］陆游撰，李剑雄、刘德权点校，《老学庵笔记》（北京：中华书局，1979），卷8，页100。相似的记载亦见于［宋］王应麟著，［清］翁元圻等注，栾保群、田松青、吕宗力校点，《困学纪闻》（全校本）（上海：上海古籍出版社，2008），卷17，页1860—1861。

[38]《太平御览》（北京：中华书局，1960），卷19，页95上及卷409，页1888上。

[39]《文选导读》，页90—91。

[40] 转引自［宋］何汶撰，常振国、绛云点校，《竹庄诗话》（北京：中华书局，1984），卷1，页7。

国初尚《文选》，当时文人专意此书，故草必称"王孙"，梅必称"驿使"，月必称"望舒"，山水必称"清晖"。至庆历后（引者按：其时欧阳修已扭转风气，以古文取士），恶其陈腐，诸作者始一洗之。方其盛时，士子至为之语曰："《文选》烂，秀才半。"[37]

值得注意的是，从此文可看出陆游对《文选》并未精熟。所提及的四个词中只有"王孙""望舒"和"清晖"可在《文选》里找到，其中"王孙"一词见于《招隐士》，但原意是隐士，并非草的借代词。至于借代为梅的"驿使"根本不见于《文选》，据我所知这个用法最早见于盛弘之（约437年前后在世）的《荆州记》，所引陆凯（五世纪在世）赠范晔（398—466）诗中有"折梅逢驿使"一句。[38]

"《文选》烂，秀才半"的说法其实早已有之，甚至可能是唐人的习语，这说明《文选》在当时地位崇高。如佚名作《雪浪斋日记》[39]应早于陆游《老学庵笔记》，曾言道：

> 昔人有言："《文选》烂，秀才半。"正为《文选》中事多，可作本领尔。余谓欲知文章之要，当熟看《文选》，盖《选》中自三代涉战国、秦、汉、晋、魏、六朝以来文字皆有。[40]

此文作者既说"昔人有言"，可见这句话流传已久，或许唐朝时已有。

宋代对《文选》批评最苛刻的是苏轼（1037—1101）。他从多方面指谪此书，具体内容这里无暇赘述，不过我希望有人能深入研究苏轼对《文选》的评语，这可以被写成一篇长文。此处只引他最有名的一段议论：

> 舟中读《文选》，恨其编次无法，去取失当。齐梁文章衰陋，而萧统尤为卑弱。《文选序》斯可见矣。如李陵书、苏武五言，皆伪而不能辨。今观《渊明集》，可喜者甚多，而独取数首，以知其余，人忽遗者多矣。

渊明作《闲情赋》，所谓"《国风》好色而不淫"，正使不及《周南》，与屈、宋所陈何异？而统大讥之，此乃小儿强作解事者。[41]

苏轼此跋作于元丰七年（1084），其时身在江西。文中首先指斥萧统收入托名李陵和苏武所撰的书信和五言诗，认为他真伪不辨，接着说所收陶诗太少，最后更指陶渊明《闲情赋》未收实为识见庸下。

有关《李少卿与苏武诗》及《苏子卿诗》，虽然现代学者大都认为是托名之作，但在萧统之时普遍认为出自李陵和苏武之手，没有被收进历代文选反而让人意外。

至于苏轼对萧统不多收陶潜作品的微言，着实耐人寻味，要知昭明太子是齐梁时期对陶渊明推许最力的人之一，[42]更为他编过文集。假如没有萧统刻意收集和编集，陶氏的诗文很可能无法传至宋代，让苏轼得以饱读。萧统唯独不满意陶渊明的《闲情赋》，称之为"白璧微瑕"。苏轼则认为此赋"好色而不淫"，若论"淫"则断不会过于《文选》所收的屈、宋文章，尤其是宋玉的赋。

每次读到苏轼的这番话，篇首"舟中读《文选》"一句总令我莞尔不已。从此文可见，他外出时可能随身带备一部《文选》，但我百思不得其解，既然东坡认为此书如此不堪，为什么要置之行箧？

虽然苏轼等学者给予的评价不高，但从《文选》的刊刻史可见，宋人对此书的需求甚殷。

最早刊刻的李善注《文选》当是北宋初年三馆秘阁所雕印者，具体时间在景德四年（1007）至大中祥符四年（1011）之间。[43]此本与《文苑英华》同时刻版，但大中祥符八年（1015）宫城失火，二书尽毁。新刊本于天圣（1023—1032）初年准备就绪，天圣三年（1025）校勘完毕，天圣七年（1029）完成雕版，并于天圣九年（1031）进呈印本，是谓国子监本[44]，又称天圣明道本。按天圣之后是明道（1032—1034），这个年号只用

[41]［宋］苏轼，《东坡志林》(《四库全书》本)，卷1，页3下。
[42] 萧统对陶渊明的看法，可参 Wendy Swartz（田菱），*Reading Tao Yuanming: Shifting Paradigms of Historical Reception (427–1900)* (Cambridge: Harvard University Asia Center, 2008), pp. 111–115, 中译本见田菱著，张月译，《阅读陶渊明》（台北：联经出版事业股份有限公司，2014），页202—207; Wang Ping（王平），*The Age of Courtly Writing: Wen xuan Compiler Xiao Tong (501-531) and His Circle* (Leiden: Brill, 2012), pp. 261–277.
[43]《文选版本研究》，页151—152。
[44] 有关北宋国子监本，详见《文选版本研究》，页157—159。

[45] 尤刻本李善注《文选》的研究,分别见张月云,《宋刊〈文选〉李善单注本考》,《中外学者文选学论集》,页793—808;《文选版本研究》,页160—167;常思春,《尤刻本李善注〈文选〉阑入五臣注的缘由及尤刻本的来历探索》,《〈文选〉与"文选学"——第五届文选学国际学术研讨会论文集》(北京:学苑出版社,2003),页640—660;范志新,《李善注〈文选〉尤刻本传承考辨》,《文选版本论稿》(南昌:江西人民出版社,2003),页35—66。

[46] [南朝梁]萧统编,《文选》(《中华再造善本》唐宋编·集部)(北京:国家图书馆出版社,2006),全14册。

[47] 王书才,《明清文选学述评》(上海:上海古籍出版社,2008),页272。

[48] 郝幸仔,《明代〈文选〉学研究》(新北:花木兰文化出版社,2014)。

了两年,可见部分版面曾于明道年间重新刷印。

完整的北宋国子监本今已不存,中国国家图书馆藏廿一卷,台北故宫博物院则藏十一卷,似乎原来出自同一部书。国图本存 14 册,计有卷十七至十九、三十至三一、三六至三八、四六至四七、四九至五八及六〇;故宫本存 4 册,计有卷一至六、八至十一及十六。

宋代最有名的李善注本,当数南宋淳熙八年(1181)尤袤(1127—1194)于池阳(安徽贵池的古名)郡斋所刻本。尤刻本向被目为未经五臣注所乱、最早的李善注本,但近年研究指出尤刻本并未如实反映李善注原貌,为五臣注本阑乱的痕迹所在多有。[45] 中国国家图书馆所藏淳熙尤刻本初刻已收入馆方出版社编纂的《中华再造善本》丛书,以高仿真原貌彩印。[46]

另一部重要的宋刻《文选》是上文提及的陈八郎本。

《文选》在元明两代继续为人刊刻及研读,这亦是一个值得认真研究的课题,当然清人的文选学著作亦应加以重视和研究。作为经验之谈,我只能说但凡有志投身文选学的人都有必要参考清代学者的选学研究。王书才近年出版了一本详尽梳理明清文选学史的著作 [47],北京大学中文系博士郝幸仔亦于 2012 年完成有关明代文选学的博士论文 [48]。由于这个课题实在太大,这里无法用三言两语交代,因此相关内容请参考王书才的专著。

二、《文选》在古代日韩的流播和日本近当代"文选学"研究

《文选》不单早已成为中国的重要典籍,亦在邻近东亚国家广受阅读,在日本和韩国尤其如此。《文选》很早就传至东瀛,据延历十六年(797)以汉文体写成的御修国史《续日本纪》所载,圣武天皇天平七年(735),

唐人袁晋卿随日本使节至东土，时年十八九岁，因习得《文选》《尔雅》两书的正音，于光仁天皇宝龟九年（778）官拜"大学（寮）音博士"。[49] 可见当时《文选》已为日人所知。

《文选》在日本文学传统里颇为知名，清少纳言（约966—1017）的《枕草子》（又名《枕册子》）和吉田兼好（1283？—1350？）的《徒然草》两部名著都有所提及。首先是三卷本《枕草子》：

ふみは　文集。文選。新賦。[50] 史記五帝本紀。願文。表。博士の申文。[51]

（汉文）书卷，首推《（白氏）文集》《文选》《新赋》《史记·五帝本纪》、发愿文、表、文章博士代笔的申文（乞迁官表）。[52]

接着是《徒然草》：

ひとり、燈のもとに文をひろげて、見ぬ世の人を友とするぞ、こよなう慰むわざなる。文は、文選のあはれなる卷々、白氏文集、老子のことば、南華の篇。この国の博士どもの

[49] 菅野真道等撰，《续日本纪》(《新订增补国史大系》第2卷)（东京：弘文馆，1935年初版；东京：吉川弘文馆，1979年再版），卷35，页446，"宝龟九年十二月庚寅"条。

[50] "新赋"一词向来为多数注家和译者所不解。常见的说法是，新赋指《文选》所收的六朝赋，换言之应与上词连读，作"《文选》新赋"解，说见松尾聪、永井和子校注并合译，《枕草子》(《新编日本古典文学全集》第18卷)（东京：小学馆，1997)，页336。六朝后期确实出现一种新赋，即通常所说的骈赋，不过《文选》收录庾信（513—581）等大家所作的骈赋名篇屈指可数，故此说不能令我信服。张培华近来提出，新赋应指唐代新出现的赋体"律赋"，见氏著《『枕草子』における漢文学受容の可能性》（综合研究大学院大学博士论文，2012)，页236—260；另见张培华，《『枕草子』における"新赋"の新解》，《古代中世文学论考》，2005年第16集，页189—205。她提供的一条有力证据是，新赋一词见于唐代赋格类著作《赋谱》（按：此书写成于中唐、甚至晚唐，只有一个平安时代中期［约十一世纪］钞本传世，现藏东京五岛美术馆，为日本国指定重要文化遗产)。《赋谱》有一段谈论"古赋"与"新赋"之别，后者无疑指律赋。见詹杭伦，《赋谱》校注》，载詹杭伦、李立信、廖国栋，

《唐宋赋学新探》（台北：万卷楼图书，2005)，页78（注三）。詹博士指出："《赋谱》所谓之'新体''新赋'，均指律赋而言。'律赋'唐人称为'新赋'，或'甲赋'。五代以后，始以'律赋'相称。"虽然弄清了新赋的意思，接下来的问题是新赋究竟是一本选集的书名，还是清少纳言爱读的赋体文类？答案可在藤原通宪（法名信西，1106—1160）的私家书目觅得，其中载录《新赋略抄》一卷；见《通宪入道藏书目录》，载塙保己一编纂，《群书类丛》（订正三版）（东京：续群书类丛完成会，1991)，第28辑"杂部"，卷495，页188。在中国，"抄"用作书名时指某书的节钞或选本，因此《新赋略抄》很可能是《新赋》一书的节钞本，与《文选》平列。在此鸣谢华盛顿大学同事Paul Atkins、Ted Mack及学生魏宁（Nicholas Morris Williams）的帮助，让"新赋"的谜团得以解开。

[51] 田中重太郎，《枕草子全注释》（东京：角川书店，1972—1973)，卷4，页69—70（第193段）。

[52] 另参周作人译，《枕草子》，收入《日本古代随笔选》（北京：人民文学出版社，1998)，页223（第173段）；林文月译，《枕草子》（台北：洪范书店，2000)，页220（第193段）。译者按：周、林译文所用底本为通行的能因本，没有"新赋、史记五帝本纪、愿文、表"四种。

書ける物も、いにしへのは、あはれなること多かり。[53]

　　灯下独自披卷展读，尚友古人，甚足以慰吾情。书籍云云，首推《文选》中哀感顽艳之卷、《白氏文集》、老子之言、《南华》诸篇。我国文章博士著述中，往昔之作亦颇多感人至深者。[54]

日本国内保存了不少《文选》手钞本，当中最重要的是《文选集注》(*Monzen shūchū*)。原书百二十卷，仅有廿四卷左右流传至今，分散在日本国内外不同地方保存。[55] 民国初年，罗振玉（1866—1940）以珂罗版影印、摹写其中十六卷；[56] 1934 至 1941 年，京都帝国大学文学部以《旧钞本文选集注残卷》之书名影印出版廿三卷；[57] 2000 年，上海古籍出版社出版南京大学周勋初教授的纂辑本，除与上述印本重复者，更搜罗全部已知的残卷和残叶[58]。

[53] 安良冈康作，《徒然草全注释》（东京：角川书店，1967），卷上，页 69（第 13 段）。
[54] 译文参考了王以铸译，《徒然草》，收入《日本古代随笔选》（北京：人民文学出版社，1998），页 342—343（第 13 段）。
[55] 有关《文选集注》存佚情况及流传史，见横山弘，《旧钞本〈文选集注〉传存（流传）概略》，载赵福海、刘琦、吴晓峰主编，《〈昭明文选〉与中国传统文化——第四届文选学国际学术研讨会论文集》（长春：吉林文史出版社，2001），页 123—125。
[56] 罗振玉辑印，《唐写文选集注残本》（《嘉草轩丛书》本，1918），全 16 册。
[57] 《文选集注》（京都帝国大学文学部景印旧钞本，第 3—9 集）（京都：京都帝国大学文学部，1935—1942），全 27 册。
[58] 周勋初纂辑，《唐钞文选集注汇存》（上海：上海古籍出版社，2000），全 3 册。
[59] 见《今存文选集注〉残卷为中土唐写卷旧藏本》，《中央日报》（台北），1974 年 10 月 30 日，第 10 版。
[60] 周勋初，《文选集注》上的印章考》，载《〈昭明文选〉与中国传统文化》，页 126—130。

学界对《文选集注》的钞写年代和流传嬗递尚未达成共识。1971 年，台湾学者邱棨锡发现卷六八盖有 "荆州田氏藏书之印" "田伟后裔" 等多方篆文藏印，断定此书原为宋代荆州著名藏书家田伟（十一世纪）旧藏，必然在中土写定。[59] 不过后来经学者考定，卷首两页的田氏藏印并非属于田伟，而是属于祖籍江陵、自称田伟后裔的田潜（1870—1926）。此人本名田吴炤（字伏侯，号潜山，故又名潜），1902 至 1905 年游学日本，其间购得《文选集注》数卷，故据此难以定夺此本最初钞成于中国还是日本。[60]

周勋初认为《文选集注》是唐代著作，所举的证据之一是此书只避唐朝首两位皇帝李渊（高祖）和李世民（太宗）帝讳，但李显（中宗）和李隆基（玄宗）的嫌名不缺笔，且不避宋讳。另外，一些字的写法亦符合唐人书写习惯，如 "闭" 写成 "閇"、"恶" 写作 "惡" 等。因此，周教授的结论是此书成于中唐时期。这篇考证文章作为前言，冠于 2000 年上海古籍出版社影印本《文选集注》廿四卷书前。

不过，范志新教授反驳周勋初所举的避讳字和唐人书写习惯，认为《文选集注》传本是日本平安时代（794—1185）写成的钞本。[61] 广岛大学副教授陈翀新近提出，此书编纂者是平安时代诗人、学者大江匡衡（952—1012）。[62]

《文选集注》的价值在于保存了李善和五臣注以外的唐人注释，如《文选钞》和《音决》二书或出自公孙罗之手。此外，陆善经旧注亦非常可贵。

陆善经出身吴郡（今苏州）陆氏，是一位饱学之士，开元中经萧嵩（749 年卒）荐入集贤院为直学士，预修《开元新礼》；开元二十二年（734）起奉命注《月令》，其后参修《唐六典》，并注《孟子》七卷。[63]

萧嵩是萧统七世孙，开元十七年（729）任中书令期间兼知集贤院事，"以《文选》是先代旧业，欲注释之。奏请左补阙王智明、金吾卫佐李玄成、进士陈居等注《文选》"，但最终"功竟不就"。[64] 据韦述《集贤注记》（765）所载，"先是冯光震奉敕入院校《文选》，上疏以李善旧注不精，请改注，从之，光震自注得数卷"。随后萧嵩于开元十九年（731）三月奏请以王智明三人助之，翌年五月陆善经受命与王、李专注《文选》。[65] 虽然事竟不就，但陆善经可能一个人继续作注。

陆善经注仅见于《文选集注》古钞本，我认为当中颇多有用资料，以及不同于李善和五臣的独到见解。虽有不少中国和日本学者对此予以简短评介，但作深入系统研究者尚乏其人。有魄力的学者若能承担这个课题，将功不唐捐。[66]

《文选》在古代韩国也十分重要。不过由于本人不谙韩文，所以不能多谈。我的相关知识主要来自学生丁旭镇，他的博士论文便尝试梳理《文选》在韩国的接受史。话说回来，我们知道《文选》至迟在唐代已传至韩国。据《旧

[61] 范志新，《关于〈文选集注〉编纂流传若干问题的思考》，《文选版本论稿》，页 245—256。

[62] 陈翀，《『集注文選』の成立過程について——平安の史料を手掛かりとして》，《中国文学论集》，2009 年 第 38 号，49—61；陈翀，《〈文选集注〉之编者及其成书年代考》，载赵昌智、顾农主编，《第八届文选学国际学术研讨会论文集》（扬州：广陵书社，2010），页 121—126。

[63] 陆善经生平及学术，见新美宽，《陸善經の事蹟に就いて》，《支那学》，1937 年 9 卷 1 号，页 131—148；向宗鲁，《书陆善经事——题〈文选集注〉后》，《斯文半月刊》，1943 年 3 卷 2 期，页 14，另收入《中外学者文选学论集》，页 72—74；藤井河，《文選集注に見える陸善經注について》，《广岛大学文学部纪要》，1977 年第 37 卷，页 287—301。

[64]《大唐新语》，卷 9，页 134。

[65] 转引自《玉海》（《四库全书》本），卷 54，页 9 下至 10 上。

[66] 目前为止最详尽的研究为佐藤利行，《『文選集注本』離騷經一首所引陸善經注について》，连载于《广岛大学文学部纪要》1998 年第 58 卷，页 102—121；1999 年第 59 卷，页 62—76；2000 年第 60 卷，页 133—152。

唐书·东夷·高丽传》记载，高丽的民间学堂"扃堂"多收经史典籍，"又有《文选》，尤爱重之"[67]。新罗统一三国（高句丽、百济和新罗）后，神文王二年（682）仿唐制设国家最高教育机关"国学"，课程包括五经和《文选》。元圣王四年（788）仿照唐朝明经科，始设"读书三品科"考试制度，"诸生读书，以三品出身，读《春秋左氏传》，若《礼记》，若《文选》，而能通其义，兼明《论语》《孝经》者为上（品）"[68]。《文选》一书在朝鲜半岛向来地位崇高，直至李氏朝鲜王朝（1392—1910）代兴，该国学者才开始对古文抱有浓厚兴趣。不过，朝鲜的"文选"——《东文选》——正是在这一时期成书。是书为徐居正（字刚中，1420—1488）奉敕纂集，成宗九年（1478）成书，收录新罗至李朝肃宗时期的汉文文学作品，并仿《文选》体裁按文类编排。[69]

《文选》亦曾在朝鲜刊刻，多个重要版本保存于韩国当地。[70] 这里只举一例，即韩国首尔大学奎章阁藏古活字本六家注《文选》，世宗十年（1428）刊行，底本是北宋元祐九年（1094）刻印的秀州（今浙江嘉兴）州学本。秀州本是最早将五臣注与李善注合刻的六家注本，其中五臣注部分采用天圣四年（1026）平昌（今山东安丘）孟氏刊本，比陈八郎本早足足一百多年；李善注部分则以天圣七年（1029）国子监重刻本为底本。

及至二十世纪，日本学者对《文选》研究作出了重大贡献，在版本和古写本方面的成果尤其突出，此中的佼佼者首推斯波六郎（1894—1959）。他在 1942 年于京都帝国大学取得博士学位，师从著名汉学家狩野直喜（1868—1947），狩野本人即在 1929 年发表有关《文选》唐钞本的论文[71]。斯波教授在返回京大读博士前曾执教于广岛多所学院，其中在广岛大学（包括其前身之一广岛文理科大学）任教的时间最长。1930 年代，

[67]《旧唐书》卷 199 上，页 5320。
[68] 金富轼（1075—1151）著，李丙焘校译，《三国史记》（首尔：乙酉文化社，1977 年初版，1984 年六版），第二册"原文篇"，卷 38 "杂志第七（职官上）"，页 366—367。
[69]《东文选》的中文研究著作，见陈彝秋，《徐居正与〈东文选〉》，《古典文学知识》，2008 年第 6 期，页 78—87；陈彝秋，《朝鲜〈东文选〉诗体分类与编排溯源》，《南京师范大学文学院学报》，2008 年第 4 期，页 133—138；陈彝秋，《论中国赋学的东传——以〈东文选〉辞赋的分类与编排为中心》，《南京社会科学》，2010 年第 3 期，页 144—150；陈彝秋，《论中国选本对朝鲜〈东文选〉文体分类与编排的影响》，《南京师大学报（社会科学版）》，2010 年第 3 期，页 133—137。
[70] 参见金学主著，丰福健二译，《李朝刊『五臣注文選』について》，《中国中世文学研究》，1993 年第 24 号，页 45—63；郑玉顺，《现存韩国刊行〈文选〉版本考》，《古籍整理研究学刊》，1998 年第 4—5 期，页 86—93；矶部彰，《朝鲜版五臣注『文選』の研究》，《東北アジアラアラカルト》，2006 年第 17 号，页 1—50。
[71] 狩野直喜，《唐钞本文选残篇跋》，《支那学》，1929 年 5 卷 1 号，页 153—159，另收入《古典文献研究》（南京：凤凰出版社），2011 年第 14 辑，页 145—151。

斯波教授已发表《文选集注》系列论文，不少他的学生也留心此书，对诸家注的研究颇有创获。然而，真正令斯波教授蜚声学林的是其《文选》版本史长篇研究。他在 1959 年发表百多页的《文選諸本の研究》，作为所编《文选索引》的前言。[72] 此文在 2000 年傅刚的专著出版前，一直是《文选》版本史的典范之作。

广岛大学历来是《文选》研究的重镇，斯波教授的高足小尾郊一（1913—2010）便曾任教此校。小尾教授详论六朝自然观的专著固然最为人熟悉[73]，但他的《文选》研究也很有分量。1966年起，他与广岛大学师生开始全面研究李善注所引书，成果体现为 1990 及 1992 年出版的两大本著作[74]，是迄今为止对李注引书所作最详尽的考证。

小尾教授亦曾撰文探讨《文选》的各个方面，包括萧统序、李善注、《文选》在中日两国的传播，以及就嵇康（223—262）《养生论》、李康（约190—约 240）《运命论》和刘峻（462—521）《辨命论》作单篇析论。这些论文于 2001 年结集成《沈思と翰藻："文選"の研究》[75]。另外，小尾教授是《文选》现代日语全译本的译者之一。[76]

另一位著作等身的文选学专家是冈村繁（1922—2014）。中文读者对这个名字并不陌生，因为他的著作已被翻译成中文出版，包括上海古籍出版社的十卷本《冈村繁全集》[77]。冈村教授亦是斯波六郎的高弟，福冈市九州大学荣休教授。

冈村教授其中一项重要成果，是对东京永青文库藏敦煌本《文选注》的研究。这个初唐写卷尘封书库多年，直至1965年方由永青文库照相制版印行。[78]

写卷内含《文选》卷四十其中五篇作品，注解似乎以初学者为对象，或成于李善之前。冈村教授对注本作出全面解构，写成一篇很精彩的考证文章。[79]

[72] 斯波六郎，《文选索引》（全四册）（京都：京都大学人文科学研究所，1957—1959），第 1 册，页 3—105。中译本有两种，分别见戴燕译，《对〈文选〉各种版本的研究》，载《中外学者文选学论集》，页 849—961；黄锦铉、陈淑女译，《文选诸本之研究》（台北：法严出版社，2003）。

[73] 小尾郊一，《中國文學に現われた自然と自然觀——中世文學を中心として》（东京：岩波书店，1962）；中译本见邵毅平译，《中国文学中所表现的自然与自然观：以魏晋南北朝文学为中心》（上海：上海古籍出版社，1989）。

[74] 小尾郊一、富永一登、衣川贤次，《文选李善注引书考证》（东京：研文出版，1990—1992）。

[75] 东京：研文出版，2001。

[76] 小尾郊一、花房英树译，《文选》（《全释汉文大系》第 26—32 册，全七册）（东京：集英社，1974—1976）。

[77] 冈村繁著，陆晓光译，《文选之研究》（《冈村繁全集》第 2 卷）（上海：上海古籍出版社，2002）。

[78] 神田喜一郎解说，《敦煌本文选注》（东京：永青文库，1965）。

[79] 冈村繁，《細川家永青文庫藏『敦煌本文選注』について》，《集刊东洋学》，1965 年第 14 号，页 1—26，收入氏著《文選の研究》第四章，页 129—159，中译本见陆晓光译，《日本细川家永青文库藏〈敦煌本文选注〉——唐代初期〈文选〉注解的侧影》，《文选之研究》，页 144—181。冈村繁，《〈敦煌本文选注〉校释》，《东北大学教养部纪要（人文科学篇）》，1966 年第 4 号，页 194—249。冈村繁，《永青文库藏敦煌本〈文选注〉笺订》，（转下页）

（接上页）《久留米大学文学部纪要》，1993 年第 3 号，页 53—86，1997 年第 11 号，页 15—64，收入《文選の研究》第五章，题为《永青文库藏〈敦煌本文选注〉笺订》，页 161—289，中译本有两种，分别见陆晓光译，《文选之研究》第五章，页 182—316；罗国威译，《永青文库藏敦煌本〈文选注〉笺订》，王元化主编，《学术集林》（上海：上海远东出版社），1998 年第 14 卷，页 133—173，1999 年第 15 卷，页 170—233，另收入罗国威笺证，《敦煌本〈文选注〉笺证》（成都：巴蜀书社，2000），页 75—211。

[80] 冈村繁，『『文選』李善注の編修過程——その緯書引用の仕方を例として』，《东方学论集：东方学会创立四十周年纪念》（东京：东方学会，1987），页 225—243，收入氏著《文選の研究》第六章，页 291—310。该文中译本分别见《〈文选〉李善注的编修过程》，载赵福海等编，《昭明文选研究论文集》（长春：吉林文史，1988），页 165—175；《文选之研究》第六章，页 317—338。

[81] 清水凯夫著，韩基国译，《六朝文学论集》（重庆：重庆出版社，1989）。

[82] 清水凯夫，《新文選學：『文選』の新研究》（东京：研文出版，1999）。

[83] 见李善注引刘璠《梁典》，《文选》（上海：上海古籍出版社，1986），页 55，页 2365。

[84] ［唐］姚思廉撰，《梁书》（北京：中华书局，1973），卷 33，页 480—481。

1987 年，冈村教授发表了一篇有关李善注版本的论文，对比《文选注》敦煌写卷和后来刻本所引纬书的差异。他发现敦煌卷子应该反映李善注的早期面貌，因为流露出注者对纬书的认识有限，但从刻本可见他对这些材料的运用已非常成熟，故可推断为后期注本。[80]

最具争议的日本《文选》专家当数清水凯夫（1941 年生）。这位立命馆大学前教授在大中华地区也颇知名，多数著作已被译成中文行世，[81] 其文选学论文集（日文）[82] 则于 1999 年出版。

清水教授最惹人争议的推断是，萧统只是《文选》名义上的主编，编纂工作实由刘孝绰（481—539）承担。他就此写了大量文章，立论颇为繁复曲折，但主要建基于两个论点：第一，六朝时期编纂大部头著作时，惯例是由得力幕僚主持实际编务，像昭明太子这样的尊者则列名主纂者；清水认为《文选》的情形正属此类。第二，清水自称找到刘孝绰因个人理由而选入《文选》的篇章，其中刘峻的《广绝交论》被视为铁证。事缘南朝天监八年（509）左右刘峻离开梁都城建康，移居于南面的东阳郡（今浙江金华）。前一年著名学者任昉（460—508）于新安郡（郡治在始新县，位于今浙江淳安县西北）逝世，刘峻路过新安时遇上任昉的儿子任西华，眼见他夏衣冬穿、一贫如洗，乃仿朱穆《绝交论》而广之，控诉任昉的故旧好友无一对其遗孤施以援手。[83] 到洽（477—527）是任昉的一位旧交，与刘孝绰共事梁朝，二人都是有名望的学者和诗人，但"孝绰自以才优于洽，每于宴坐，嗤鄙其文，洽衔之"。普通六年（525），到洽出任御史中丞，上书劾奏刚迁升廷尉卿的刘孝绰带宠妾入住新官府，却把高堂留在旧宅，直言其"携少妹于华省，弃老母于下宅"[84]。后世对于这位妾的身份颇有猜测，甚至因萧衍欲隐其恶而将"少妹"改为"少妹"，令事情更扑朔迷离。据清水教授推测，刘孝绰对到洽深怀怨恨，遂收入《广绝交论》一文报复。

清水的所谓"新文选学"被几位中国学者大力抨击，顾农和屈守元（1913—2001）二人批评尤力。顾农认为《广绝交论》并非针对到洽一人，而是所有未曾关顾任昉遗孤的生前知交，并指出刘孝绰本身就是任昉的密友。假如刘孝绰旨在借此文暴露到洽的麻木不仁和于道义有亏，那岂不是自暴其短；他自身也难辞其咎。[85] 屈守元则提出《广绝交论》的重点并非攻击到洽，而在于刺世疾时，对于世道艰难使得任昉这样的人物身后，子女也遭受困厄而深表不满。确实如此，只要细读刘峻这篇文章也会同意这种说法。在1995年郑州召开的第三届文选学国际学术研讨会上，清水发表了长文试图驳倒顾氏的批评，文章被收入1997年出版的会议论文集。[86] 屈教授亦在同一研讨会上发文，对清水所持论点逐一批驳。[87]

三、欧美"文选学"研究

本文最后一章将简论欧美的《文选》研究。在二十世纪以前，西方汉学界没有对《文选》作太多研究。最早关注此书的西方学者是阿瑟·韦利（Arthur Waley，1889—1966）。

阿瑟·韦利生于英格兰肯特郡皇家唐桥井（Royal Tunbridge Wells），本名阿瑟·大伟·施洛斯（Arthur David Schloss），父亲在商务部任职，家境殷实。1914年第一次世界大战爆发，反德情绪高涨，他身为阿什肯纳兹犹太人后裔，遂与家人一同改从母姓。1907年起他就读剑桥大学国王学院，主修西方古典学，后因眼疾辍学。家人希望他从事出口贸易家庭事业，但韦利无意从商，1913年到大英博物馆版画室任职，工作期间开始爱上中日文化与语言。他在大英博物馆服务17年，主要为馆方登录中国画藏品。他工余时自学中文，不用多久便能翻译汉诗。1918和1919年他先后出版《汉诗一百七十首》

[85] 顾农，《与清水凯夫先生论〈文选〉编者问题》，《齐鲁学刊》，1993年第1期，页39—45，另收入《中外学者文选学论集》，页492—504。

[86] 清水凯夫，《就〈文选〉编者问题答顾农先生》，载中国选学研究会、郑州大学古籍整理研究所编，《文选学新论——第三届文选学国际学术研讨会论文集》（郑州：郑州大学出版社，1997），页34—50。

[87] 屈守元，《新文选学刍议》，《文选学新论——第三届文选学国际学术研讨会论文集》，页51—60。

（*A Hundred and Seventy Chinese Poems*）和《汉诗增译》（*More Translations from the Chinese*），1923 年出版的《白居易〈游悟真寺〉及其他诗篇》（*The Temple and Other Poems*），是首本收入赋作翻译的西方语言著作。1929 年，韦利辞任大英博物馆馆员，自此不在任何单位供职，专心从事有关中国和日本文学的著述，著作量惊人。《悟真寺》一书收录韦利英译（多数为节译）的先秦、两汉、魏晋赋，其中只有两篇出自《文选》，原因是他对此书评价甚低。其评语值得全引：

> 《文选》是昭明太子于公元 520 年左右编成的文学选集，书中很多篇幅留给了四至五世纪的平庸作手。早在十一世纪，苏东坡便指斥《文选》流露出何等低俗不堪的文学品味。作为岿然独存的中国古代总集，其编纂工作竟落入这位温恭但无能的贵族之手，实在令人遗憾。[88]

有意思的是，苏轼对《文选》的批评，竟在首位认真研究《文选》作品的西方学者笔下老调重弹。

大约与韦利严厉指谪《文选》同时，俄裔法国汉学家马古烈（Georges Margouliès，1902—1972）出版了一本研究和法译"《文选》赋"的译文集。马古烈生于俄罗斯，1919 年起主要在法国生活，1972 年逝世。他在巴黎国立东方语言学校取得文学博士学位，1926 至 1939 年间于校内任讲师。他所译的《文选》作品只有萧统序、班固《两都赋》、陆机《文赋》和江淹《别赋》。[89] 不过其译文错漏百出，奥地利汉学家赞克（Erwin Ritter von Zach，1872—1942）已有多篇指谬文章，发表于 1927 年的《通报》（*T'oung Pao*）。[90]

赞克生于奥地利，1901 至 1919 年任职奥匈帝国领事馆，先后被派驻北京、香港、横滨和新加坡，常年在中国工作，工余勤于治学，精通汉、满、藏文。虽然他一度在荷兰莱顿大学跟随施古德（Gustaaf Schlegel，1840—1903）学习，但

[88] Arthur Waley, *The Temple and Other Poems* (New York: Alfred A Knopf, 1923), p. 147.

[89] Georges Margouliès, *Le "Fou" dans le Wen-siuan: Ètude et textes* (Paris: Paul Geuthner, 1926), p. 138.

[90] Erwin von Zach, "Zu G. Margouliès' Uebersetzung des Liang-tu-fu des Pan-ku," *T'oung Pao*, 25.1-2 (1927): 354-359; "Zu G. Margouliès' Uebersetzung des Pieh-fu," *T'oung Pao*, 25.1-2 (1927): 359-360; "Zu G. Margouliès' Uebersetzung des Wen-fu," *T'oung Pao*, 25.1-2 (1927): 360-364.

其博学似乎是自学所得。他的首部著作是对翟理斯（Herbert A. Giles）主编《中英字典》（*Chinese-English Dictionary*）的纠谬，二十世纪初在北京印行；[91] 其后他将书中部分内容改写成博士论文，1909 年呈交维也纳大学，取得博士学位。

　　1919 年奥匈帝国解体，赞克移居巴达维亚（印尼雅加达的殖民时代旧称），在荷属东印度为荷兰领事馆效力，1924 年辞职，自始将全副心思用于治学；1942 年逃难时所乘荷兰商船遭日军击沉，享年 69 岁。他在晚年专心致志翻译中国文学，以德文翻译了几乎全部庾信、杜甫、韩愈和李白的诗作，并译出《文选》九成作品。然而，赞克性情暴躁，毫不留情地对其他学者的作品冷嘲热讽，最终使他无法在有地位的汉学期刊上发表文章。1920 年代，他不断针对伯希和（Paul Pelliot），弄得势成水火，逼得其时为《通报》主编的伯希和忍无可忍，将他逐出其作者群，声明"赞克先生提出的问题从此将不见于《通报》"[92]。此后他的书评文章几乎只能在巴达维亚的无名刊物上发表，一部分著作则自费出版。幸而他的译作大部分经哈佛燕京学社搜集和出版。[93] 赞克已把《文选》中的九成作品译成德文，译文较直白，并无注释，但相当准确。

　　在总结本章有关西方文选学的讨论前，我再介绍一位西方学者，即业师海陶玮（James Robert Hightower, 1915—2006）先生。海陶玮教授生于 1915 年，美国科罗拉多大学化学系本科毕业，曾浪迹欧洲，尝试从事文字创作，回美后于哈佛大学研究院攻读中文。海陶玮教授 1940 至 1943 年留学北京，1946 年于哈佛取得博士学位，1946 至 1948 年再次到北京研修，1948 年起留在母校哈佛教授中国文学，直至 1981 年荣休。在美国同代学者中，海陶玮教授被视为首屈一指的中国文学专家。他的博士论文全面剖析《韩诗外传》，是中外文献里对该书研究最精湛的论著之一。[94] 1970 年他出版了陶渊明诗全

[91] Erwin von Zach, *Lexicographische Beiträge*, 4 vols (Peking: n.p., 1902-1906).

[92] "Il ne sera plus question de M. E. von Zach dans le *T'oung Pao*." Paul Pelliot, "Mélanges: Monsieur E. von Zach," *T'oung Pao*, 26 (1929): 378.

[93] Erwin von Zach, *Han Yü's poetische Werke*, James Robert Hightower ed. (Harvard-Yenching Institute Studies 7, Cambridge: Harvard University Press, 1952), p. 393; *Tu Fu's Gedichte*, James Robert Hightower, ed. 2 vols. (Harvard-Yenching Institute Studies 8, Cambridge: Harvard University Press, 1952) : p. 864; *Die Chinesische Anthologie: Übersetzungen aus dem Wen Hsüan*, Ilse Martin Fang, ed. 2 vols. (Harvard-Yenching Institute Studies 18, Cambridge: Harvard University Press, 1958), p. 1114.

[94] 作者在博士论文基础上写成专著：James Robert Hightower, *Han Shih Wai Chuan:Han Ying's Illustrations of the Didactic Application of the* Classic of Songs (Harvard-Yenching Institute Monograph Series 11, Cambridge: Harvard University Press, 1952), p. 368.

译全注本，允为传世之作。[95] 海陶玮教授对《文选》有浓厚兴趣，曾撰文分析萧统的《文选序》，并附以精湛译文。[96] 他亦是首位译注《文选》作品的西方学者，其译笔之优美、考证之缜密，堪称文史论著典范。[97]

其他西方学者亦有很出色的《文选》作品翻译，如英国汉学家霍克思（David Hawkes，1923—2009）曾将全部骚体作品译成英文。马瑞志（Richard Burroughs Mather，1913—2014）、侯思孟（Donald Holzman，1926—2019）、吴德明（Yves Hervouët，1921—1999）、傅德山（John David Frodsham，1930—2016）、华滋生（Burton De Witt Watson，1925 年生）与柯睿（Paul William Kroll，号慕白，1948 年生）等汉学家都选译了重要的《文选》篇章。[98] 柯睿的译文清丽可诵，考据滴水不漏，诚为学术翻译的楷模。我一直从事《文选》的英译和详注，多年前译出全部辞赋作品，已交由普林斯顿大学出版《文选》英译前三卷。[99] 我至今仍然埋首翻译《文选》诗作，但受制于为数众多的其他研究项目，无法将全部时间和精力用在这项工作上，只能希望退休后赓续前绪，以竟全功。

（陈竹茗 译）

[95] James Robert Hightower, *The Poetry of T'ao Ch'ien* (Oxford: Clarendon Press, 1970), p. 270.

[96] James Robert Hightower, "The *Wen Hsüan* and Genre Theory," *Harvard Journal of Asiatic Studies*, 20.3-4(1957)：512-533, 收入 *Studies in Chinese Literature*, John Lyman Bishop ed.(Cambridge: Harvard University Press, 1965), pp. 142-163；中译本见詹姆斯·R. 海陶玮著，史慕鸿译，周发祥校，《〈文选〉与文体理论》，《中外学者文选学论集》，页 1117—1130。

[97] 海陶玮英译的《文选》作品分别见：James Robert Hightower, "The *Fu* of T'ao Ch'ien," (陶潜《归去来辞》)，*Harvard Journal of Asiatic Studies*, 17.1-2 (1954): 220-225, 收入 *Studies in Chinese Literature*, pp. 89-106；"Chia Yi's 'Owl Fu'" (贾谊《鹏鸟赋》), *Asia Major*, New Series 7.1-2 (1959): 125-30；"Some Characteristics of Parallel Prose" (孔稚珪《北山移文》), Soren Egerod and Else Glahn eds. *Studia Serica Bernhard Karlgren Dedicata* (Copenhagen: Eijnar Munksgaard, 1959), pp. 70-76, 收入 *Studies in Chinese Literature*, pp. 118-122；《文选》所收陶潜诗的译文，参见氏著 *Poetry of T'ao Ch'ien.*

[98] 详见康达维，《欧美"文选学"研究概述》，《中外学者文选学论集》，页 1178—1185。

[99] David R. Knechtges, *Wen xuan, or, Selections of Refined Literature.* 3 vols. (Princeton, New Jersey: Princeton University Press, 1982-1996).

《文选》辞赋与
　　　　唐代科举考试之关系

《文选》是中国现存最早的按照文学体裁编排的选集，由梁朝昭明太子萧统（501—531）筹划编纂。凡是研读战国时代到齐、梁时代的文学，《文选》是最重要的文学资料。中古时代的早期，就已经有了按照文学体裁编录的选集。例如涵盖西晋到隋朝文献（265—618）的《隋书·经籍志》共收集了249本选集，其中多半早已亡佚，只有《文选》和《玉台新咏》这两本选集被完整地保留下来。

唐高宗（649—683年在位）时代，进士考试大兴，《文选》成了必读的教科书。永隆二年（681）科举考试改革之后，唐代科举每次都要考两篇杂文。根据清代学者徐松（1781—1848）的研究，杂文的内容包括赋体，他说："杂文两首，谓箴、铭、论、表之类。开元间，始以赋居其一，或以诗居其一，亦有全用诗赋者，非定制也。杂文之专用诗赋，当在天宝之季。"[1]唐高宗时代也是李善（689年卒）《文选注》盛行的时代。674年左右李善在郑（今河南开封）、汴（今河南荥阳）之间讲授《文选》，"诸生多自远方而至"[2]。敦煌变文《秋胡变文》写到秋胡去考进士科举的时候，随身带的十本书中就有《文选》。[3]今天这篇报告将讨论，为什么在唐代《文选》被抬升到科举教科书的地位。今天的主题也将集中讨论《文选》赋的重要性。

从《文选》的序言可以很明显地看出，萧统对赋是特别推崇的，在所有的文体中，他首先讨论了赋体。根据曹道衡的说法，《文选》编纂者沿用了先前总集的模式，如《文章流别集》和个人的别集都将赋体列于篇首。

曹道衡先生认为："在《文章流别集》中，可能也是以赋为第一类。在现今所见的六朝集子中，比较接近该书原貌的要算鲍照、江淹和庾信三人的文集。这三部书，都是以赋放在最前面，然后是诗，再次为骚，然后才是其他文章。"[4]魏晋南北朝时期，赋仍旧极受文人墨客的推崇，北齐的魏收（506—572）贬抑温子升（496—547），认为："收以温子升全不作赋，邢虽有一两首，又非所长，常云：'会须作赋，始成大才士。'"[5]

魏晋南北朝时期，许多文士学者开始编纂赋

---

[1]［清］徐松撰，赵守俨点校，《登科记考》（北京：中华书局，1984），页70。

[2]［晋］见刘昫等撰《旧唐书》（北京：中华书局，1975），卷189上，页4946；［宋］欧阳修等撰，《新唐书》（北京：中华书局，1975），卷127，页5754。

[3]见项楚选注，《敦煌变文选注》（增订本）（北京：中华书局，2006），页369。

[4]见曹道衡，《〈文选〉和辞赋》，《文选学新论》（郑州：中州古籍出版社，1997），页105。

[5]见［唐］李百药撰，《北齐书》（北京：中华书局，1972），卷37，页492。

的专集，例如三国魏曹植将他自己的七十八篇赋汇编成集子。[6]《隋书·经籍志》也列出从刘宋到梁代的许多赋集。[7] 其中"七"和"设论"也并列入赋体。从下列的表格，或可看出当时的盛况：

[6] 见［三国魏］曹植，《前录叙》，《艺文类聚》（上海：上海古籍出版社，1965），卷55，页996。

[7] 见［唐］魏徵等撰，《隋书》（北京：中华书局，1973），卷35，页1086。

集名	编撰者	卷数
《赋集》	谢灵运	92
《七集》	谢灵运	10
《赋集》	宋新渝惠侯（刘义宗）	50
《赋集》	宋明帝	40
《乐器赋》	佚名	10
《伎艺赋》	佚名	6
《赋集钞》	佚名	1
《赋集》	后魏秘书丞崔浩	86
《续赋集》	佚名	17
《历代赋》	梁武帝	10
《五都赋》	张衡、左思	6
《皇德瑞应赋颂》	佚名	1（梁16）
《杂都赋》	佚名	11
《梁杂赋》	佚名	16
《东都赋》	孔逭	1
《相风赋》	傅玄 等	7
《遂志赋》	佚名	10
《乘舆赭白马赋》	颜延之 等	2
《述征赋》	佚名	1
《神雀赋》	后汉傅毅	1
《杂赋注本》	佚名	3
《献赋》	卞铄	18
《百赋音》	宋御史褚诠之	10
《赋音》	郭徵之	2
《杂赋图》	佚名	17

集名	编撰者	卷数
《七林》	卞景	10（梁 12，梁 30，唐 12）
《七悟》	颜之推	1
《设论集》	刘楷	2
《设论集》	东晋人	3
《客难集》	佚名	20

[8] 见《〈文选〉和辞赋》，页 109。

[9] 见［唐］姚思廉撰，《梁书》（北京：中华书局，1973），卷 49，页 698。

[10] 见傅刚，《〈昭明文选〉研究》（北京：中国社会科学出版社，2000），页 229—230。

《文选》有些篇章是从这些集子中选录的，例如曹道衡先生认为梁武帝的《历代赋》很可能是《文选》选赋最主要的来源。[8]《历代赋》共有十卷，于公元 518 年完成。[9]《历代赋》很可能不止由梁武帝一人编纂，也可能由其他学者代编，这从当时著名学者周舍（469—524）和周兴嗣（?—521）的评注中可以看出。曹道衡先生同时认为萧统的《文选》共有三十卷，仅赋篇就有十卷，与《历代赋》相同。曹道衡认为《历代赋》于 518 年完成，这正是萧统开始编纂《文选》的时候。《历代赋》定名"历代"，其中所选必然是从先前到当时的赋篇，傅刚先生曾就《文选》的赋篇作过仔细的研究。[10]

《文选》辞赋部分共分十五类，我按照主题，根据赋篇安排的次序和逻辑，将《文选》所收辞赋归纳成下面几类：

A. 皇室宫殿

 1. 京都 2. 郊祀 3. 耕籍 4. 畋猎

B. 纪行

 5. 纪行 6. 游览

C. 咏物

 7. 宫殿 8. 江海 9. 物色 10. 鸟兽

D. 抒发情怀

 11. 志   12. 哀伤

E. 文学与音乐

 13. 论文 14. 乐

F. 色与情

15. 情

《文选》将京都类放在首位，表示当时的编纂方式仍旧是根据汉代的看法，也就是曹丕《典论·论文》所言："文章，经国之大业。"[11] 这种看法，在萧统时代仍未改变。刘勰的《文心雕龙》提出有关辞赋的主题："夫京殿苑猎，述行序志，并体国经野，义尚光大。"[12] "体国经野"一句取自《周礼》开卷的第一句，用以形容君主的职责："惟王建国，辨方正位，体国经野，设官分职。"[13]

京都类包括班固（32—92）的《两都赋》，张衡（78—139）的《二京赋》和左思（约250—约305）的《三都赋》。自古以来，中国人认为都城不仅是个皇城，最重要的是皇室的权力中心，是整个天下甚至宇宙的象征。因此，很自然的，有关皇权的统治中心、驾驭宇宙的赋篇则占据文集的篇首。

都城之赋其后则是扬雄（公元前53—公元18）的《甘泉赋》。其次是潘岳(247—300)的《藉田赋》和其他四篇有关畋猎的赋篇，其中三篇为汉代作家的作品，包括司马相如（公元前179—前117）的《子虚赋》《上林赋》，扬雄的《羽猎赋》《长杨赋》，以及西晋潘岳的《射雉赋》。祭祀、籍田和羽猎均为一国之君最重要的典仪活动。因此这类和一国之君有关的活动的赋就很恰当地被安排在京都之赋之后。曹道衡先生曾表述"京都""郊祀""耕藉""畋猎"这类赋题对梁代宫廷的重要性："这种题材写的是帝王的生活，并且都有歌颂的意味，显然很适合梁武帝的口味。"[14]

萧统时代梁国在国势上不能与大汉王朝相提并论，但在政治意识形态方面仍是一贯相传。作为梁代皇室的一员，皇位的继承人，大汉王朝在萧统看来，是个统一而且繁荣的黄金时代。当梁代不断遭受北方民族的侵袭，凡是赞扬过去强国盛世荣耀的赋篇，都很可能对梁代的君王兴起鼓舞的作用。有些梁代皇室的子弟在幼年时候就能够背诵左思的《三都赋》。例如萧纲（503—551）的幼子萧大圜（约581年卒)"年四岁,能诵《三都赋》"[15]，萧绎（508—554）的母亲阮修容（474—540）"年

[11] [南朝梁]萧统编，《文选》（上海：上海古籍出版社，1986），卷52，页2271。
[12] 见周振甫注，《文心雕龙注释》（台北：里仁书局，1983），页137。
[13] [汉]郑玄注，[唐]贾公彦疏，彭林整理，《周礼注疏》（上海：上海古籍出版社，2010），页2—5。
[14] 《〈文选〉和辞赋》，页111。
[15] 见[唐]令狐德棻等撰，《周书》（北京：中华书局，1971），卷42，页756。

[16] 见［梁］萧绎撰，许逸民校笺，《金楼子校笺》（北京：中华书局，2011），卷2，页384。

[17] 见《文选》，页1。

[18] 见廖国栋《魏晋咏物赋研究》（台北：文史哲出版社，1990）。

数岁，能诵《三都赋》"[16]。

京都之赋的下一个主题为"纪行"和"游览"，和前一主题畋猎关系密切，中国古代畋猎涉及游猎驰骋，两者主题衔接完美。这些赋篇的内容不同于与皇室有关的主题，多涉及个人的行旅经验，如班彪（3—54）的《北征赋》、班昭（约49—约120）的《东征赋》和潘岳的《西征赋》。另外两篇与登高有关：王粲（177—217）的《登楼赋》和孙绰（314—371）的《游天台山赋》。最后一篇是鲍照（约414—466）游览汉代废墟广陵（今扬州）的《芜城赋》。

下一类的赋篇为咏物赋，是齐、梁时代文学作品的主题之一。咏物赋到了梁代在形式方面已经完全确定，内容可说包罗万象，以萧统之言："若其纪一事，咏一物，风云草木之兴，鱼虫禽兽之流，推而广之，不可胜载矣。"[17]正如台湾学者廖国栋先生指出，魏、晋时期为咏物赋的黄金时代，涵括的主要内容有七大类：天象、地理、植物、动物、器物、建筑和饮食。[18]《文选》咏物赋的首类为"宫殿"，跟上一类的赋相比，这也是一个合乎逻辑的安排。其中最后一篇为鲍照的《芜城赋》，赋中描写的这片荒城，虽然不是帝王的京城，但原来也是地方霸主的都城。宫殿赋类包括王延寿（118？—138？）的《鲁灵光殿赋》，形容由鲁共王刘余（公元前154—前128年在位）所兴建的灵光殿，该宫殿后来一直为鲁国国君所沿用，一直到东汉时期才被弃置不用。第二篇为何晏（249年卒）的《景福殿赋》，描写曹魏时期在许昌兴建的宫殿。这两位辞赋家在文中所表达的不是哀叹今日荒芜的情景，而是赞叹过去灿烂光辉的时代。

排列在宫殿类之后的为户外景象类，首为江海，次为物色，包括风、秋、雪、月，最后为鸟兽。这一类，限于时间，这次不能作深入的讨论，历来有些著名的篇章，包括郭璞（276—324）的《江赋》和木华（约290年在世）的《海赋》，采用汉大赋的笔法，极尽雕饰之能事。另外谢惠连（407—433）的《雪赋》和谢庄（421—466）的《月赋》篇幅虽然较短，但雕饰的笔法如出一辙。有关鸟兽类的赋篇则往往表达辞赋家的个人情感和哲思：

例如祢衡（约173—198）的《鹦鹉赋》，书写遭
遇时代困境的他正如关在鸟笼的鹦鹉一般。张华
（232—300）的《鹪鹩赋》则体现"类有微而可
以喻大"[19]的主旨。颜延之(384—456)的《赭白马赋》，
描绘刘宋武帝、少帝的"别辈越群，绚练复绝"的赤白宝马，最后一篇是鲍照的《舞鹤赋》，
曹道衡先生认为迫使仙鹤飞舞"正是作者仕途失意的生动写照"[20]。

[19] 见《文选》，卷13，页617。
[20] 见曹道衡，《汉魏六朝辞赋》（台北：国文天地出版社，1992），页178。

　　或许由于咏物赋表达的是诗言志的传统，咏物赋之后即为"志"赋类，
辞赋家倾其全心抒发个人的思想与情怀，不论是失意、失志、失情，或是
对当代政权不公、不允的失望。他们的表达是在严肃的人生道德层面。班
固的《幽通赋》检视幽人的冥间世界及其对人世间生活的影响。当班固突
遭家庭变故，对自己将来何去何从感到茫然无措的时候，他深恐未能承继
父亲的事业和盛名，于是探访幽人，寻求指点。他最后的结语作"复心弘道，
保身遗名，舍生取谊"。另外张衡的《思玄赋》也曾自问：面对一个朝廷腐败、
谗言充斥、敌意弥漫的社会，到底是应该逃离到一个远离自己家人的地方，
还是应该继续留下来，尽管面临艰苦的困境，仍然坚持修身养性？他最后
所下的结论是回到道德统辖的人间世界。

　　志类之后的赋为哀伤赋类，包括司马相如描写被弃后宫嫔妃的《长门
赋》、向秀（约227—272）悲悼旧友的《思旧赋》、陆机的《叹逝赋》、潘
岳拟哀悼亡夫的《寡妇赋》。另外，江淹两篇谈及人们遭遇沮丧和分离之苦
的《恨赋》和《别赋》也包含在这一类的赋篇。

　　《文选》赋篇的最后两类与前面所列的赋篇，在主题与主题之间的衔接
上，并不像前面一般顺当。这类为文学与音乐的赋篇，特别是陆机的《文赋》，
似乎也与前类有密切的关联，所谓"诗缘情"，这或许就是萧统将这类的赋
篇安排在哀伤赋之后的原因。音乐之赋则为咏诵洞箫、长笛、笙、琴的咏
物赋。音乐能够表达情感，乐器则为传达的工具，人间的喜、乐、哀、伤，
借着乐器或被鸣鸣，或被欢赞，这仍不失"诗缘情"的本意。

　　最后一类的赋为"情"赋。我译作"passion"。情的涵义很广，特别是
早期的时候，赋中并不带有色情之意。宋玉的《神女赋》和《高唐赋》的
主旨环绕着"巫山之神女"，她能够以美丽的容颜迷惑有德之士。她带有色

情的天性，这在《高唐赋》的序言中已作描绘，但是这篇赋最重要的部分在于对巫山的形容，钱锺书先生认为这篇赋的主旨不在"情"而在对于情景的描写。他认为这篇赋应该放在《文选》"游览赋"之类。[21]《神女赋》则比较色情化，特别是描绘神女摄人心弦的美色的部分。但是最后的结论是，神女代表的是冰清玉洁的贞女形象："褰余帱而请御兮，愿尽心之惓惓。怀贞亮之洁清兮，卒与我兮相难。"

《登徒子好色赋》描绘的是一个好色之徒，但当美色当前时，他仍能压抑自己的情欲。这一赋类的最后一篇为曹植的《洛神赋》，正如《登徒子好色赋》一般，这篇赋的主人公也能够抗拒美色的引诱："执眷眷之款实兮，惧斯灵之我欺。感交甫之弃言兮，怅犹豫而狐疑。收和颜而静志兮，申礼防以自持。"

《文选》在选取赋篇时，很明显偏爱早期的赋作。如果将"骚"和"七"也归在赋类，这应该是很恰当的，因为从文体本身来看，它们应归属于赋类，如此《文选》偏向早期赋作的传统则更为明显。《文选》不收梁代辞赋家所写的赋作，甚至连著名作家如谢灵运、谢朓、沈约的赋作也不被收录。那个时代的作品只收了江淹的《别赋》和《恨赋》，这两篇仍旧都是传统的主题，因此得以入选《文选》。

从《文选》在赋类编排赋篇的次序也可看出统治阶级的价值观：从与王室关系最密切的主题排到较为次要的主题。但若从儒家观点来看，有些主题甚至有些繁琐、甚至带些色情的色彩。至于《文选》散文类的排列，主题次序的安排与诗类相似。总而言之，《文选》侧重的选文多与朝政有关，主要是保留皇室制度的作品。

在 2001 年出版的一篇论文中，我曾提出《文选》的选文代表旧文学的传统（也就是文学主要目的在发挥讽喻作用）与文学的新观念（所谓纯文学）的一种折衷组合。[22]《文选》的编纂镕铸了文学的独立性，也就是所谓的纯文学，排除了非纯文学作品的经、史、子部。《文选》选文偏于古代早期的作品，这一点从排除当时最受文人

[21] 见钱锺书，《管锥编》（北京：中华书局，1986），页 869—870。
[22] "Culling the Weeds and Selecting the Prime Blossoms: the Anthology in Early Medieval China," *Culture and Power in the Reconstitution of the Chinese Realm 200–600*, Scott Pearce, Audrey Spiro, Patricia Ebrey eds. (Cambridge: Harvard University Asia Center, 2000), pp. 200–241, 322–334.

钟爱的咏物诗和宫体诗就可以很明显地看出。《文选》对咏物赋的强调，是偏爱传统咏物体的一种自然反映。如果我对《文选》安排文体次序的分析是正确的话，那么《文选》是一部比较保守，以儒家思想为重心的文集，而不是一般所认为的一部文学集子。

《文选》成书之后，成为大多数男子，甚至女子取得文学教育的主要教科书。曹道衡认为《文选》是一部"官书"，"很适合唐代统治者的口味"。唐高宗（649—683 年在位）重视《文选》，饬令裴行俭"草书《文选》一部，帝览之，称善，赐帛五百段"[23]。曹先生说："（《文选》）很适宜于为初入仕途的士人起一种示范作用。"[24]《文选》后来成为进士科考试者必读之书。著名《文选》评注家李善也认为《文选》为"后进英髦，咸资准的"[25]。

唐朝时候，不论男女都要诵读《文选》，杜甫训诫儿子杜宗武"熟精《文选》理"[26]，而杜甫自身则"续儿诵《文选》"[27]。李白"前后三拟《文选》，不如意，辄焚之，惟留《恨赋》《别赋》"[28]。又如唐代金城公主（741 年卒）和亲下嫁西藏君主赤德祖赞（712—755 年在位），她于公元 730 年曾要求离藏前往唐朝的公使带回《毛诗》《礼记》《左传》和《文选》各一部。[29]

在 2001 年出版的论文中，我已经提出，在唐代众多的选集中，为什么《文选》独受青睐？为什么《文选》成为科举制度必读之书？这是因为大一统的唐代王朝需要大量熟练的书写官员，而《文选》提供了各种不同文体的典范，包括赋、诗、诏、书、论、策、序、颂、诔、铭等等。

当杜甫训诫儿子杜宗武"熟精《文选》理"，他似乎对《文选》本身的文学价值更感兴趣。他所谓的"理"字可当作"整理"理解。编纂《文选》的主要目的之一就是从庞大繁芜的篇章中整理出一个次序。根据《隋书·经籍志》，在魏晋南北朝时出现许多文选选集的主要原因之一就是"采摘孔翠，芟剪繁芜"[30]。《文选序》也提到"自非略其芜秽，集其清英，盖欲兼功，太半难矣"[31]。

萧统对文体的精心排列，很可能就是《文选》受到唐朝广泛重视的主要原因之一。这种排列次

[23]《旧唐书》，卷 84，页 2802。
[24] 曹道衡，《关于萧统和〈文选〉的几个问题》，《社会科学战线》，1995 年第 5 期，页 214。
[25]《唐李崇贤上文选注表》，《文选》，页 4。
[26]《宗武生日》，[唐] 杜甫著，仇兆鳌注，《杜诗详注》（北京：中华书局，1979），卷 17，页 1478。
[27]《水阁朝霁奉简严云安》，《杜诗详注》，卷 14，页 1248。
[28] [唐] 段成式撰，方南生点校，《酉阳杂俎》（北京：中华书局，1981），前集卷 12，页 116。
[29]《旧唐书》，卷 196 上，页 5232。
[30]《隋书》，卷 35，页 1089。
[31]《文选》，《〈文选〉序》，页 2。

序可以从好几个层面体现出来。古今的任何读者，都可用《文选》的选文，在周朝到南朝末年数百年的时间框架下，排列出某种次序。尽管《文选》未能包括古典文学形成期所有的文学作品，但是这一时期的文学，从内容而言，远胜于这一时期的任何选集。

上文简述了《文选》赋篇排列的次序和指标，直到今天，世界各国学者仍然在持续不断地研究《文选》，而我是一名毕生致力于研究《文选》的外国学者，或许这也代表了另外一个新的指标：这部代表中国传统的伟大文学选集，自首次出现至一千五百余年以后，仍旧持续不断地释放出令人难以抗拒的吸引力，吸引着世界各国的汉学家，继续努力，开创新论。

（张泰平 译）

芟其芜杂，集其英华：
中国中古早期的选集

在中国，正如其他的文明社会，选集在文学传统中占有重要的地位。中国文士早在周朝就已经开始编辑各种不同的文集，其中有一些在中国是备受尊崇的儒家经典，这些文集在本质上就是一种选集。约在公元前六世纪就已编定成集的《诗经》是现存最早的中国诗歌选集，而《书经》则汇集了古代中国的史籍和论说文。

在中国传统文化中，很自然地，这类文集的作用远超出纯文学的领域。这些神圣的作品取得了"经典"的地位。"经典"一词，通常被译为"classic"，但若译作"scripture"，似乎更为贴切。因此，这些经典常被视为道德智慧的宝藏，规言矩行的指南，写作和文学的模板，甚至成为社会与政治制度的渊源。儒家经典地位崇高，而且附加长篇笺注的传统使之成为一切真知的宝库，而反映在经典中的文学观念却反而显得黯然不明了。这些典籍能跻身在经典著作之林是因为其中所涵的道德智慧，而不是文学本身的价值。

早期中国传统中还有其他"类似选集"的集子，如冠名荀子、庄子、韩非子和其他诸子的论说文集，以及中国南方诗歌的汇编《楚辞》。不过，纯文学选集要到中古时代的早期才成型。本文将讨论中国中古早期的选集，并重点论述《文选》和《玉台新咏》这两部选集的内容。文学之目的何在，在中国传统中，歧见纷争由来已久。虽然这两部选集编纂的时代大约相同，但二者在内容上和选择的标准上的差异，却反映了这种争论与分歧。

统一的汉代王朝的灭亡，造成了所谓的道德与政治危机。[1] 汉代是个较为承平的治世。秩序不仅体现在政治、社会层面，也体现在思想范畴。至少从西汉中期到东汉建立之后，在一段相当长的时间里，连最爱质古疑今的思想家都坚信，天生礼义，见于儒经。儒家思想支配了汉代的政治与思想文化，文学尚未成为一种独立的艺术，而只是一个有机整体的一部分，文学要从儒家经典中获得灵感和指引。汉代作家主要用文学来宣扬社会秩序与道德。虽然诗人可以针砭时弊，有时甚至能批评皇帝本人的品行，但批评的理论依据和基准却是根据儒家道德的规范决定的。

汉朝的主要诗体是赋，而赋在汉朝大部分时期主要是一种宫廷文学。所有汉赋大家都曾在朝

[1] 见 H. M. Wright trans., Etienne Balasz, "Political Philosophy and Social Crisis at the End of the Han Dynasty"（《汉末政治哲学与社会危机》），Arthur F. Wright（芮沃寿）ed., *Chinese Civilization and Bureaucracy*（《中华文明与官僚体制》），New Haven: Yale University Press, 1967), pp. 187–225.

廷供职,他们所写的赋是为了进呈皇上御览。其实,赋这种诗体最适合颂赞汉代的国威与荣耀。因此,一些最有名的赋篇都以国都、宫室、猎苑为主要的题材,文体宏大瑰奇,遍数王朝的富丽,称颂帝王的丰功伟绩。一些具有儒者之风的诗人,则以奢侈铺张之弊讽谏皇帝——他们怨怼最多的是狩猎和巡幸的靡费,消耗了大量国库的资源——因此他们在颂赞的美辞中也搀合了一些婉言的警语。然而,这些赋篇对四海一统、物阜民丰的汉代王朝而言依然洋溢着信心和热情。

当汉代王朝的强盛和辉煌一旦褪色,诗人在诗中就乏善可颂了。公元三世纪初,汉朝政治与社会秩序日渐崩溃,诸多传统的信念开始受到质疑,特别是具有儒家思想的一些思想家。他们转而通过道家著作（如《老子》《庄子》）和佛教创立另一种思想体系,强调“自然”,这与遵循儒家道德规范的传统正是相对的理念。马瑞志（Richard Mather）认为：自然之道,意味着一个人可“乘势而动,见机而行,不必以《论语》《礼记》为训”[2]。他的解释十分贴切、中肯。

这种自由的新思想伴随着儒家意识形态的削弱,对文学具有深远的影响。东汉末期,各种文学活动已如火如荼地进行。赋依旧是重要的文学体裁,不过,自我表达的文学作品取代了对王朝辉煌的颂美：诗人控诉欺黩横暴、贪腐居高位、忠良沉下僚、妇女遭虐待的种种行为。此外,诗人以抒情诗体写作也愈加常见。虽然诗这一文体可以远溯到《诗经》时代,但是到了汉代,诗体已从以四言为主转变为五言体,五言诗在中国文学传统中开始占据主导地位。另外还有其他文体——尤其是各类短文,如书、论、诔、颂、哀,也开始大量涌现。简言之,正如侯思孟（Donald Holzman）所述,当时文学“已稳坐于公众生活的中心,至今都不曾易位”[3]。当文学追求一种更独立的形式——中国现代作家鲁迅称汉代灭亡之后的这一时期为“文学的自觉时代”[4]——纯粹为文学而作的作品就开始出现了。对中国中古早期选集的研究,就必须在这一心智和文学的语境中展开。[5]

[2] 见 Richard Mather（马瑞志）,“The Controversy over Conformity and Naturalness”（《遵礼教与任自然之间的论争》）, History of Religions（《宗教史》）, 9.2-3（1969—1970）: p. 165.

[3] 侯思孟（Donald Holzman）,“The World of Letters”, 未刊稿,页28。

[4] 鲁迅,《魏晋风度及文章与药及酒之关系》,《而已集》,《鲁迅全集》（北京：人民文学出版社,1973）,卷 3,页382。

[5] 有关中古时期产生的新文学观,兴膳宏曾作极佳英文摘要,见“Views of Literature in Medieval China: From the Six Dynasties to the T'ang”（《中国中古文学观：从六朝到唐代》）, Acta Asiatica（《亚洲学刊》）, 70（1996）: 1-19.

余宝琳（Pauline Yu）有篇颇具启发性的论文，她以诗集为研究对象，将选集比作动物园。[6] 这一比喻固然有趣而恰当，但我偏爱一个更传统的类比。选集之于文学，恰如植物园之于花草树木。英语"anthology"一词源自植物界，希腊语"anthologia"及其对应的拉丁语词"florilegium"都意为"集英"。在中国传统中，选集常以"文苑"命名。编辑选集与园艺极其相似，须事先设计庭园，挑选各类植物，并按一定的规划种植。选集的编者也须做类似的工作：筹划、选择、组织安排文学作品。植物园的种类繁多，有些遍植百卉，有些专种某一颜色或品种的植物。与此相似，选集的种类几乎无所不有：或收录多种文学类型，或专收某一特定体裁、主题或诗体的作品。

编辑选集，目的各异。正如有些植物园规划精细、布局周密，一些选集的选文也按照特定的文学宗旨或品味被编排。也有些植物园似乎并无刻意经营之迹，任植物枝蔓杂生，自然而然成长。同样的，有些选集编辑的目的不明——不过是编者将偶获的篇什随意集合而成的集子。

中国的选集名目繁多，这里我专门讨论中古时期最早的选集，这些集子是汉代灭亡之后文学活动勃兴的产物。现存最早选集的编者正是曹魏的首位皇帝曹丕（187—226）。他在220年登基前数年，就收集了217年殁于时疫的四位大诗人的作品，[7] 在他之后，又有多部各类选集编辑成书。

《隋书》是一部七世纪编写的断代史，其中保存了一份重要的书目，从中可以得知中国中古早期大量选集的书目，该书目收录了当时尚存的一百零七部、两千二百一十三卷的作品，还有一百四十二部、三千零十一卷毁于六世纪兵燹的作品存目。[8] 很遗憾，该书目所记载的书仅有少数留存至今。此外，书目还记载了若干部文艺论文，而并非选集。

阅读《隋书》书目，显而易见的是，于梁代（502—556）汇编的选集占绝大多数。当时的文

[6] Pauline Yu（余宝琳），"Poems in Their Place: Collections and Canons in Early Chinese Literature"（《诗歌各从其类：中国早期文学中的文集和正典》），*Harvard Journal of Asiatic Studies*（《哈佛亚洲研究学报》），30. 1（1990）：163-198.

[7] 写于218年3月17日的曹丕《与吴质书》云："昔年疾疫，亲故多离其灾，徐陈应刘，一时俱逝。……顷撰其遗文，都为一集。"见《文选》（上海：上海古籍出版社，1986），卷41，页1896；Robert Joe Cutter（高德耀），"To the Manner Born: Nature and Nurture in Early Medieval Chinese Literary Thought"《中国中古早期文学思想的先天与后天观念》），Scott Pearce（裴士凯），Audrey Spiro（司白乐），Patricia Ebrey（伊佩霞）eds., *Culture and power in the reconstitution of the Chinese realm, 200-600*（《公元200—600年中国重建中的文化与权力》），Cambridge: Harvard University Press, 2001), pp. 53-71.

[8] 见［唐］魏徵等撰，《隋书》（北京：中华书局，1973），卷35，页1089。

人，不但在创作的领域，而且在文学思想和研究的新园地，经常举行各种文学活动，声名盛极一时。梁代开国君主萧衍（464—549），死后谥武帝，曾是竟陵王萧子良（460—494）文学团体的一名成员，这个集团正是南齐一代（479—502）最重要的文学团体。萧子良的西邸位于宫邸东北的鸡笼山，这里也是文人雅集的场所。他襄赞学士，汇编了一部一千卷的巨著《四部要略》（已佚）。另外萧子良也出资赞助佛教，延请僧侣入住别业，为朝臣诵经。他的文学集团中，以八位知名作家"竟陵八友"最为杰出：萧衍、沈约（441—513）、谢朓（464—499）、王融（468—493）、萧琛（478—529）、范云（451—503）、任昉（460—508）和陆倕（470—526）。[9]

"竟陵八友"之中，当推沈约、谢朓、王融为俊彦。他们崇尚一种新体诗，讲求格律，尤重声韵。沈约于文学创新可说居功至伟，著有最早有关四声的著作《四声谱》。该书全书已佚，但日本真言宗僧人空海于804到806年间访唐，所著的《文镜秘府论》中节录了《四声谱》。沈约将有关声韵的新构想应用于诗歌创作，他在日后收入《宋书》的一篇长文中纵论声病，也就是作诗应该避免的弊病。[10]沈约和王融创"四声八病"说，即限定一诗之中音韵搭配、尾韵及头韵的规则。"八病"所指，众说纷纭，以《文镜秘府论》所载为最详。其中，一些弊病美其名曰"鹤膝""蜂腰"。但也有些学者认为，音韵或源自印度-雅利安语族的语义转借。[11]

咏物诗是南齐社交宴集场合最被认可的文体，在刘宋时代就已经成为重要的诗体，在这些咏物诗人之中，以鲍照最为杰出，他写过若干首精巧绝伦的咏物诗。现存南齐咏物诗中，在贵族、文人宴集时所作的同题咏物诗极多。庭园是当时南朝大型别业的共同特点之一，这类宴集通常就在园中举行，因而诗人所写的题材也关乎周遭的自然环境：花草树石、鸟兽虫鱼。此时，诗人已将关注的重心从山河宏图转向园林小景，以庭园、家居中的各式陈设入诗：乐器、香炉、烛、扇、镜、灯、几、屏、帘、衣物。每当达官贵人设宴，文人雅集，

[9] 对这一集团的详细研究，见刘跃进，《永明文学研究》（台北：文津出版社，1992）。

[10] 见［南朝梁］沈约撰，《宋书》（北京：中华书局，1974），卷67，页1778—1779。相关英文著作，可参考马瑞志，*The Poet Shen Yüeh*（441–513）（《诗人沈约［441—513］》，Princeton: Princeton University Press, 1988），pp. 40-44；Wong Siu-kit（黄兆杰），*Early Chinese Literary Criticism*（《中国文学批评》，Hong Kong : Joint Publishing, 1983），pp. 75-87。

[11] 见 Victor H. Mair（梅维恒），Tsu-Lin Mei（梅祖麟），"The Sanskrit Origins of Recent Style Prosody"（《近体诗声律的梵文起源》），*Harvard Journal of Asiatic Studies*, 51.2（1991）: 375-400。

诗人就轮番以各类题材作诗。比如在谢朓集中，有诗题为《同咏乐器》，包括谢朓所作《琴》一首，王融作《琵琶》一首，以及沈约作《箎》一首。[12]

这一时期的诗作，尤其是萧子良文学集团的作品，以当时皇帝的年号命名，被称为"永明诗"。永明诗通常较短，流行八句诗，也有许多的四句诗。刘跃进指出，"竟陵八友"传世的一百七十九首诗中，五十首为八句诗，四十九首为四句诗。[13] 终南齐一朝，八句诗约占所有诗作的百分之二十八。在这些诗中，对句盛行，甚至有些诗作纯以对句写成。另外还有些诗作似乎是谨遵沈约规定的声韵之律写成的。

齐梁时期在中国文学思想史上也占有极为重要的地位。例如，刘勰（约465—523）所著的《文心雕龙》是最早一部系统化的文学批评论著，在梁代初年就开始流传。另一部范畴较窄的著作是钟嵘（约467—518）的《诗品》，仅论五言诗一体。在这部独特而影响巨大的作品中，钟嵘将自汉迄梁的一百二十位诗人列为三品：上品、中品、下品。[14]

萧衍于 502 年登基后倾爱文学，引纳文士入朝。《梁书·文学传》序称，武帝萧衍于全境"旁求儒雅，诏采异人"，"每所御幸，辄命群臣赋诗，其文善者，赐以金帛"。[15]

萧衍的皇子，即梁朝的王孙们，更是倾心文学，有好几位在他们的宫邸建立大型的文学集团。[16]梁代的选集就是在这样的环境下编写完成的。梁初最重要的文学集团就是在萧衍长子萧统的宫邸中组成的。萧统自幼与文学才俊朝夕过从，他所居的东宫是都城文学活动的中心。光阴往来，太子和他的文友逍遥宫室之间，切磋文学，即兴赋诗。另外，萧统也笃好藏书，广泛收罗，东宫书楼庋藏近三万卷，[17] 萧统于是得以博采众籍，编纂选集。萧统和他的臣僚编辑的三部选集为今人所知：一部古今典诰集成[18]、一部五言诗选集[19]和一部按文学体裁编排的文学选集。

[12] 见曹融南编注，《谢宣城集校注》（上海：上海古籍出版社，1991），卷 5，页 391。

[13] 见《永明文学研究》，页 115。

[14] 有关《诗品》德文的全译本，可参考 Bernhard Führer, *Chinas erste Poetik: das "Shipin"（Kriterion Poietikon）des Zhong Hong*（467?—518）（《中国最早的诗论：钟嵘（467?—518）之〈诗品〉》，Dortmund: Projekt Verlag, 1995）。

[15] 见〔唐〕姚思廉撰，《梁书》（北京：中华书局，1973），卷 49，页 685。

[16] 见森野繁夫，《梁初の文學集團》，《中国文学报》，1966 年第 21 号，页 83—108；森野繁夫，《六朝詩の研究》（东京：第一学习社，1976），页 60—184。

[17] 见《梁书》，卷 40，页 573；〔唐〕李延寿撰，《南史》（北京：中华书局，1975），卷 50，页 1251。

[18] 此集十卷，题为《正序》，不见《隋书·经籍志》，但于萧统传中提及。见《梁书》，卷 8，页 171。

[19] 此集至少有二题。《梁书》萧统传（卷 8，页 171）称之《文章英华》。若于抒情诗集之题，似过于宽泛。《隋书·经籍志》（卷 35，页 1084）称之《古今诗苑英华》。这一说法的提出，见曹道衡、沈玉成，《有关〈文选〉编纂中几个问题的拟测》，赵福（转下页）

典诰集和五言诗集皆在宋代之前就已散佚，但文学选集历劫而存。这部选集就是《文选》，世人公认其为中国文学选集之翘楚。原书三十卷，唐代注家李善将其改编为六十卷，收录公元前三世纪到公元六世纪一百三十位作家的七百六十一篇诗文。清水凯夫曾撰一系列论文，指萧统仅为名

（接上页）海等编，《〈昭明文选〉研究论文集》（长春：吉林文史出版社，1988），页38。此文集与颜之推（531—591）《颜氏家训》中系于刘孝绰名下的《诗苑》为同一文集。

[20] 见清水凯夫，《文选编纂的周边》，《立命馆文学》，1976年第377、378合并号，页207—227；清水凯夫，《昭明太子文选序考》，《学林》，1983年第1号，页75—90；清水凯夫，《〈文选〉撰者考》，《学林》，1984年第3号，页46—64；《关于〈文选〉中梁代作品的撰录问题》，《〈昭明文选〉研究论文集》，页157—164；《从〈文选〉选文看编纂者的文学观》，赵福海编，《〈文选〉学论集》（长春：时代文艺出版社，1992），页200—215。

[21] 见《有关〈文选〉编纂中几个问题的拟测》。曹、沈论及萧统、刘孝绰的密切关系，以为刘孝绰编纂《文选》"应属事实"。他们又称："《文选》是按照萧统的

文学观、并在他的实际主持下进行的，与后代帝王的'御制''御撰'之类纯属沽名钓誉者不同。"（页32）对《文选》编纂期间侍奉萧统的十位学者，屈守元《昭明太子十学士说》有详细说明，见《〈昭明文选〉研究论文集》，页149—164。屈指出，其中一些学士不可能参与《文选》编纂；不过，刘孝绰是主要编纂者之一。屈此文未指明萧统在编纂工作中扮演何种角色。可是，在《〈文选序〉及〈上文选注表〉章句》（《四川师范大学学报》，1992年第6号，页23）一文中，屈写道，刘孝绰为主要编者之一，甚至代萧统作《文选》序（有关此论，见下），《文选》反映的是萧统的思想。

[22] 见周勋初，《梁代文论三派述要》，《中华文史论丛》，1964年第5号，页195—221；重印于周勋初，《文史探微》（上海：上海古籍出版社，1987），页88—115。

义上的编者，真正的编者是他属下的文杰：诗人刘孝绰（481—539）。[20] 中国学者曹道衡、沈玉成、屈守元等认为，刘孝绰确是萧统属下出色的诗人兼学者，因此极可能在汇编《文选》时扮演了重要角色。但他们并不同意清水凯夫的说法——刘孝绰是《文选》唯一的编者。[21]

和其他中古早期以文体编排的选集不同，《文选》留存未佚，成为后世众多选集的模板。而这本选集的采摭标准、体裁界定、主题分类、时序划分都极大影响了后世的选集。尤为重要的是，《文选》并不仅仅作为一部隽妙诗文的选集而备受推崇，其中所选的篇章更成为文学经典的重要部分。《文选》仍是唐代以前赋、诗、文的最佳选集。

我认为，《文选》得享殊荣的重要原因之一是，当"文学"概念变化之际，正值文士公开辩论文学恰当的形式与功用时，它在文学方面的价值观具有强烈魅力。《文选》的文学观，或可恰如其分地称之为"中庸"。周勋初认为，《文选》的文学观属"折衷派"。[22] 萧统的文学观，折衷了梁代两种各执一词的文学思想。一种承袭汉代旧说，以文学为教化工具，用来促成政治、社会、道德目的。这一"派别"认为，文学不是独立的艺术形式，而是儒家经典所述价值观的附庸。比如，刘勰在《文心雕龙》中的一段话就反映了这一观点：

[23] 见［南朝梁］刘勰,《文心雕龙》《四部备要》本),卷10,页18下。

[24] Donald Holzman (侯思孟), Land-scape Appreciation in Ancient and Early Medieval China: The Birth of Landscape Poetry (《中国古代及中古早期之欣赏山水:山水诗的诞生》, Taiwan: Tsing Hua University, 1966), p. 2.

[25] 见［汉］扬雄,《与杨德祖书》,《文选》(上海:上海古籍出版社,1986),卷42,页1901—1903。

[26] 见［宋］李昉等编,《文苑英华》(北京:中华书局,1966),卷742,页1下。

唯文章之用,实经典枝条,五礼资之以成,六典因之致用,君臣所以炳焕,军国所以昭明。[23]

侯思孟在他研讨中国山水诗的著作中,将刘勰上述观点称作"古旧"的中国文学观。这种观点主张:"文学是国家政权的奴婢,……从孔子时代到百家争鸣,下至秦汉,文学完全因其推进道德和社会生活而为官方重视;因此,文学仅局限于道德哲学、政治哲学领域,其他体裁只有在激励道义与德行的情形下方获接纳。"[24] 因此,唐代以前,就连最卓越的作家对纯文学的价值也只是轻描淡写。世人通常以曹植(192—232)为屈原(约前339—前278)之后、陶潜(365—427)以前最重要的作家,就连曹植也如是说:

> 仆少小好文章,迄至今二十有五年矣。…… 辞赋小道,固未足以揄扬大义,彰示来世也。昔扬子云先朝执戟之臣耳,犹称壮夫不为也。吾虽薄德,位为蕃侯,犹庶几勠力上国,流惠下民,建永世之业,流金石之功,岂徒以翰墨为勋绩,辞赋为君子哉![25]

梁代持复古文学观的是裴子野(469—530)、刘之遴(478—549)等儒家学者。他们笃好古旧,尝试拟古体的写作,以提倡"典"的理想而闻名。"典"有多方的意思:正典、端庄得体、典雅。裴子野以《雕虫论》一文而知名,他在文章中表达了他的文学观;他猛烈抨击文学创新者执迷于文学的浅表之美,而置道德内涵于不顾:

> 自是闾阎少年,贵游总角,罔不摈落六艺,吟咏情性。学者以博依为急务,谓章句为专鲁。淫文破典,斐然为功。无被管弦,非止乎礼义。深心主卉木,远致极风云,其兴浮,其志弱,功而不要,隐而不深。[26]

梁代的另一股文学思潮则否定了儒家的文学价值观,将文学的实用价值和教诲目的分开。当时皇家与雅好文学的朝廷，包括以萧统之弟萧纲（503—551）为中心的文学集团，特别提倡这种文学观点。这一思潮可追溯到汉代，虽然它常为主流的儒家观点遮蔽锋芒，却在传统中延续不绝。这种文学观的特殊之处，在于推崇以娱乐和表演为目的的文学。儒家礼教卫道士所最厌恶的文学形式就是"新"，也就是民间文学或是传统意义上的"俗"文学。这类新文学的主要的目的素来就是为了娱乐而演出。这一表演性质的传统也包括为乐曲而填写的歌词。这类音乐为保守的儒家学者贬斥为淫放的"郑卫之音"，虽然奏于庙堂之上，却是源自俗乐。（"郑卫之音"常是任何逸出经典标准的民间流行音乐的通称，包括毫无掩饰的艳情音乐。）用桀溺（Jean-Pierre Diény）的话说，它是"一种怡情音乐"[27]，以娱乐为目的。这一传统，偶尔也会受到某位儒家学者的勉强认可。比如，东汉儒者傅毅（约47—92）在《舞赋》中写道，纯为怡情的艺术在社会中有其一席之地："郑卫之乐，所以娱密坐，接欢欣也。余日怡荡，非以风民也，其何害也？"[28]

汉儒认为，只有政治情思才值得书之于文。因此，《毛诗序》认为以批评苛政为目的"吟咏情性"之类的诗才值得推许："国史明乎得失之迹。伤人伦之废，哀刑政之苛，吟咏情性，以风其上。"[29] 然而，序文明确指出，任何抒情皆须遵守道德约束而有所节制："变风发乎情，止乎礼义。"[30] 抒情只要是为向君王献上道德、政治方面的建议，即为正当合理。这一观点在汉代十分普及，班固所述赋的功用恰为典型的例子："或以抒下情而通讽谕。"[31]

到了梁代，诗既可抒发个人情感也可表达政治思想，这样的观点更加广为接受。萧纲首当其冲，宣扬通过文学表达自我。在诫子书中他教导："立身之道，与文章异。立身先须谨重，文章且须放荡。"[32] 这一理念与古代儒家文学观迥然不同。萧纲认为，写作须从社会、政治、道德的约束中解放出来，成为"无所忌惮的抒情"。在一封致其弟萧绎——同为文士的赞助人——的信里，萧纲强调，仿经拟古，其实妨碍了吟咏性情。[33] 在《金楼子》中，

[27] 见 Jean-Pierre Diény（桀溺），Aux Origines de la poésie classique en Chine（《中国古典诗歌的起源》，Leiden: E. J. Brill, 1968），p. 37.

[28] ［汉］傅毅，《舞赋》，《文选》，卷17，页16下。

[29] 见《毛诗序》，《文选》，卷45，页2029。

[30] 见《毛诗序》，《文选》，卷45，页2029。

[31] 见《〈两都赋〉序》，《文选》，卷1，页3。

[32] 见［南朝梁］萧纲，《诫当阳公大心书》，严可均辑，《全上古三代秦汉三国六朝文·全梁文》（北京：中华书局，1959），卷2，页1上。

[33] 见《与湘东王书》，《梁书》，卷49，页690。

萧绎更加明确地将文学的定义定为表达情感。他首先将"笔"和"文"两种文体区分开来。"笔"是应用文，如表、诏和其他官方文书。"文"在萧绎笔下指纯文学。"文""笔"之别，在于"文"强调笔法优美、音韵和谐、辩才无碍，最重要的是能够感人动情：

> 笔，退则非谓成篇，进则不云取义，神其巧惠，笔端而已。至如文者，维须绮縠纷披，宫徵靡曼，唇吻遒会，情灵摇荡。[34]

萧纲也排斥汉儒的训诲教化之说。在答复学者张缵（499—549）的信中，他直接批评了贬低文辞艺术的扬雄和曹植，字里行间与曹植《与杨修书》遥相呼应：

> 纲少好文章，于今二十五载矣。窃尝论之：日月参辰，火龙黼黻，尚且着于玄象，章乎人事，而况文辞可止，咏歌可辍乎。不为壮夫，扬雄实小言破道；非谓君子，曹植亦小辩破言。论之科刑，罪在不赦。[35]

萧纲以激烈的言辞痛诋曹、扬，可见他对寓教诲于文学的儒家文学观至为反感。儒家实用主义是保守的，与之对立的是写诗娱情、无所忌惮地抒发个人情思。萧统的文学理念居二者之间。他对文学风格的评论保持中立：

> 文典则累野，丽亦伤浮。能丽而不浮，典而不野，文质彬彬，有君子之致。[36]

萧统的《文选》序[37]是中国中古文学思想的主要文献之一。他在文中以较长的篇幅综述他的文学观，尤其是关于选集应作何种取舍。他编纂的文集，题目意味深长——"文选"——强调的是文学作品的选择。从萧统序文的论述中可以感

[34] ［南朝梁］萧绎，《金楼子》（《知不足斋丛书》本），卷4，页28下—29上。

[35] 见［唐］欧阳询撰，《艺文类聚》（北京：中华书局，1965），卷58，页1042。

[36] ［南朝梁］萧统，《答湘东王求〈文集〉及〈诗苑英华〉书》，《昭明太子集》（《四部备要》本），卷3，页9上。

[37] 序文是否萧统所撰，存疑。日本藏《文选》三十卷抄本，第一卷《文选序》的标记云："太子令刘孝绰作之云云。"屈守元（《跋日本古抄无注三十卷本〈文选〉》，《〈文选〉学论集》，页33）认为此注为刘孝绰而非萧统撰序的有力佐证。因其他理由，清水凯夫（见本文注20）早已力倡刘孝绰撰序文说。虽有此异说，本文一本传统，以序文为萧统撰。

受到，他所关切的是在文学传统中，诗文缺乏次序，特别是前人所编的文集杂无诠次。因而，当萧统着手编辑文集时，他对建立编次排序标准格外留心，将所选的诗文以体裁分门别类。《文选》虽不是第一部以文体分类的选集，但可能是第一部取舍标准清晰、分类井然有序的文集。

[38] 萧统称《楚辞》诗人之作为"骚人之文"。

[39] 萧统将这些诗歌形式称为"三言八字之文"。

[40] 见郭绍虞，《中国历代文论选》（北京：中华书局，1963），页294。

萧统在《文选》序中首先讨论了他用来指称文学的"文"这一词的涵义。"文"在中国文学的传统中是个颇为复杂的词语，在上古汉语和中古汉语中有多重含义。其最早的意义是"纹路"或"图案"。早期文献中，"文"可指鸟兽身上的斑纹，衣裳和刺绣的图案，石块贝壳的纹理，或者可指纹身。天亦有"文"。"天文"或曰"天之纹理"，汉语中指天体：恒星、行星、与人世间格局相应而分布的星宿。"文"因此还带有"寰宇格局"的意思。"文"也是人世文明的基本格局，在早期文献中主要指"文化"，以及相对于征伐之功的平靖开化之德。"人文"还包括音乐和仪礼。作为"人文"的特殊形式——刻于龟甲牛骨、镂于金石、笔于简帛纸张——"文"意为"书写"。"文"的相关词义有"纹饰""形式"（相对"内涵"而言），当然也包括"文学"。

萧统在序文中用到了"文"的多重含义。他对"文"的思考从广义的"图纹"开始，书契之文、八卦之画、文学之作（"斯文"与"文籍"），到"天文"和"人文"（即文化与文明），无所不包。不过，他强调的并非广义的"文"，而是狭义的纯文学。例如，他称古代南方诗歌传统中的诗为"文"。[38] 在另一处，他又称某些诗律形式为"文"。[39]

除"文"之外，萧统还用其他同义词来指称辑入《文选》的作品类型：篇章、篇翰、篇什。所有此类双音节复合词包含一个共同元素："篇"。"篇"的本义为单篇作品。在萧统看来，他在选集中收入的诗文独立成篇，并非节录自长篇作品，且篇幅较短，无须剪裁即可全文收录。[40]

萧统重视文学作品的完整独立性，所以在选集中只收录单独成篇的作品。《文选》因而不包括儒家经典的节选，主要是萧统认为，这类圣贤之作不可被删减：

[41]《〈文选〉序》,《文选》,页3。
[42]《〈文选〉序》,《文选》,页3。
[43]《〈文选〉序》,《文选》,页3。
[44]《〈文选〉序》,《文选》,页2。
[45]《〈文选〉序》,《文选》,页3。

> 若夫姬公之籍,孔父之书,与日月俱悬,
> 鬼神争奥,孝敬之准式,人伦之师友,岂可
> 重以芟夷,加之剪截?[41]

萧统在上述引文中以园丁自喻,描述自己选择的过程,想象一己之任在于剔除、淘汰、删减汗牛充栋的文学作品,从而为文学重建秩序。为编辑选集,萧统确实勉力芟夷、剪裁。在序文中他又写道:

> 自姬汉以来,眇焉悠邈,时更七代,数逾千祀。词人才子,则名溢于缥囊。飞文染翰,则卷盈乎缃帙。自非略其芜秽,集其清英,盖欲兼功,太半难矣![42]

除儒家经典的节录外,萧统还有意不收录古代的演讲和说辞、诸子的哲学著作和历史著作。在序文中他表示,自己对纯粹"以立意为宗"或"褒贬是非"的作品兴趣阙如。这一观点与当时文坛倡导新变者不谋而合。对忠贤之辞、谋士之语,他如是说:

> 而事异篇章,今之所集,亦所不取。[43]

萧统亦因先秦诸子的作品缺乏文学性而不选:

> 老庄之作,管孟之流,盖以立意为宗,不以能文为本。[44]

萧统对史书的看法则较复杂。他虽然选入了一些附于史书章节末尾的"论赞",却不选记事和编年的作品,主要是因为这类作品的功用在于"褒贬是非":

> 至于记事之史,系年之书,所以褒贬是非,纪别异同,方之篇翰,亦已不同。[45]

以上四种萧统未收入《文选》的作品类型，属于传统"四部"图书分类中的三部：经、子、史。（通常认为，演说辞属于史部，因为它们被包含在历史著作中。）《文选》中诸篇代表了"四部"中的集部，即纯文学。这种知识分类系统早在曹魏时期就建立了。不过，探究四部系统的发展，研讨在梁代成型的"集部"内容变化，还是具有启迪意义的。中国最早的图书分类系统由刘歆（23年卒）于西汉末年创建，刘歆分作品为六类：六艺、诸子、诗赋、兵书、方技和数术——"数术"一词，几不可译，内容包括占卜、宇宙学和科学。[46] 刘歆的图书目录中，唯一与纯文学有关的是"诗赋"类，其中所载篇什大多为西汉最盛行的诗体：赋。另一常见体裁是"歌诗"意义上的"歌"，如《泰一杂甘泉寿宫歌诗》或《淮南歌诗》。内容包括宗庙歌诗、祝捷歌、嫔妃所作歌词，以及大量流行于王畿之外的歌诗。[47]

"四部"分类在南北朝时期逐渐成形。[48] 首次使用这一分类方式的图书目录是曹魏时期学者荀勖（289年卒）的《中经新簿》。目录中四部无名称，每一部只是简单以天干的一字命名。甲部包括儒家经典和小学，乙部包括诸子、兵书和数术，丙部为历史、旧事、皇览簿、杂录，丁部是诗赋、图赞和汲冢书。[49] 丁部与日后形成的集部内容大致相当，不过在荀勖的书目里，丁部并非一个完全收集纯文学的部类。"诗赋"类所收的内容不详，"诗赋"二字是否仅为纯文学的统称？如果此词的意义与西汉刘歆书目中所用之意相同，则连"诗"的概念都应该是狭义的。因为在这一时期，"诗"不止包括无名氏的"歌"，还主要用于指称有名有姓诗人的抒情诗。论、书、铭、诔之类文体是否也包括在"诗赋"中，则不得而知。"图赞"是一种为杰出人物画像而作的颂辞，实际也是《文选》的体裁分类之一。然而，如果"诗赋"是纯文学作品的统称，而为"图赞"另辟一类就显得无缘无故了。丁部中收入汲冢书的原因也不详。汲冢书是写于竹简上的古代文献，281年在一座战国古墓中被发现，包括经（《易经》）、编年史（如著名的《竹书纪年》）、历

[46] 刘歆《七略》首用七部分类系统，班固删减之为《汉书·艺文志》（卷30）。虽书题曰"七"，典籍实分六部。第一"略"为编纂方针概要。

[47] ［汉］班固撰，［唐］颜师古注，《汉书》（北京：中华书局，1962），卷30，页1755—1756。

[48] 有关魏晋南北朝时期所编纂书目的研究，见谢德雄，《魏晋南北朝目录学的起点》，李万健、来茂生编，《目录学论文选》（北京：书目文献出版社，1985），页181—196。

[49] 见《隋书》，卷32，页906；《古今书最》，［唐］释道宣撰，《广弘明集》（《四部备要》本）卷3，页8上。

[50] 见[唐]房玄龄等撰，《晋书》（北京：中华书局，1974），卷51，页1432—1433。

[51] 见余嘉锡，《目录学发微》（香港：中华书局，1975），页138。

[52] 见姚名达，《中国目录学史》（长沙：商务印书馆，1938），页76。

[53] 见《晋书》，卷39，页1154。

[54] 见《宋书》，卷93，页2394。

[55] 收入《广弘明集》，卷3，页5上—页12上。

[56]《广弘明集》，卷3，页7上。

[57]《广弘明集》，卷3，页10下。

[58]《广弘明集》，卷3，页7上。

[59] 见刘汝霖，《东晋南北朝学术编年》（北京：中华书局，1987），页383。

史记录（如《穆天子传》）以及有关射、封、历、礼的文献。[50] 有学者曾推测这些文献被归入纯文学类的缘由。余嘉锡认为，因竹书以特殊文字写成，无法与帛书一同保存。[51] 姚名达认为，汲冢书置于丁部之末，是因其出土时正是《中经新簿》即将完成的时候。[52] 这里必须指明的一点是，汲冢书的指定编者之一就是荀勖。[53] 无论原因何在，汲冢书归入丁部，表明一个完全收录纯文学的"集"部概念尚未完整形成。

在南朝，将知识学术分为四类的情况也体现在其他方面。宋文帝于438年设立了四学馆：儒学馆、玄学馆、史学馆、文学馆。[54] 中国这"四艺"中，"文学"包括的内容不得而知。是汉代旧识，以"文学"为文雅之学？或是指狭义的纯文学（既然文学已与儒学、玄学、史学分离）？可惜，史料中并没有这一问题的答案。

现存记载对"文学"一词更精确的定义，最早见于王俭（452—489）的《七志》。这一图书目录明显继承了刘歆的分类法，不过共分为九类。（一类为总介，另一类为佛道文献的附录，其他主要类别有七。）幸有梁阮孝绪（479—536）在其书目《七录》序文中的简略摘要，使我们得以对已经散佚的《七志》略知一二。[55] 阮序称，王俭为前代书目，特别为《中经新簿》建立的图书类别另取新名，其中之一名为"文翰"（文学作品），和较早书目中的"诗赋"类相比，可说更为广采博收。[56] 因此可以认为，这一类别是严格的纯文学类。

有清晰明确的证据显示，到了梁代，只收录纯文学的"集"部已经出现。阮孝绪《七录》中有"文集录"，包含所有后世"四部"之"集部"中的子目：楚辞、别集、总集、杂文。[57] 阮序提出，因当时文学作品（"文词"）大率称为"集"，因此特别选用"集"字。[58]《七录》编纂于523年，[59] 较《文选》仅早数年。因而可以肯定，"集"即为纯文学的观念，这在萧统的时代早已树立。凡作品不属于"集"类，则弃而不取，或许反映了这一观点。

读《文选》一书，可以看出萧统是如何将文学分门别类，如何依选择标准取舍的。《文选》以三十七种文学体裁编次，所录文章可被简略归为三大类：

赋、诗、杂文。这一三分法虽然从未被应用于中国传统中，却对辨识唐代以前盛行的基本文学类别十分有用。《文选》中的作品可被分为诗歌和散文两个基本类别，因为从西方观点而言，赋其实就是诗的一种。但赋是唐代以前文学传统中的巍峨高峰，且正如西方文学中的史诗，向来被认为是独立于抒情诗的体裁。所以，若将赋藏掖在诗歌类中，则韬掩了这一文体的光彩。

[60] 这些作品是班固（32—92）《两都赋》，张衡（78—139）《二京赋》，左思（约250—约305）《三都赋》。
[61] 《文心雕龙》卷2，页14上。
[62] 见《周礼注疏》，《十三经注疏》（京都：中文出版社，1972），卷1，页4上。
[63] 《文选》，卷45，页2040。
[64] 《文选》，卷53，页2324。
[65] 即扬雄《甘泉赋》。
[66] 即潘岳《籍田赋》。
[67] 这三篇汉赋为：司马相如（前179—前117）《上林赋》和扬雄《羽猎赋》《长杨赋》。

《文选》中各类文体的排序方式，显示了萧统对当时多种文体的优先选择顺序，因而透露了很多萧统的文学价值观。全书卷首的文体是赋。因此，《文选》专家推测，萧统极其重视这一文体。他不仅将赋列于《文选》卷首，还在序文中最先讨论它。萧统在赋类中，最为推重汉赋，所选篇章多为汉代宫廷的大赋。赋类下依主题分十五个类别，排序方式也颇可观。最前面的四个我称之为皇家类别：京都[60]、郊祀、耕籍、畋猎。通过这些列于卷首的目类，萧统反映了在他的时代，汉代的文学观依旧流行：文学的终极关怀是国家。比如，对赋的主要题材，刘勰如是说：

夫京殿苑猎，述行序志，并体国经野，义尚光大。[61]

"体国经野"典出《周礼》开篇首句，原是描述君王之职分："惟王建国，辨方正位，体国经野，设官分职。"[62] 汉代以后，"体国"常表"治国"之意。比如，皇甫谧（215—282）为左思（约250—约305）《三都赋》作序，夸赞左赋为治国理念提供了合理的模式："体国经制，可得按记而验。"[63] 陆机（261—303）在他的《辨亡论》中用语相似："抑其体国经民之具。"[64] 自古以来，都城在中国人心目中不仅是一个城市，更是皇权的中心，象征王朝乃至整个宇宙。因此，有关治理皇权中心和整饬寰宇的诗作，自然而然占据了卷首的位置。

列于京都赋之后的是一篇西汉赋，颂美皇帝对最高神祇泰一的祭祀[65]；一篇有关籍田礼的西晋赋[66]；还有四篇畋猎赋（三篇作于汉代[67]）。祭祀、籍田、畋猎是天子参与的最重要的仪典，于是将相关赋作置于京都赋之后，

[68] 萧纲幼子萧大圜，年四岁，能诵左思《三都赋》《孝经》《论语》。(《周书》，卷42，页756。)梁武帝阮修容，萧绎之母，据说幼年即可诵左思《三都赋》。(《金楼子》，卷2，页2下。)

[69] 见余嘉锡，《世说新语笺疏》(上海：上海古籍出版社，1993)，卷4，页260。刘峻注云："言此五赋是经典之羽翼。"

[70] 见《南史》，卷5，页153。

[71] 刘知几云，550年北齐初建，诵左思《魏都赋》"以立宫"；北魏迁都洛阳，写左思《吴都赋》"而树阙"。见《史通通释》(上海：上海古籍出版社，1978)，卷3，页72。

[72] 赋作有三：班彪(3—54)《北征赋》，曹大家(约49—约120)《东征赋》，潘岳《西征赋》。

[73] 王粲(177—217)《登楼赋》，孙绰(314—371)《游天台山赋》。

[74] 鲍照(约414—466)《芜城赋》。

[75] 《〈文选〉序》，《文选》，页1。

[76] 详细研究见廖国栋，《魏晋咏物赋研究》(台北：文史哲出版社，1990)。

合情合理。

萧统时代的王朝虽然只是汉代的黯淡幻影，失色的模仿，但王朝的意识形态基础却长存永固。也许因为萧统出身梁朝皇族，兼负储君的重任，汉朝在他心目中即是统一与繁荣的盛世。在南朝不时为北朝侵辱的时期，赞颂昔日王朝荣光伟绩的诗篇也许就显得能够鼓舞人心。梁朝皇室成员自幼就学习上述赋作中有关帝都的宏伟传说，[68]这些赋作在六朝还被用作学术、仪礼乃至建筑上的指南。比如，中古时期重要的学者和诗人孙绰(314—371)称左思的《三都赋》和张衡的《二京赋》为"五经鼓吹"[69]。501年，多数皇家宫室毁于火灾。一名宫廷侍从背诵张衡《二京赋》数行之后，朝廷再度大起诸殿。[70]根据史学批评家刘知几(661—721)，在北方营建宫阙，都是诵读并抄写左思的京都赋，将其当作指南。[71]

下一个主题类别包括两个密切相关的子目：纪行和游览。这两个类别记述游览和行旅，自然放在最后一个皇家"畋猎"之后。畋猎在古代中国与旅行和游览相关，因此从皇家主题过渡到旅行，就显得十分流畅。不过，与皇家类别之下的赋作不同，收入行旅和游览的游记带有更多个人的色彩，其中描述了览古[72]、登高(登楼、登山)[73]和造访芜城[74]。

接下来一个较大的类别我称之为"咏物"。众所周知，咏物在永明时期是诗人常用的题材之一，在梁代依然颇受欢迎。论及通常归于"咏物"范畴的各种题目时，萧统至少间接显示出他对"咏物"这一题材有所认识："若其记一事，咏一物，风云草木之兴，鱼虫禽兽之流，推而广之，不可胜载矣。"[75]齐梁时期，咏物之赋已臻完善，如萧统所言，内容几乎无所不包。魏晋咏物赋极盛，有七个较宽泛的题材范畴：天象(如日、月、风、雨)、土地与河流、植物、动物、器物、建筑、饮食。[76]

《文选》咏物类之下的第一个子目为"宫殿"，与前者也有逻辑上的承接。

游览类的最后一篇写的是芜城，该城长期以来是诸侯王而非皇帝的都城。宫殿类中的两篇赋都和地处州县的宫室相关。[77] 第一篇描写汉代诸侯王的一座宫殿，[78] 第二篇庆祝在许昌的一座曹魏宫殿的营建[79]。二位作者并未哀叹宫室隳坏颓圮，而是歌颂宫室的宏伟壮丽。

从宫殿走到室外的自然界，先是写江海的赋，其次是写自然现象的赋，如风、秋、雪、月，最后是鸟兽。写自然百态的咏物赋在六朝十分普遍，《文选》收录了多篇模范作品。其中如木华（约 290 年前后在世）描绘江海的《海赋》，纵横恣肆、铺采摛文；以及郭璞（276—324）的《江赋》，他是中国古代文学中学问最渊博的作家之一。这两篇赋尝试对主题作详尽的定义或描写，在这一方面与宫廷大赋相似，不过咏物赋的基本特点是篇幅较短、文辞较质朴。后者如谢惠连（407—433）的《雪赋》和谢庄（421—466）的《月赋》。其次，是几篇写鸟兽的咏物赋，内容包括了个人情感和哲思的表达：祢衡（173—198）《鹦鹉赋》中的鹦鹉代表作者本人，他就像"闭于雕笼"的鹦鹉一样，囿于当时宫廷社会的拘束，动辄因直言犯上。张华（232—300）的《鹪鹩赋》是一则寓言，说明"类有微而可以喻大"之理。颜延之（384—456）的《赭白马赋》为宫廷赋作，颂美刘宋时代二代君王的一匹毛色华美的骏马。鸟兽类最末篇是鲍照的《舞鹤赋》。此作被解释为寓言诗，其中，被迫为娱乐主人而表演的野鸟代表穷寒之士的仕进之途，总是被当时严苛的社会和政治藩篱所阻挡。[80]

《文选》这一部分所选的咏物赋，代表了一种更古早、更传统的咏物作品，而不是齐梁时期的咏物诗。阎采平指出，齐梁诗人所作的咏物赋较少，咏物诗却极多。[81] 咏物诗主要指描写性的诗歌，强调机智、文采和妙喻，但通常缺乏深切情感或道德要义。许多咏物诗是为游戏或舞文弄字而作的。[82] 然而《文选》中有几篇咏物赋不是单纯描写，而是如王夫之（1619—1692）所说的"即

[77] 刘树清（《传统文化心理的独特表达方式——论〈文选〉次文的丰富意蕴》，《〈文选〉学论集》，页 223）以为，这一子目的特征为有关"诸侯之治"。

[78] 即《鲁灵光殿赋》，写曲阜鲁恭王（约前 154—前 129 或 128 年在位）所建一殿，有汉之世，为历代鲁王所用。

[79] 即《景福殿赋》，描写 232 年建于曹魏许昌之一殿，魏明帝诏立，然非都城之宫殿。

[80] 见曹道衡，《汉魏六朝辞赋》（上海：上海古籍出版社，1989），页 165—166。

[81] 阎采平指出，齐梁八十余年，有三百三十余首咏物诗留存至今；若将南人入北者如庾信、徐陵之咏物诗算入，其数益增。齐梁时期主要诗人作咏物赋不多：谢朓仅存三篇咏物赋，却存十九首咏物诗；沈约存五篇咏物赋，三十六首咏物诗。萧纲撰咏物赋最多，共十一篇，然作咏物诗更多（四十七首）。见阎采平，《齐梁诗歌研究》（北京：北京大学出版社，1994），页 149—151。

[82] 森野繁夫，《梁の文學の遊戯性》，《中国中世文学研究》，1967 年第 6 号，页 27—40。

[83] 王夫之，《姜斋诗话》《清诗话》（台北：明伦出版社，1971），页22。

[84] 曹道衡解释云，《雪赋》以司马相如对雪侔色揣称起首，继以邹阳之歌表达人世情感（一对情人借降雪之机延长佳期），以枚乘探讨雪蕴含的哲理作结。曹认为，《月赋》比《雪赋》更有效地融合了绘景和抒情。见《汉魏六朝辞赋》，页159—161。

[85] 对咏物言志的优秀讨论，见《齐梁诗歌研究》，页152—153。

[86] 包括司马相如《长门赋》，向秀（约227—272）《思旧赋》，陆机《叹逝赋》，潘岳《怀旧赋》《寡妇赋》。最后两篇《恨赋》《别赋》皆为江淹（444—505）之作。

物达情”[83] 的寓言诗。比如，祢衡的《鹦鹉赋》是君子自况，非关鹦鹉。此外，张华的《鹪鹩赋》等作品意在表达哲理或道德说教。谢惠连的《雪赋》和谢庄的《月赋》两篇巨制虽然近乎齐梁咏物诗的形式，但也在描写中也融入了教诲和抒情。[84]因此，《文选》中多数咏物赋符合“诗言志”的传统。在这一方面，这类的咏物赋和南朝末期咏物诗人所作不含“言志”的诗篇全然不同。[85]

也许由于咏物赋中的“言志”，列于其后的是萧统标为“志”即个人情感的一组赋。在这些作品中，诗人倾注了个人的感情，对未竟志愿表示沮丧，或抱怨政治体制的不公。这些赋严肃冷静，探讨重要的道德问题。在《幽通赋》中，班固考察了幽冥之界、“幽人”之境是如何影响人生的。他前途未卜，又患己一事无成，家族之盛名与余烈难乎为继，乃问道于“幽人”。结论是，有行君子须持身不染，笃循正道，尤其重要的是，不能因过度自悯而早夭。在《思玄赋》里张衡自问：面对谗言横行、敌意遍布的腐朽世界，他是应离乡远遁，还是应留于此人世间，即便身处逆境也应修身不辍？张衡花了大部分篇幅记述一次想象中的游历后，他以拒绝遁入幽玄作为全赋的结尾：因为，那样只会使人远离主宰人世的道德规范。这两篇赋都传达了深刻的儒家意旨，认为学术研究和黾勉奉公是高洁可颂的理想。不过，列于其后的两篇赋多少表达了不同意见：张衡的《归田赋》和潘岳的（247—300）《闲居赋》铺叙远离朝廷喧扰、回归乡间的喜悦。这两篇赋正面描写了挂冠之乐，却并不赞美隐居。相反，作者将归田闲居看作是从宦海喧嚣的暂时解脱，他们随时都可以回归原职。

“志”之后是表达深幽之情的作品，萧统名之曰“哀伤”，包括秋扇见捐的宫怨，对友朋长逝的哀悼，寡妇悼念亡夫的悲伤，以及各色人等苦恨或伤别时的千愁万绪。[86] 这一部分以西晋赋居多，有几篇哀悼之赋表达了对当时死于权谋者的同情。向秀（约227—272）的《思旧赋》悼念嵇康（223—262）和吕安（262年卒）这二位于262年被诛的友人。陆机的《叹逝赋》对过去十年间去世的亲友作了概括性的悼念。潘岳的《怀旧赋》是祭拜岳父杨肇（275 年卒）、内兄杨潭（278 年卒）和杨韶（生卒年不详）之墓时所作的悼诗。

赋类最末两子目与之前的主题衔接不甚紧密。其一大略收录有关文学和音乐的赋。陆机的《文赋》是这一赋类的作品中被关注的重点。音乐与文学，尤其是诗，也与抒情尤其是悲情强烈相关。[87]或因此故，萧统将这一组的内容分置于"哀伤"之后，音乐类主要包括另一系列写乐器的咏物赋，包括洞箫、长笛、笙、筝。[88]

最末一组独立编为一卷，包括萧统称为"情"的数篇作品。"情"这一词含义丰富，但无须理解为艳情。其中三篇《高唐赋》《神女赋》《登徒子好色赋》是托名汉代之前的辞赋家宋玉（约公元前三世纪在世）。前两篇写以美色撩拨凡人的巫山神女。虽然《高唐赋》的序描写了她的姝艳风姿，但赋的大部分却是描绘巫山的。钱锺书因而提出，这篇赋多绘景，少关"情"，置于《文选》的游览一节中当更为妥帖。[89]《神女赋》艳情色彩更浓，尤其对神女摄人心魄之美的描写。但赋的末尾将神女塑造为女性端庄贞洁的典范：

> 襄余惰而请御兮，愿尽心之惓惓。怀贞亮之洁清兮，卒与我乎相难。[90]

《登徒子好色赋》的主要人物，虽然受到佳人的诱惑，但他却能抑制他的好色之心。有关"情"这部分的最后一篇是曹植《洛神赋》。即便这篇不是向来被公认具有政治方面的隐喻，[91]但主人公也如好色的登徒子，抵制住了诱惑：

> 执眷眷之款实兮，惧斯灵之我欺。感交甫之弃言兮，怅犹豫而狐疑。收和颜而静志兮，申礼防以自持。[92]

[87] 见陈延嘉，《论以悲为美——〈选〉赋中的音乐审美观》，《〈昭明文选〉研究论文集》，页 81—90。

[88] 包括王褒（约前 61 年卒）《洞箫赋》，马融（79—166）《长笛赋》，嵇康《筝赋》，潘岳《笙赋》。音乐子目下另两篇赋为傅毅《舞赋》及成公绥（231—273）《啸赋》。

[89] 见钱锺书，《管锥编》（北京：中华书局，1986），册 3，页 869—870。

[90] 有关这段的英文翻译，可参考 David R. Knechtges（康达维），trans., *Wen xuan, or Selections of Refined Literature*（《文选》），Princeton: Princeton University Press, 1996），vol. 3, p. 347.

[91] 见逯钦立，《〈洛神赋〉与〈闲情赋〉》，《学原》，1948 年第 8 期，页 87—91；后收录于吴云编，《汉魏六朝文学论集》（西安：陕西人民出版社，1984），页 447—460。逯指出，曹植对美女的情欲，其实代表其对"道德修养之爱"。与美女良会永绝，代表其未能仕途亨通。

[92] 有关这段的英文翻译，可参考 *Wen xuan, or Selections of Refined Literature*, vol. 3, p. 361.

上段引文的最后一句表达了传统的儒家情欲观——以礼防节制。从这个角度观察，有关"情"这部分的赋篇并不如表面看起来那么情色无忌。与其他萧统未取的艳情赋相比，这些算是平淡的。比如，托名司马相如（前179—前117）的《美人赋》，可说更为情色斑斓，甚至曾被指为淫秽。[93] 而陶潜的《闲情赋》因有如下艳情之句，也未获选：

> 愿在衣而为领，承华首之余芳；悲罗襟之宵离，怨秋夜之未央。愿在裳而为带，束窈窕之纤身；嗟温凉之异气，或脱故而服新。[94]

萧统是如何看待《闲情赋》的？《文选》为何对其弃之不取？这点可以从萧统为陶集所作的序中看出："白璧微瑕，惟在《闲情》一赋。扬雄所谓劝百而讽一者，卒无讽谏，何足摇其笔端？惜哉！无是可也。"[95] 无论对陶赋作何解读，萧统及其他《文选》编者显然认为，且不论这篇赋的道德含义如何，但其对女神情欲魅力的描绘，可说有些过火了。

《文选》所选的赋作较为中正持平，但明显偏向早期作品。"骚""七"二体，虽被置于杂文类中，在形式上却与赋难于区分。若将二者算入赋类，则《文选》对早期赋传统的倾向就更加明显。值得注意的一点是，《文选》未收当代赋作，甚至不选著名作家如谢灵运（385—433）、谢朓、沈约的赋。江淹（444—505）是距《文选》成书年代最近的赋家，但他的《恨赋》《别赋》二篇却是传统题材。

从《文选》赋类的排序，可以见出价值的高低分级。从最重要的国家、王朝主题，演变到最无足轻重乃至有些琐屑的艳情题材（至少在传统儒家观点看来）。在诗的主题分类中也可见类似的排序。诗类第一个类别名为"补亡"，引人注意。其中的诗作是西晋学者束皙（约264—约303）补充《诗经》中六首"佚诗"的尝试。接下来几组类别是专为"述德""劝励""献诗"而设立的，都是诗经的四言体，关乎维持社会秩序过程中儒家道德品行的功能。比如，束皙作《补亡诗》，是为"乡饮之礼"[96] 提供歌词，意在劝

[93] 见刘大杰，《中国文学发展史》（香港：古文书局，1964），册1，页146。《美人赋》原文，见《艺文类聚》，卷18，页331。
[94] 见［东晋］陶潜，《靖节先生集》（《四部备要》本），卷5，页4下。
[95] 见《昭明太子集》，卷4，页5下。
[96] 见李善注引《补亡诗序》，《文选》，卷19，页905。

诚青年人在初登仕途时应该谨守孝悌之道[97]。"劝励"部分收录了西汉诗人韦孟（前225年—？）的"讽谏"诗，敦促年轻的楚王惩革荒淫放荡的行为。其后是张华的"励志"诗，劝人勤勉向学。"献诗"部分包括曹植的两首四言诗，表达尽忠国家之意。正如赋类起首的三组内容，将这些诗置于诗类之首，反映了较为古老的汉代观点，即诗歌乃经邦治世的工具。这些诗作强调儒家伦理规范、王道以及勠力奉公的原则。

[97] 见《传统文化心理的独特表达方式——论〈文选〉次文的丰富意蕴》，页226。

[98] 见王国璎，《中国山水诗研究》（台北：联经出版事业公司，1986），页218—227。

[99] 如杨明所论，萧统批评的并非谢灵运，而是梁代拟谢诗者。见王运熙、杨明，《魏晋南北朝文学批评史》（上海：上海古籍出版社，1989），页317。

此后数类的诗篇都与诗歌的社会功能有关：公宴、祖饯。另外还有一个较大的类别收录了二十一首诗，名为"咏史"诗。所有这些诗都反映了儒家的思想：诗必须用于激励进德修身、批判社会与政治弊病。

正如赋类一样，《文选》的编者在游仙、招隐、反招隐、游览、咏怀、哀伤、赠答和行旅等之后，收入了大量抒写个人情怀的诗。游览、行旅和哀伤这三类在赋类中也有对应的类别。不过，游览与行旅类的诗多为山水诗，这些诗中谢灵运诗占主导地位，共有十九首。在梁代，谢灵运是南朝最受景仰的诗人。显而易见，《文选》编者对谢诗十分推许，所以大量选录。梁代对山水的观赏方式和看法与谢灵运不同。谢诗大部分记述了作者攀高峰、涉急流以寻求心灵感悟；在梁代，山水诗（如果可以用此名称之）主要是对细微景致的静态描绘，与咏物的笔法极为相似。[98]萧统自己也写过这类的篇什。不过，那些类似梁代宫廷风格的诗作，将游览山明水秀的胜景描写得平淡寡味，这类的作品，《文选》则一概未收。萧子显（487—531）在《南齐书·文学传论》中评价了此类淡漠寡情之作，令人费解的是，他将这类作品的根源追溯到谢灵运[99]：

> 今之文章，作者虽众，总而为论，略有三体。一则启心闲绎，托辞华旷，虽存巧绮，终致迂回。宜登公宴，本非准的。而疏慢阐缓，膏肓之病，典正可采，酷不入情。此体之源，出灵运而成也。

[100] 应诏诗即沈约 505 年为饯别即将领军北征的吕僧珍所作《侍宴乐游苑饯吕僧珍应诏》。见《文选》，卷 20，页 972—973。

[101] 例如张华与何劭（236—301）、潘岳（代贾谧）与陆机、刘琨（271—318）与卢谌（284—350）间的赠答诗。

[102] 关于这些诗的英文翻译，可参考 Hans H. Frankel（傅汉思），"Fifteen Poems by Ts' ao Chih: An Attempt at a New Approach"（《曹植诗十五首：试辟新径》），*Journal of the American Oriental Society*, 84.1（1964）：4-6。

[103] 关于这些诗的法文翻译，可参考 Donald Holzman, "La Poesie de Ji Kang"（《嵇康的诗歌》），*Asia Major*, 268（1980）：115-143。

[104] 对陆机"诗缘情"概念的精彩讨论，见袁行霈、孟二冬、丁放，《中国诗学通论》（合肥：安徽教育出版社，1994），页 228—239。

[105] 有关英文翻译，可参考 *Wen xuan, or Selections of Refined Literature*, vol. 3, p. 213。

[106] 见《诗品》（《四部备要》本），卷上，页 22。

萧子显批评"不入情"的诗，是为正式场合而作的宫廷应景诗：皇室赞襄的宴饮、出游、典礼、集会。这类诗有十四首，被收入"公宴"这组类别下，包括从建安时期（196—220）的宴集到齐梁时期的应诏诗。[100] 最大一组的应景诗列于"赠答"之下，共有七十二首，包含赠予同僚、友人、亲戚、上司之作，还有几组兼录赠诗和答诗。[101] 不过，其中有些非常个人化的作品，并非萧子显批判的"不入情"的正式宫廷诗。如曹植在与其弟曹彪分道扬镳、各归属国时相赠的七章长诗[102]，以及嵇康为其兄入军任职而赠的十八章四言组诗[103]。在这一方面，《文选》与主张"诗缘情"的魏晋诗学更为切合。这一定义最初由陆机在《文赋》中提出。[104] 汉儒允许诗中含情，但须节之以礼。陆机却不同，认可诗歌在他的时代发生的改变。除了发表政治怨言，诗人也可在诗中抒发情感。确实，到了陆机的时代，诗人在诗歌中已经表达了各样的情绪。在《文赋》第一节里，陆机展示了他对这一新变的认识：

> 遵四时以叹逝，瞻万物而思纷。悲落叶于劲秋，喜柔条于芳春。心懔懔以怀霜，志眇眇而临云。[105]

到了梁代，世人已经普遍认为，诗歌可抒发因四时代谢而产生的情感。萧统本人在给他皇弟萧绎的信中，以赋的手法阐述了这一题材。[106]

《文选》所收的诗，为魏晋、南朝初期的诗人在诗歌中表达各种感情提供了范例。除了上述对自然的情感反应，还有表达其他情思的。如别友之愁、悼亡之哀（潘岳悼念亡妻之诗为极好之例）、怨良人远征、叹逝者如斯。虽然《文选》收录了若干爱情诗，却都是抒发弃妇苦思远人之情，没有任何艳情诗的色彩。

《文选》杂文类也显示出编次排序之迹象。统而言之，相较之下，骈体文占尽风光。基于《文选》序中建立的选择标准之一即"翰藻"的价值，《文选》恰对这类充满典故的文章青睐有加。此外，杂文类中的文体似乎依照如下方式编排：起首是两种官方文书，一为君王下达臣子，一为臣子上闻君王；继之以对问与设论、颂赞、论述、箴，最后是悼文类如诔、哀、碑文、墓志等。若从排序观察，凡与治国有关的文体再次列于首位，且占据了散文类的一半篇幅。例如，君命下达，有诏、册、令、教、策文。入选的两道诏书都是汉武帝（前 141—87 在位）的，其一是前 106 年诏州县官员举荐有"茂才异等"之人；[107] 其二是前 135 年著名的诏书，令"贤良"进言 [108]。二者获选，原因之一可能是萧衍于 511、515 年发表的诏书，是以汉武帝的这两篇诏书为模板。[109]

列于"诏"之后的其他散文，多数由文人代帝、后而作。唯一的一篇册文是潘勖（约 165—215）在曹操封为魏公时，代东汉献帝（189—220 在位）作的《册魏公九锡文》。"令"是任昉代南齐宣德皇后所作，令萧衍受封梁公。两篇"教"皆为傅亮（374—426）代时为宋公的刘裕（363—422，420—422 在位）所作，皆教修治灵庙：其一为留城张良庙，其二为彭城西汉楚元王墓。之后的几篇策文是 491、493、494 年间考问应试者的一系列问题。首二篇由王融代齐武帝（483—493 在位）作，第三篇由任昉代梁武帝（萧衍）作。这些出自帝王、帝后的作品，与赋类起首以皇家为主题的安排相互呼应，也对应了诗歌类开头部分庄严肃穆的诗作。

《文选》的编者将题材和文体作如此编排，表明他们对有关治理国政、维护皇权秩序的文学作品极为看重。同样的侧重点也见于下情上达的文书中，包括表、上书、启、弹事、笺、奏记。"表"这一部分共有十九篇，多论国事，其内容有如诸葛亮（181—234）在《出师表》中对蜀国少主的建议，曹植求通亲亲之请，以及刘琨（271—318）敦促司马睿（276—322）即东晋皇帝的长篇劝进。亦有为人举荐公职、推辞任命、感谢主上赐封头衔或官位的上表。

大致而言，朝廷文书部分收录的各篇是"笔"，其中有些文体已经模式化，

[107] 见《汉书》，卷 6，页 197。
[108] 见《汉书》，卷 6，页 160—161。
[109] 即诏贤良进言（见《梁书》，卷 2，页 51），诏举荐名士英才（见《梁书》，卷 2，页 54—55）。

甚至有许多官样文章。这些文章的文辞多引自《尚书》、三礼等经典。另外还有相当多的应用文写于《文选》编纂之前不久，其中有一位散文作家显然受到特别的眷顾，他就是任昉，他共有十九篇文章入选散文类。任昉多篇文章获选的原因不难解释。他是齐梁时期公认的散文大家，声名与沈约并称，时人称"任笔沈诗"[110]。任昉虽不精于作诗，却是南齐藩王萧子良的"竟陵八友"之一。在南齐作家中，数他最常受命代王公作表。[111] 著名学者、作家王僧孺（465—522）称，任昉是比董仲舒（前179—前104）、扬雄更有成就的作家。[112] 任昉也与萧衍友善。萧衍建立梁朝之后，加封任昉诸多高官显爵。当齐帝禅位萧衍之后，萧衍大多数的诏书也出自任昉之手。[113] 任昉还是一个名为"兰台聚"的文学集团的首领，当文人竞相求其伯乐一顾时，他的举荐或可为这些文人带来加官晋爵的机会。因为任昉的名望和他与萧衍的密切关系，无怪乎《文选》收录了他的多篇作品。

正如在赋类和诗类一样，《文选》编者也选入了表达个人情感的散文。例如，"表"中的一篇是李密（约225—约290）的《陈情事表》。李密向西晋皇帝陈情，他因须尽孝，供养日薄西山的祖母，故辞不就职。在"书"这一文体中，多数选文表达的是个人情感，包括若干名篇，如司马迁（约前145—约前85）的《报任安书》，为自己宁受腐刑而不自尽，为完成著史的决定而辩护；杨恽（前54年卒）的《报孙会宗书》为自己被黜之后，竭力为逸乎传统之外的贾竖之事辩解；以及嵇康的与山涛（190—252）绝交书。许多书信的作者是建安、曹魏时人，或多或少以随意、信笔的方式书写有关游戏、游览、音乐、宝玉和文学等题材。[114] 这些书信等同于赋、诗类中自我表达式的作品。

虽然萧统在序文中称，诸子之作欠缺文采，不宜选入《文选》，但他却用了将近五卷之多的篇幅收录"论"这一文体。大部分"论"的题材属于子部。《文选》中的"论"与诸子论述的区别或许在于：《文选》中多数的"论"并非篇幅较长的论著的节选，而是以独立成篇的形式流传。在南北朝时期，即便如贾谊（约前200—前168）《过秦论》

[110] 见《南史》，卷59，页1455。
[111] 见《梁书》，卷14，页253。
[112] 见《南史》，卷59，页1455。
[113] 见《梁书》，卷14，页253；《南史》，卷59，页1454。
[114] 包括卷41中曹丕、曹植、吴质（177—230）、应璩（190—252）的书信。

之类哲学专论的节录亦然。[115] 唯有曹丕的《论文》，原为《典论》中一章，无法证实是否曾以单独成篇的形式被传抄。"论"中诸篇，文笔优雅，广用对句，从而出类拔萃。连汉代作品，如贾谊的《过秦论》，都是骈体的典范。

悼文体裁如诔、哀、碑、墓志、行状、吊、祭等，在杂文类中与赋、诗类中的"哀伤"类目相似。虽然诔、碑这类形式多因阿谀不诚而为人所诟病，[116] 但《文选》收录的几篇却是感人至深、真情流露的。比如，蔡邕（133—192）为东汉最受钦敬的士人之一郭太（126—169）撰写的碑文，是一篇动人的礼赞。[117] 蔡邕自称："吾为碑铭多矣，皆有惭德，唯郭有道无愧色耳。"[118]《文选》中的八篇诔文，四篇出自潘岳之手，其中三篇是为他景仰的亲朋而作：岳父杨肇、肇之孙杨绥（299年卒）、挚友夏侯湛（243—291）。这几篇诔都表达了潘岳亲身所感的悲痛。[119] 刘勰或许因此而赞扬潘岳"巧于序悲"[120]。然而，《文选》中最感人的悼文之一，就是潘岳悼念亡妻即杨肇之女的文章。[121] 刘勰又赞潘岳悼文有"情洞悲苦"[122]之辞。

[115] 见 Rune Svarverud（鲁纳），*Methods of the Way: Early Chinese Ethical Thought*（《道之方法：早期中国的伦理思想》，Leiden: Brill, 1998），pp. 47–50.

[116] 要求哀悼类文章忠于事实，见于曹丕《论文》："铭诔尚实"。（《文选》，卷52，页2271）需注意的是，在曹丕的时代，立墓志铭视为矜夸过度之举。205年曹操下令禁立碑，至西晋，碑禁尚严。例如，278年诏云，石兽碑表"兴长虚伪"，须禁断之。（《宋书》，卷15，页407。）裴松之上表东晋安帝，以为碑铭之作有乖事实、用情虚伪，并力陈延续禁碑令："勒铭寡取信之实，刊石成虚伪之常。"（《宋书》，卷64，页1699。）

[117] 见《郭有道碑文》，《文选》，卷58，页2500—2503。

[118] 见《后汉书》，卷68，页2227。刘峻注《世说新语·德行第一》第三则（引《续汉书》）录蔡邕语同，惟用词稍异。见《世说新语笺疏》，卷1，页5。

[119] 见《文选》，卷56、57之《杨荆州诔》《杨仲武诔》《夏侯常侍诔》。

[120] 见《文心雕龙》，卷3，页6上。

[121] 即潘岳《哀永逝文》，见《文选》，卷57，页2484—2486。此文英译及精妙分析，见 C. M. Lai（雷久密），The Art of Lamentation in the Works of Pan Yue: "Mourning the Eternally Departed"（《〈哀永逝文〉:潘岳作品中的悲悼艺术》），*Journal of the American Oriental Society*, 114.3（1994）：409–425.

[122] 见《文心雕龙》，卷3，页10上。

《文选》之撷取，确似遵循着某一种模式，其中反映了编者在遵经拟古和宣扬新变之间保持着折中的文学观念。前文已述，赋、诗、杂文每一大类作品的首篇都符合了传统的思维，即写作或文学最重要的功用，在于教人维护王朝的社会、政治秩序的价值观。这类诗文更关注公共议题而非私人情感。不过，正如前文所言，《文选》并不摒除表达个人情思的作品，而将之在上述三大类中排在中部和末尾。这类作品入选，可见《文选》编者将文学的感情和教化功能等同视之。《文选》序中也阐明了"翰藻"是重要的选文标准之一。尽管如此，编者还是为取舍篇章设定了限制。

如前所述，他们未选入当时一些王宫朝廷欣赏的咏物诗和艳情诗，也未选入任何东晋时盛行的玄言诗[123]。《文选》中释道的作品亦极少。虽有若干篇章如贾谊的《鵩鸟赋》阐述老庄思想，或如王巾（505年卒）的《头陀寺碑文》对佛教思想作了高度中国化的诠释，[124]但总体而言，六朝时释道二家的思想和文体，在《文选》中可说了无痕迹。最后，《文选》也未收任何当时蓬勃发展的叙事文，无论是志怪故事还是裴启（362年前后在世）《语林》或《世说新语》中风趣幽默的轶事。[125]

论及萧统之弟萧纲的文学观，他对文学目的之理解与萧统截然不同。531年萧统卒，萧纲继为皇太子。萧纲的东宫成为当时文学活动最活跃的中心，他的文学集团创作的诗体被称为"宫体"。这一词语的涵义颇多，此处指专描写皇帝、诸王宫廷生活的诗，题材包括如宫廷艺术品、宫室、花园，尤为宫女。因此，梁代文学集团创作的这一新诗体实为技巧诗，这类的诗因注重声韵、诗风纤巧、文辞香艳、抒情有节、具有娱乐性质、常用机智妙语，以及缺乏严肃的态度和道德目的而盛知一时。其中最重要的宫体诗集是《玉台新咏》，它于534到539年之间，在萧纲的襄赞之下成书。[126]编者徐陵（507—583）撰序文，阐述编辑此集之缘起。[127]徐陵先谈及昔日宫廷：金玉楼阁，装饰奢靡，有豪族之丽人居焉；或以细腰、或因纤手受人钦羡，她们不但多才多艺，能歌善舞、娴于乐器，更是熟读《诗经》。其中有成为帝王宠姬的丽人，侍寝陪游，度曲奏乐，载歌载舞。

[123] 最佳玄言诗，当推江淹于《杂体诗三十首》中拟孙绰、许询（约358年前后在世）之作。见《文选》，卷31，页1464—1470。

[124] 有关此文的研究与译文，见Richard B. Mather（马瑞志），"Wang Chin's 'Dhūta Temple Stele Inscription' as an Example of Buddhist Parallel Prose"（《佛教骈体文：以王巾的〈头陀寺碑文〉为例》），*Journal of the American Oriental Society*, 83.3（1963）:338-359.

[125] 关于《语林》的英文论作，见Lily Hsiao Hung Lee（萧虹），"Yü-lin and Kuo-tzu: Two Predecessors of Shih-shuo hsin-yü"（《〈语林〉与〈郭子〉:〈世说新语〉的两个前身》），*A Festschrift in Honour of Professor Jao Tsung-i on the Occasion of His Seventy-Fifth Anniversary*（《庆祝饶宗颐教授七十五岁论文集》），香港：香港中文大学中国文化研究所，1993），页357—387。

[126] 吉田猛《玉臺新詠の成立について》（《立命馆文学》），1981年第430—432号，页465—482）推测为539年；兴膳宏《〈玉台新咏〉成立考》（《东方学》，1982年第63号，页58—7）推定为534年。

[127] 英译有二：James Robert Hightower（海陶玮），"Some Characteristics of Parallel Prose"（《骈体文的一些特点》），Soren Egerod, Else Glahn ed., *Studia Serica Bernhard Karlgren Dedicata*（《庆祝高本汉先生七秩寿辰文汇》），Copenhagen: E. Munksgaard, 1959）, pp. 77—87.（重印于John L. Bishop ed., *Studies in Chinese Literature*［《中国文学研究》］，Cambridge: Harvard University Press, 1965］, pp. 125-135.）；Anne Birrell（白安妮）trans., *New Songs from a Jade Terrace*（《玉台新咏》, Hammondsworth: Penguin Press, 1982）, pp. 337-345。最佳版本为穆克宏，《玉台新咏笺注》（北京：中华书局，1985）。

恣意描绘宫人体态之后，徐陵转而描写她们的诗歌活动："妙解文章，尤工诗赋。"在徐陵笔下，这些宫中丽人的创作丰富，题材广泛：除了傅统（生卒年不详）之妻所作的《芍药花颂》[128]或无名氏作的《蒲萄赋》，还有写九月九日登高、饮菊花酒并赋诗的作品。另外著名宫人左芬（约253—约300）还为一位亡故公主作诔。[129]虽然宫人们以各类游戏消闲，但很快地就失去了兴趣，她们仍旧属意诗歌。徐陵对诗歌功用的看法十分有趣：

> 无怡神于暇景，惟属意于新诗。庶得代彼皋苏，微蠲愁疾。[130]

将诗歌视为消遣，反映了当时新诗体的意趣所在。与此大相径庭的，则是萧纲同时代的一些文人，如裴子野仍旧保持儒家保守的文学观，他对以文学为娱乐消闲的观点不以为然。

徐陵在序中继续解释说，他编辑这本文集是为了便于宫人披览名篇。所选为何？十卷"艳歌"。不过，他并不认为这些篇什属于正统的诗歌经典：

> 曾无忝于雅颂，亦靡滥于风人，泾渭之间，若斯而已。[131]

对上述这段引文的解释可说众说纷纭，[132]徐陵似是指出，他的选集中的诗篇虽不能与《诗经》中最庄重的"雅""颂"相提并论，却笃似收录了民歌与恋歌的"国风"。[133]徐陵用泾水、渭水类比，对经典传统和情爱传统做了明确区分。泾水清，渭水浊，不过，根据传说，泾渭二水合流三百里而

[128] 女史名辛萧，《艺文类聚》，卷81，页1383录其《芍药花颂》。

[129] 左芬，左思之妹，272年入披庭。晋武帝女万年公主薨，帝诏芬为诔（《晋书》，卷31，页963）。诔文见《艺文类聚》，卷16，页309—310。

[130] 《玉台新咏笺注》，《序》，页12—13。

[131] 《玉台新咏笺注》，《序》，页13。

[132] "亦靡滥于风人"句意模糊。有关英译，海陶玮（页133）译为："亦不为《国风》之泛滥。"（Nor are they the overflow from the Bards.）；白安妮（页340）译为："却符合《国风》诗人之严格标准。"（But they do reach the strict standards set by the poets of the Airs.）

[133] "风"指《诗经·国风》，其中有众多情爱之篇，但在徐陵时代，多将之解读为襄扬德行、贬斥违背礼义伦常之举的诗。"风人"一词，特指《诗经·国风》诸诗的推定作者。参见曹植，《求自试表》（《文选》，卷37，页1676）："将挂风人彼己之讥。"此句用《毛诗》第151首典，见《幽风》。又，见应璩，《与侍郎曹长思书》（《文选》，卷42，页1915）："叔田有无人之歌，闉阇有匪存之思。风人之作，岂虚也哉！"此处用《毛诗》第77首、第93首典，亦在"国风"中。不过，"风人"有时指"颂"中诗歌作者，有时也指"雅"中之诗。例如，曹植《求通亲亲表》（《文选》，卷37，页1685）："是以雍雍穆穆，风人咏之。"此处用《毛诗》第282首典，见《周颂》。《后汉书·桓荣传》（卷37，页1254）云："受爵不让，风人所以兴歌。"此用《毛诗》第223首典，见《小雅》。"风人"在梁代似亦有民间歌谣之意。因而，杨明如是理解徐陵之言："虽选入《玉台新咏》的诗篇并不如《雅》《颂》之诗高雅优美，却也不如民间歌谣一般粗鄙。"（《魏晋南北朝文学批评史》，页307—308。）

清浊分明。这句可能暗示，艳情诗的传统可钦可敬，足可与经典比肩。经典关乎王道和教化，地位崇高，艳情诗或许不及，但徐陵承认，诗歌无须一成不变地肃穆庄严，也可在闲暇之时作为欢悦消遣：

> 至如青牛帐里，余曲既终；朱鸟窗前，新妆已竟。方当开兹缥帙，散此绦绳。永对玩于书帷，长循环于纤手。岂如邓学《春秋》，儒者之功难习；窦专黄老，金丹之术不成。因胜西蜀豪家，托情穷于鲁殿；东储甲观，流咏止于洞箫。娈彼诸姬，聊同弃日。

徐陵认为，选入《玉台新咏》的诗为宫中丽人提供了愉悦的消遣活动，新妆已竟，开兹缥帙，阅诗以度余暇。徐陵提到邓太后之专意学术[134]、窦太后之倾心黄老[135]，不知是否应以戏语视之。他似是说，意属艳情诗，不能与严肃的学术，或是追求长生不死之道同日而语；但既然极少人能成为博学鸿儒或炼丹成金的术士，宫人闲居时若不阅读他的爱情诗集，无所消遣，则生活情况可能更差。有关诵赋之典，在此我也不能确知如何解读。西蜀权贵刘琰（234年卒）为刘备属下将军，据说曾令数十侍女诵读王延寿（163年前后在世）的《鲁灵光殿赋》。[136]"东储"指西汉元帝（前48年—前33年在位），他为太子时，甚爱王褒的《洞箫赋》，乃令宫人咏之。[137] 也许徐陵的意思不过是，阅读一部装帧精美的诗歌选本，较之听诵，仍以阅读为佳。

推断徐陵的观点，想来与其主上萧纲的看法如出一辙。萧纲诏纂这本集子的时候，和他的父亲萧衍同为多产诗人，而他们的诗作皆受民间诗歌传统"吴声""西曲"的影响。"吴声"源自都城建康周边，"西曲"产生在长江中游和汉水流域，尤其在江陵和襄阳一带。[138] 这些诗歌形式独特，皆为五言四行，题材多为恋爱和求偶，多用当地方言写成。萧衍、萧纲对地区性民歌都有直接了解。萧衍为荆州刺史时驻襄阳，熟悉西曲，并开始自

[134] 东汉邓太后（121年卒），安帝（107—125年在位）时权倾朝野，幼能诵儒家经典。选入掖庭，从班固妹班昭受经书，兼通天文、算数。见《后汉书》，卷10上，页418、424。

[135] 徐陵以黄老为长生之术，而非政治意义上的无为而治。窦太后（前135年卒），西汉文帝皇后，"好黄帝、老子言"，故帝及太子诸窦不得不读黄帝、老子。见《史记》，卷49，页1975。

[136] 见《三国志》，卷40，页1001。

[137] 见《汉书》，卷64下，页2829。

[138] 有关西曲的研究，见Chan Man Sing（陈万成），"The Western Songs（Xiqu）of the Southern Dynasties（420–589）—A Critical Study"（《南朝（420—589）西曲之批评研究》），Ph.D. diss, Australian National University, 1984.

出机杼写西曲歌。[139]萧纲也曾在襄阳居住，他的诗集包括大量模拟吴声和西曲的作品。[140]

被选入《玉台新咏》的诗作就是徐陵在序文中所提出的文学观点的范例。选集侧重当代或近代作品，所选六百五十六首诗中，百分之七十五都是成书前一个世纪左右写成的。[141]卷七、卷八，收录当时仍在世的梁代作家的作品，其中有梁皇室成员包括萧衍本人的。[142]获选作品最多的诗人是萧纲，共七十六首。《玉台新咏》对当代诗歌的取向，与几乎不选当代作品的《文选》截然不同。如曹道衡和沈玉成所论，入选《文选》的作品"基本上都出于天监十二年（513）以前去世的作家之手，即止于沈约的卒年"[143]。"诗"类侧重的是魏、西晋、刘宋时作品。[144]只有谢朓、沈约两位齐梁时期诗人入选《文选》的作品数量相当可观，而且入选诗作，几乎都属于行旅、赠答、杂诗之类。虽然谢朓是公认的咏物大家，但他咏物的作品一概未能获选。仅沈约一首咏物之作《咏湖中雁》入选。[145]

徐陵《玉台新咏》所选的诗歌，也代表了当时的品味。题中"新咏"一词，以及序文中诸如"新曲"[146]"新声"[147]"新诗"[148]之类词语，体现了宫廷中对"新"诗品味的自觉性认知。反映在《玉台新咏》中的新品味，可以收入末卷的吴声歌、西曲歌作为例证。[149]此外徐陵也选录多篇文人所撰写的拟作，《文选》则对此类一概不收，其实几乎任何民间作品《文选》皆不收。即便在本可收入民歌的"乐府"类别之下，也只收录有三首汉代无名氏作的歌行。第一首《饮马长城窟行》（卷二十七）也收入《玉台新咏》，题为蔡邕作。[150]第二首《伤歌行》（卷二十七）《玉台新咏》亦收，系于魏明帝曹睿（204—239）名下。[151]

[139] 见《隋书》，卷13，页305；[宋]郭茂倩，《乐府诗集》（北京：中华书局，1979），卷48，页709。

[140] 萧纲作《雍州曲》三首（雍州，襄阳别名），列于《乐府诗集》"雍州曲"之首（卷48，页704—705）。《玉台新咏》（卷7，页283）云，萧纲作《雍州十曲》，选抄三首。此三首与《乐府诗集》所录三首同。

[141] 见《玉台新咏》，页5。

[142] 收录梁武帝萧衍诗十四首，萧纲诗四十首，邵陵王萧伦（507—551）诗三首，湘东王萧绎诗七首，武陵王萧纪（508—553）诗三首。

[143] 见《有关〈文选〉编撰中几个问题的推测》，页35。仅有三位作家卒于此后：刘孝标（521年卒），徐悱（524年卒），陆倕（526年卒）。曹、沈指出，此三人尤与刘孝标与刘孝绰善，并论证刘孝绰与三人作品入选《文选》有关。

[144] 《文选》收陆机诗最多（52首），其次为谢灵运（40首），江淹（31首），曹植（25首），谢朓（21首），颜延之（19首），鲍照（18首），阮籍（17首），沈约（14首），王粲（13首），潘岳（13首）。见袁行霈，《从〈昭明文选〉所选诗歌看萧统的文学思想》，《〈昭明文选〉研究论文集》，页27。

[145] 《文选》，卷30，页1424。

[146] "琵琶新曲，无待石崇。"

[147] "奏新声于度曲。"

[148] "惟属意于新诗。"

[149] 收录《近代西曲歌》五首，《近代吴歌》九首；见《玉台新咏笺注》，卷10，页476—483。

[150] 《玉台新咏笺注》，卷1，页33—34。

[151] 《玉台新咏笺注》，卷2，页68。

第三首《长歌行》不见于唐代之前的文献。这三首比更有名气的汉代歌行如《战城南》和《孤儿行》的文学价值更高。《玉台新咏》将前两首系以作者，也证明它们文笔更佳。

徐陵所选当代诗歌皆为宫体，或状写器物，或描绘宫人，还有几首描写分桃断袖之情。[152] 所选的诗篇，大率为咏写物体的咏物诗。多数宫体诗以描写乐器、蜡烛或其他物品的相同手法刻画女性。宫体诗之根源，历来中国文学史多认为是萧纲在 531 年被立为太子之后在东宫发端的，其实宫体诗在梁代初年就已臻完善。曹道衡、沈玉成指出，萧纲于 523 年到 530 年任雍州刺史，他当时就与文学同好创写宫体诗。[153] 曹、沈两位学者的论说十分具有说服力。当时他拥有许多文学才俊作为僚属，而徐陵之父徐摛（472—549）尤获宠信。通常认为，徐摛宣扬、推动了 530 年代以宫体闻名的艳诗。[154] 南北朝末期最著名的诗人庾信（513—581），其父庾肩吾（约 487—551）几与徐摛同等重要。令人注意的是，徐摛推广宫体诗，功劳莫大，却无任何作品入选《玉台新咏》，[155] 而庾肩吾有十七篇代表作入选。

《玉台新咏》虽为宫体诗集，但采选范畴却超出了萧纲的文士圈，收入了大量作于南齐晚期到梁初之诗歌，展现了萧统生活的时代流行的体裁。比如，沈约、王融、何逊（约 472—约 519）、吴均（469—520）等著名诗人有大量作品入选。兴膳宏主张，沈约是首位提倡情爱诗的诗人。[156]《文选》编者必然熟知这些情诗，但有意不予选入。我猜测，萧统的个人喜好可能在此起了决定性的作用。虽然《玉台新咏》的有些版本收录了萧统的一首诗，但最初的版本也许并未收入。[157] 其他几首系于萧统名下的宫体诗，更有可能出自萧纲之手。[158] 萧统其实以戒绝声色之娱闻名。史载，萧统尝与朝士泛舟东宫后池，

[152] 见《玉台新咏笺注》，卷8，页301及页334分别著录之刘遵（535年卒）《繁华应令》、萧纲《娈童》。刘遵诗题中"繁华"显然出自《玉台新咏》（卷2，页70）和《文选》（卷23，页1069）皆收录的阮籍《咏怀》之十二的首句。刘绥有佚作名《繁华传》（见《金楼子》卷5，页2上），题用"繁华"，引人兴味。全书之旨虽不可知，却极可能为有龙阳之好者的列传集。

[153] 见曹道衡、沈玉成，《南北朝文学史》（北京:人民文学出版社，1991），页237—239。

[154]《梁书》载，徐摛于萧纲531年被立为皇太子后始倡宫体，月余，由太子府出为新安（今浙江淳安西）太守。是故，若徐摛为倡宫体之最力者，其必自驻雍州时始。

[155] 见《玉台新咏笺注》，卷8，页336—339，371—374；卷10，页515—516。

[156] 见兴膳宏，《艳诗的形成和沈约》，《日本中国学会报》，1972年第24号，页114—134。

[157] 例如，明代寒山赵氏刻本（北京：文学古籍出版社，1955）未收。

[158] 包括《玉台新咏》系于萧纲名下的《林下妓》和《拟古》（《玉台新咏笺注》，卷7，页300;卷9，页430）。系名混淆，或因一些文集仅题作者名为"皇太子"，后世误以之为萧统。

番禺侯建言宜奏女乐。萧统不答，咏左思《招隐》诗云："何必丝与竹，山水有清音。"侯惭而止。同史又载，出宫二十余年，萧统"不畜声乐"，亦不好其父所赐太乐女妓。[159]

《文选》编者对当代诗歌的价值不感兴趣，可从所选的诗律形式见出一斑。前文已述，《文选》卷首若干类目之下，有一些诗为《诗经》四言体，而《玉台新咏》则不收四言诗。刘跃进指出，萧统虽然认可永明诗人提倡更加重视文笔和技巧，但却缺乏后者对声律规则与音韵和谐的兴趣。永明诗的显著特征之一，就是四句诗、八句诗的盛行。《玉台新咏》收有四十首四句诗，三十三首八句诗，《文选》则无一首四句诗，仅有四首八句诗，却有众多十句、二十句的诗。[160]

萧统和萧纲的文学品味各异，我不拟推测成因。重要的不是昆仲之间品味缘何不同，而是如此不同的品味如何反映了文学价值的变迁。《文选》是赋、诗、文的选集，代表了新旧之间的折衷。编者虽然通过摒除经、史、子而给予纯文学一定的独立性，却不愿收入归于纯文学范畴的所有文体。他们好古的倾向，明显体现在未收录当时最受欢迎的诗歌：咏物和宫体。进而言之，若我对题材和文体编次排序的分析正确无误，则《文选》比通常认为的更加保守，儒家倾向更加明显。

另一方面，《玉台新咏》代表了梁代前卫的品味。在中国，虽然源自音乐的艳情诗传统深厚（可追溯到《诗经》），齐梁时期，许多文学精英对这类诗的复兴热烈支持，表现出魏晋南北朝时期文学价值观的巨变。然而，儒家学者对这种情感奔放不羁的诗歌仍然感到不安。因此，《玉台新咏》从未在中国文学传统中享有崇高的地位。唐代定鼎未几，重新审视南朝后期的文学，儒家猛烈抨击萧纲推崇的宫体诗，《玉台新咏》所选诗歌也同样遭受池鱼之殃。德高望重的《隋书》编者魏徵（580—643）斥责萧纲朝廷的诗作为"亡国之音""淫放之词"[161]。如此否定《玉台新咏》和其代表作品的传统，这样的势头几乎一直不减地持续到了明代晚期，其后，性灵派作家和文学思想家出现，方才誉之以"钟情"[162]。

然而历来对《文选》的评价则是完全不同。《文选》编成后，立即成为

[159]《梁书》，卷8，页168；《南史》，卷53，页1310。

[160] 见刘跃进，《昭明太子与梁代中期文学复古思潮》，《〈文选〉学论集》，页253。

[161] 见《隋书》，卷76，页1729—1730。

[162] 见袁宏道（1568—1610）《玉台新咏》序，收录于《玉台新咏笺注》，卷2，页539。

多数有学之士学习文学传统的模板。到了唐代更是如此，当时进士考试须作赋体诗，《文选》遂为应试学子研习的主要文本之一。根据七世纪唐代著名《文选》注家李善所言，"后进英髦，咸资准的"[163]，《文选》因而被视为文学知识的宝库，一旦熟记于心，即可助成锦绣文章。麦大维（David McMullen）在其研究唐代学术的专著中对此持论精当："唐朝历代君王热情推崇《文选》，导致一批都邑、州县之学者进《文选》注。到八世纪初，唐初以东南即南朝故地为基地的《文选》学，成为了长安朝廷文化的一部分。"[164]

著名诗人也不例外，他们也精心学习《文选》。比如，据说李白（701—762）曾前后三拟《文选》，皆不如意而焚之，惟留拟江淹《恨赋》《别赋》二篇。[165] 杜甫（712—770）通常被认为是唐代最重要的诗人。他力崇《文选》，乃至敦促其子熟习《文选》之"理"，即其内在道理，或曰"质"。在为儿子生日所作诗中，杜甫写道：

> 诗是吾家事，人传世上情。熟精文选理，休览彩衣轻。[166]

不过，唐代众多选集并存，为何《文选》独获这样的殊荣？唐代统一王朝的复兴，意味着朝廷需要大批善于写作朝廷文书的官员。这类文书若要打动披阅文书的士大夫阶层，则必须有孔子所谓的"润色"[167]。《文选》撷英集萃，所收范文风格各异，体裁多样：从赋、诗到诏、表、论、序、赞、诔。因为《文选》早在隋朝就已经有了注解，[168] 所以对广泛的读者群而言，其中较为深奥的作品，有了注解，也较为易懂。

然而，对《文选》的景仰，似乎不仅源自实用的目的。杜甫言及《文选》之"理"时，意在精湛的诗艺，而非写出应试佳作。"理"的一个含义是建立"层次"或"次序"。萧统对层次的关注，也许是他的选集广为接受的主要原因。层次见于若干层面。从周朝末年到唐代的漫长岁月中，文学作品汗牛充栋，古今任何读者都可用《文选》

[163] 见《唐李崇贤上〈文选注〉表》，《文选》，卷1，页4。

[164] David McMullen, *State and Schoolars in T'ang China*（《中国唐代的国家与学者》，Cambridge: Cambridge University Press. 1988），p. 22.

[165] 见［唐］段成式著，方南生校点，《酉阳杂俎》（北京：中华书局，1981），页116。

[166] 见［唐］杜甫，《杜工部诗集》（香港：中华书局，1972），卷16，页1上（页657）。

[167] 见《论语》宪问篇第九。唐代对此词的使用，见 *State and Scholars in T'ang China*, p. 356, note 2。

[168] 即萧该（六世纪末在世）之《文选音义》。

来建立文学选集的一定层次。《文选》虽未囊括所有中国古典文学形成时期的作品，但相较其他书籍而言，它似乎更能够代表这一时期的文学。而《文选》选文的层次也反映了编者的折衷立场。有拒绝认同文学为独立艺术形式者，有希图将文学与所有道德、政治桎梏分开者，《文选》的立场则居二者之间。唐代王朝复兴之后，《文选》这一编次有序的选集具有极大的吸引力。另一方面，《玉台新咏》强调香艳之情的表达，根本与统一王朝复兴的概念可说方枘圆凿。

回归本章开端我用过的类比。《文选》在文学范畴等同于植物园，将各类文体和次生文体小心标注、排序、组织起来。选择植物，是从基本而常见的物种里采样，包括富含营养的厨用植物、令人愉悦的香草以及诸如竹、桐之类美观的树木，但没有任何奇花异草。而且，所有植物都被仔细地剪枝、分类过，植入彼此联系的种群园中。《玉台新咏》则如一个特殊的植物园：它是一个花园。其中的花朵芬芳多彩：栀子、牡丹、朱槿、茉莉，花香四溢，撩人情思。虽然栽种诱人，但这些花朵的整体布局却没有明显的次序。尽管富于魅力，花园却缺乏较为庄严的植物园的声誉。然而，吾辈有幸，得以二园偕游，并观赏园中保存的中国中古早期文学瑰宝。

（吴捷 译）

选集的缺憾：以应璩诗为个案 [*]

* 本文为 2008 年 11 月在北京大学国学研究院演讲时的演讲稿，原载于《国际汉学研究通讯（第一期）》（北京：中华书局，2010）。

本文的关注点在于诗文选集中的文体分类，以及选集在保存与传播文学作品中扮演的角色。不论是在作品选集中还是在类书里，文史研究者们都常常会面临中国古书的分类这一棘手问题。类书之名，从字面上看，就是"按照类别排列作品"的意思。大家可能知道博尔赫斯的《约翰·威尔金斯的分析语言》一文中，提到了一部名为《天朝仁学广览》的古代中国百科全书，以及它奇特的分类方法。据博尔赫斯所写，这本书将动物分成以下几类：（1）属于皇帝的，（2）能散发香气的，（3）经过训练的，（4）乳猪，（5）人鱼，（6）传说中的，（7）野狗，（8）被包含在此分类内的，（9）发疯般躁动的，（10）数不胜数的，（11）用精致的驼毛笔绘出的，（12）其他，（13）刚刚打破花瓶的，（14）远看像苍蝇的。

虽然大多数中国作品选集和类书的分类并不如此奇特而复杂，但偶尔也会有无法用常理解释的类别出现。我四十年来一直致力于《文选》的翻译，在这部选集中，我便遇到了一个较费思量的诗歌分类。《文选》所收的诗歌被分为二十三类，其中大多数分类是非常明确易懂的，如述德、祖饯、咏史、游览、赠答、行旅、军戎、挽歌等等。然而，有一个诗歌分类令我困惑良久。这一分类被命名为"百一"，关于这一奇怪的名称，有很多种不同解释，最为浅显的一种解释认为："百一"就是"一百零一"或者"百分之一"的意思。然而，这种浅显的顾名思义，并不能将这一名称的含义解释清楚。

《文选》的"百一"类中只收录了一位诗人的一首作品，这位诗人被称为"百一"诗体的创始人。诗人名为应璩（190—252）[1]，出身于汝南（今河南项城）的南顿应氏这一著名学术世家。其叔父应劭是《风俗通义》的作者，其兄应瑒则是东汉末期最负盛名的文学集团"建安七子"之中的一员。虽然应璩未列建安七子之中，但他也参与了公元204至219年以曹丕为领袖的邺下文学集团的一系列活动。

应璩只比曹丕年轻三岁，而比当时最重要的文人——曹丕之弟曹植年长两岁。然而，应璩建安时期的文章中保存至今的，只有他给七子之一刘桢所写的一封信的残句[2]。

我们对应璩的政治生涯不甚了解。虽然在曹

[1] 关于应璩生平，详见于《三国志》裴注引荀勖《文章叙录》，［西晋］陈寿撰，《三国志》（北京：中华书局，1959），卷21，页604。
[2] 见［南朝梁］萧统编，［唐］李善注，《文选》（上海：上海古籍出版社，1986），卷26，页1232。

丕建立魏朝（220—265）后，应璩在朝为官，但在之后近二十年里他的身份都比较低微。在与很多同僚、亲戚以及朋友的往来信件中，他都对此有所抱怨。[3] 而在魏朝第二个皇帝明帝（227—239）于239年去世以后，应璩的仕途有了转机。明帝的继承人曹芳年纪尚幼，朝政大权由共同摄政的曹爽和司马懿把持，而这两个人各有其政治集团。[4] 曹爽是曹操的远亲，也许是因为与曹氏的亲戚关系，到247年，曹爽获得了凌驾于朝廷之上的极大权利。曹爽的一个重要盟友是何晏，在当时，他与王弼并称，是最重要的玄学家之一。在下文对应璩诗的分析中，我们还将提及他的名字。

应璩在曹爽阵营中担任相当高的官职。根据陆侃如《中古文学系年》，在244年左右，应璩被任命为曹爽的长史。然而，虽然应璩是所谓曹爽集团中的重要成员，但他并没有像何晏以及其他一些人一样效忠曹爽。因此，在司马懿于249年发动针对曹爽的政变之后，包括何晏在内，绝大部分曹爽的支持者被杀身亡，而应璩却并没有受到惩罚，也没有被罢黜免官。在250年，他甚至被升迁为侍中。可能就在此后不久，应璩辞官，在田园中过起了半隐居的生活。应璩于252年去世，死后被追赠卫尉。如果应璩是曹爽的忠实拥护者，在司马懿刚刚通过血腥宫廷政变消灭曹爽集团的政治环境下，他是很难受到如此礼遇的。

在本文篇末，我将翻译并分析《文选》所收的应璩《百一诗》。而在此之前，我想先对"百一"之名及应璩诗作的流传史略作讨论。[5]

关于题目，《文选》李善注中收录了四种对"百一"之名的解释。

1. 张方贤《楚国先贤传》曰："汝南应休琏作百一篇诗，讥切时事，遍以示在事（一作位）者，咸皆怪愕。或以为应焚弃之，何晏独无怪也。"

2. 李充《翰林论》曰："应休琏五言诗百数十篇，以风规治道，盖有诗人之旨焉。"

3. 孙盛《晋阳秋》曰："应璩作五言诗百三十篇，言时事颇有补益，世

[3] 见［清］严可均，《全上古三代秦汉三国六朝文·全三国文》（北京：中华书局，1959），卷30，页1a—b。

[4] 关于曹爽与司马懿的政治斗争，参见李志民、柳春藩的《关于司马懿曹爽之争的评价问题》，《史学集刊》，1982年第4期，页14—18；孟祥才《论曹爽之才》，《史学月刊》，2004后第8期，页20—24。

[5] 关于应璩的学术论文并不多。比较有价值的有：张伯伟，《应璩诗论略》，《中州学刊》，1987年第5期，页69、76—79。文志华，《〈文选〉之〈百一诗〉研究》，《新世纪论丛》，2006年第3期，页150—152。洪彦龙，《〈百一诗〉和〈文选〉的接受史考察》，《乐山师范学院学报》，2008年第4期，页22—25。

多传之。"

4.《今书七志》曰："应璩集谓之新诗,以百言为一篇,或谓之《百一诗》。"

李善所引的文献大致是按年代排列的。第一条文献《楚国先贤传》,是先秦时楚国所辖地区内名人的传记合集。其中所载的人物上至春秋,下至西汉早期。虽然李善称此书作者为张方贤,但实际上,它更可能是由张辅所著。[6]张辅,南阳人,汉代著名诗人学者张衡的后人。张辅与252年去世的应璩生活年代相隔仅几十年。他将"百一"之名解释为这组诗歌的数量,是非常直截了当的。他还指出,这一系列诗作暗含着对时事的批评。虽然他并没有写明应璩创作《百一诗》的时间,但是因为他提到了何晏,所以我们可以推测,张辅认为这组诗是于正始年间,应璩在曹爽幕中时所作。

李善所引第二条文献为东晋学者李充所著《翰林论》。这是一篇著名且影响深远的文学批评著作,然而并没有完整流传至今。李充对诗题的解释并没有张辅精确,他只是说这组诗里包括"百数十篇",并没有明确解释这是否是"百一"之名的由来。很久之前我就明白,在研究中国古代的组诗时,不能过于拘泥于其篇目计数。不管是"百一篇"还是"百数十篇",都可能只是对组诗中诗歌实际数量的大略记载。李充又称这组诗与《诗经》有相同的创作意图,说明他和张辅一样,认为应璩的诗作带有政治目的。

李善所引的第三条文献出自《晋阳秋》,是关于晋代的重要史书。其编者孙盛是东晋最为重要的学者之一,我不太清楚孙盛为何在这部书里提到应璩诗,因为应璩在西晋建国前很久就去世了。但不论原因如何,我们可以看到,在孙盛的史书中记载的《百一诗》数目升至一百三十首。与前两条文献一样,孙盛也认为这些诗具有训诫功能。

李善所引的最后一条文献出自现今已经亡佚的一部目录书。所谓《今书七志》,就是分七个部类著录当时的书籍。这是南朝晚期最重要的书籍分类法之一。《今书七志》在刘宋时由著名学者王俭(452—489)编纂,是一部篇秩浩繁的图书目录,分为七卷,著录图书15754卷。关于"百一"之名,王俭提供了一种全新的解释。他首先提到了应璩的诗作被称为"新诗",在篇末我将谈及"新诗"这一名称的重要性。王俭也提及这组诗的另一名

[6][西晋]张辅著,舒焚校注,《楚国先贤传校注》(武汉:湖北人民出版社,1986),页6。

称为"百一",而他又说到每篇诗为"百言"。我们从王俭的《七志》中能够得到的关于应璩诗最为重要的信息是,他也许曾经见到过一种《百一诗》单独成集的版本。我在下文还将提到这一点。

而李善对以上四种解释均持反对态度。他首先指出各家记载组诗中诗歌数目的矛盾,随即又认为王俭称应璩以"百一"命名是因为每首诗各有一百字这一说法也并不可信,即"然以字名诗,义无所取"。

李善随即引用了据其称为《百一诗序》的材料,来引出他认为对"百一"之名最为权威的解释。其注曰:"据《百一诗序》云,时谓曹爽曰:'公今闻周公巍巍之称,安知百虑有一失乎?'"李善随即称"百一"之名由此而来。("盖兴于此也。")也就是说,对李善来说,"百一"从字面上看是"百分之一"的意思,而实际上有其引申含义,即"训诫诗"或"讽谏诗"。对于李善所引的《百一诗序》,我们并不能确认其作者。著名魏晋文学专家徐公持认为,它也许并非应璩所亲作,而是出于晚些时候其诗集编纂者的手笔。[7]

在我看来,通过李善所引用的诸家对"百一"的解释——包括他所赞同的说法在内——我们并不能真正了解"百一"到底意味着什么。因此,在本文中,我不准备在此问题上作过多的阐述。

然而,李善确实为我们提供了关于应璩诗流传史的重要材料。首先,他提到了《应璩集》的情况。李善在做注时可能引用了几种不同的《应璩集》。《隋书·经籍志》录有一种十卷本的应璩集,题为《魏卫卿应璩集》[8]。这应该是在他死后编纂的,因为书名中提到了应璩死后所追赠的卫尉官职。同样是在《隋书·经籍志》中,还著录了一种由同为著名作家的应璩之子应贞做注的八卷本《百一诗》[9]。应贞《百一诗注》今已不存。然而,在宋朝类书《太平御览》中,我找到一条疑为其注文的材料[10]。《百一诗》单行集大概到北宋时仍在,因为它也被著录于《新唐书·艺文志》。从其八卷本的篇幅来看,集中存诗一百三十首的说法是相当可能的。

可惜的是,随着在北宋晚期或南宋早期应璩

[7] 徐公持,《魏晋文学史》(北京:人民文学出版社,1999),页162。

[8]《隋书》(北京:中华书局,2000),卷35,页1060。

[9]《隋书》,卷35,页1084。

[10]《太平御览》(《文渊阁四库全书》本),卷490,页8b。"应璩新诗曰:'汉末桓帝时,郎有马子侯。自谓识音律,请客鸣笙竽。为作《陌上桑》,乃言《凤将雏》。左右伪称善,亦复自摇头。'马子侯为人颇痴,自谓晓音律。黄门乐人更往嗤诮,子侯不知,名《陌上桑》反言《凤将雏》,辄摇头欣喜,多赐左右钱帛,无复惭也。""马子侯为人颇痴"以下也许是应贞的注文。

[11]《韵语阳秋》(《四库全书》本)，卷 4。

[12] 郭绍虞，《宋诗话考》(北京：中华书局，1979)，页 75。

[13]《韵语阳秋》的记载如下："余观《楚国先贤传》言汝南应璩作《百一诗》，讥切时事，遍以示任事者，皆怪愕，以为应焚弃之。及观《文选》所载璩《百一》篇，略不及时事，何耶？又观郭茂倩《杂体诗》载《百一诗》五篇，皆璩所作。首篇言马子侯解音律，而以《陌上桑》为《凤将雏》。二篇伤翳桑二老，无以葬妻子，而己无宣孟之德，可以赒其急。三篇言老人自知桑榆之景，斗酒自劳，不肯为子孙积财。末篇即《文选》所载是也。第四篇似有风谏，所谓'苟欲娱耳目，快心乐腹肠。我躬不悦欢，安能虑死亡'。此岂非所谓应璩焚弃之诗乎？方是时曹爽秉事多违法，而璩为爽长史。切谏其失如此，所谓百一者，庶几百分有一补于爽也。而爽卒不悟，以及于祸。或谓以百言为一篇者，以字数而言也。或谓百者数之终、一者数之始，士有百行，终始归一者，以士行言也。然皆穿凿之说，何足论哉？后何逊亦有《拟百一体》，所谓'灵辄困桑下，於陵拾李螬'，其诗一百十字，恐出于或者之说。然璩诗每篇字数各不同，第不过四十字尔。"

这段资料的来源是《丹阳集》。《丹阳集》是葛立方之父葛胜仲的文集。其通行本二十四卷是于《永乐大典》中辑出的，其中并没有这段记载。然而，根据《四库提要》，原本《丹阳集》的篇帙要比现存的大得多，包括八十卷正文和二十卷补遗。因此，通常被认为是葛立方所作的关于应璩诗的评论，很有可能是由其父葛胜仲所留。

[14] 刘跃进，《中古文学文献学》(南京：江苏古籍出版社，1997)，页 235—236。

集的散佚，其大部分诗作只存有残句。根据南宋著作中提及应璩诗的情况，我推断应璩集在南宋时已经不存。首先是在两种南宋早期诗话中对五首《百一诗》的概述。比较常见的版本出于葛立方的《韵语阳秋》[11]。葛立方在去世的前一年，即 1163 年完成了这部书，[12] 然而，我发现书中关于应璩诗的评论并非葛立方所写，而是来自他的父亲——比他更为著名的宋代词人葛胜仲（1072—1144）。[13]

葛胜仲首先引用《楚国先贤传》中称应璩作《百一诗》用以讽切时事的内容，然后提出疑问：《文选》仅选录一首《百一诗》，而且在其看来，这一首"略不及时事，何耶？"他随即提到，他曾在郭茂倩所编的诗集《杂体诗》中读到五首《百一诗》。郭茂倩以编纂《乐府诗集》而闻名，其具体生卒年不详，但肯定与葛胜仲处于同一时代。[14] 我找不到任何关于郭茂倩所编《杂体诗》的文献，它似乎在宋朝之后就已散佚，甚至也许始终并无刻本流传。

随即，葛胜仲对《杂体诗》中收录的五首诗各做说明。其中三首或被完整地保存下来，或有残句保存至今。第一首是《文选》所收的《百一诗》，第二首讲述了东汉马子侯的故事：他自称精通音律，但却不能分辨两首著名的乐曲。第三首模仿一个老人的口吻，写其在感到时不久长以后，劝慰自己饮酒为乐。现将其中两首抄录于此。首先是嘲笑马子侯的那一首：

> 汉末桓帝时，郎有马子侯。
>
> 自谓识音律，请客鸣笙竽。

为作陌上桑，乃言凤将雏。

左右伪称善，亦复自摇头。

另一首内容如下：

年命在桑榆，东岳与我期。

长短有常会，迟速不得辞。

斗酒当为乐，无为待来兹。

注一："桑榆"意味着晚间，此处则比喻老年。关于这个词有两种解释。一说"桑榆"是两颗星的名字，太阳在二者之间落下。一说在傍晚太阳落下之时，最后一缕阳光将照射在桑树和榆树之巅。

注二："东岳"即泰山，被认为是人死后魂归之所。

葛胜仲提及的诗中有两首现今不存。其中一首讲述了两个翳桑的老人，无以埋葬妻子。诗人伤己无宣孟之德，不能在他们需要帮助时施以援手。这首诗显然是用《左传》中著名的"翳桑饿人"之典，即灵辄饿于翳桑，赵盾（谥号宣孟）给他食物的故事。[15]而第二首佚诗，葛胜仲引用了其中四句：

苟欲娱耳目，快心乐腹肠。

我躬不悦欢，安能虑死亡。

他推测这一首就是与应璩同时的人劝他焚弃的政治诗作之一。然而，由于他只引用了四句，因此无法从中判定诗中有何关于政治的内容。

第二种提到应璩《百一诗》的南宋著作是王楙（1151—1213）的《野客丛书》[16]。王楙以一个很长的条目讨论了关于"百一"的各种解释，和葛胜仲一样，他也谈到了郭茂倩《杂体诗》所收的五首诗作，然而，他并没有提及这五首诗的内容。

另一种宋诗话，即北宋晚期潘淳所著的《潘

[15]《左传·宣公二年》。［清］阮元校刻，《十三经注疏》（北京：中华书局，1980），页1867。

[16]［宋］王楙撰，王文锦点校，《野客丛书》（北京：中华书局，1987），卷27，页312—313。

子真诗话》引用了另外两首应璩诗。潘淳称,两种唐代文献,即《古乐府》(吴兢撰)和《艺文类聚》中都收录了这两首诗,但其所载皆不完全。而他从"临淄晏公"处得到了完整的版本。第一首诗是:

古有行道人,陌上见三叟。

年各百余岁,相与锄禾莠。

住车问三叟,何以得此寿。

上叟前致辞,室内妪貌丑。

中叟前致辞,量腹节所受。

下叟前致辞,夜卧不覆首。

要哉三叟言,所以能长久。

在第二首诗中,诗人提到随着年华老去而逐渐谢顶的情况,并且进行了幽默的描写:

少壮面目泽,长老颜色粗。

粗丑人所恶,拔白自洗苏。

平生发完全,变化似浮屠。

醉酒巾帻落,秃顶赤如壶。

很明显,从北宋晚期或南宋早期的诗话文献来看,完整的《百一诗》文本已然无存。据我所知,自此以后,并无搜集应璩诗作的尝试,这种情况一直延续到明代。在十六世纪,冯惟讷(1512—1572)编纂了一部内容广泛的唐前诗歌总集《古诗纪》,其中的卷156收录了应璩诗。其中,在"百一诗"的名目下收录了三首。第一首是唯一的完整作品,也就是《文选》所收的《百一诗》。第二首实际上是两段残句拼合而成:(1)葛胜仲曾提及的,关于一个老人念及死亡,以饮酒作乐自解的那一首;(2)批评朝廷大兴土木修建奢华宫室的一首。二者合一,便成为冯惟讷所收录的这首:

年命在桑榆，东岳与我期。（之部）

长短有常会，迟速不得辞。（之部）

斗酒当为乐，无为待来兹。（之部）

室广致凝阴，台高来积阳。（阳部）

奈何季世人，侈靡在宫墙。（阳部）

饰巧无穷极，土木被朱光。（阳部）

征求倾四海，雅意犹未康。（阳部）

关于这不可能是同一首诗，有以下几个原因。第一，本诗从第四韵开始换韵。即使是《文选》所收录的那首完整的《百一诗》，也是整首诗一韵到底，而其他被证实是应璩所作的残句在同一章中也未见换韵的情况。第二，随着换韵，诗歌的主题也发生了变化。

冯惟讷之所以会将这两段残句当作同一首诗，也许是由于他遵从了他所采用的原始文献的排序。这一文献就是唐代类书《艺文类聚》。这部书在唐初由欧阳询（557—641）主持编纂，在武德七年（624）成书。与大多数类书一样，《艺文类聚》并不引用完整的作品，而只引用作品片段。在"讽"类中，《艺文类聚》引用了应璩《百一诗》。至少从现存版本的《艺文类聚》来看，其所引两首《百一诗》中间并无分隔。我认为，很明显冯惟讷不加判断地照搬了在《艺文类聚》中发现的诗句，没有注意到它们分属于不同的作品。

冯惟讷所收的第三首诗是一段长四句的残句，内容为警示年轻人谨慎结交师友。这段残句来源于另一部唐前期类书《初学记》。《初学记》于729年上呈玄宗。这段诗句如下：

应璩《百一诗》："子弟可不慎，慎在选师友。师友必良德，中才可进诱。"（《初学记》卷18）

除了收于"百一诗"一类中的三首诗以外，冯惟讷还收录了三首被他称为"杂诗"的作品，以及上文已经引过的关于"三叟"的那一首。冯惟讷指出，《杂诗》中的前两首同样出于唐类书《艺文类聚》。第一首也是一首训诫诗，警示人们应在事态发展到不可收拾之前防范未来的危险与灾患：

> 细微可不慎，堤溃自蚁穴。
> 腠理早从事，安复劳针石。
> 哲人睹未形，愚夫暗明白。
> 曲突不见宾，燋烂为上客。
> 思愿献良规，江海佪不逆。
> 狂言虽寡善，犹有如鸡跖。
> 鸡跖食不已，齐王为肥泽。

这首诗见于《艺文类聚·鉴戒类》（北京：中华书局，1965，卷23，页
416）。这个题材在早期中国文学中非常常见：灾祸往往由看似微小的原因而
起。因此，应璩这首诗可被视为告诫当权者不要因为地位无虞而自满，只有
从刚一开始就有所防范才能避免未来的灾难。为了表达这一意图，他在第七、
八句用了"曲突徙薪"的典故。这个典故是说，一个人家里的烟囱是直的，
旁边又堆了柴薪。有客人建议他改建成弯曲的烟囱，并且把柴薪挪到远处，
否则也许会发生火灾。主人没有听取客人的建议，不久，房屋果然因此失火，
不过由于邻居们及时赶来，把火扑灭。于是主人摆酒席宴请帮助他灭火的人，
请为了救火而被烧得焦头烂额的人坐在上首，却根本没有邀请建议他改建弯
曲烟囱的客人前来。

最后三句则是用"齐王之食鸡也，必食其跖数千而后足"[17]之典。虽
然不能确认这是否是应璩有意为劝诫曹爽所做的诗歌之一，但并非不能按此
理解。

冯惟讷命名为《杂诗》的第二首作品读起来更像是官箴，即另一种体裁
的韵文。这首诗内容如下：

《艺文类聚》卷45，页798：

[17] 王利器，《吕氏春秋注疏》（成
都：巴蜀书社，2002），卷4，
页461—462。

魏应璩杂诗：散骑常师友，朋（应作朝）
夕进规献。侍中主喉舌，万机无不乱。尚书

统庶事，官人乘法宪。彤管弈纳言，貂珰表武弁。出入承明庐，车服一何焕。三寺齐荣秩，百僚所瞻愿。

在这首诗中，应璩列举了各种朝廷官员的功能，而又指出他们的主要职责是向君主直言讽谏规诫。

《杂诗》第三首是关于诗人的秃头那首诙谐之作的四句残句，然而，他并没有将"平生发完全，变化似浮屠"这几句收录在内。

冯惟讷对应璩诗的收集工作远称不上完善。因此，明末著名学者张溥（1601—1641）在其《汉魏六朝百三家集》中又增入了四段残句，每段五句，以及被冯惟讷忽视未录的关于汉代名不副实的"通音律者"的那首诗作。此外，还收录了七韵残句。然而，他并没有标明他所收集的这些文献的来源。

进入二十世纪后，丁福保（1874—1952）编成了《全汉三国晋南北朝诗》，这部书在 1916 年出版，此后多次再版，并且在之后的半个多世纪中，被当成最权威的唐前诗歌总集。然而，丁福保编纂的这部书除了极少的增补外，几乎可以看作是冯惟讷《古诗纪》的重印本。比如说，丁福保所编总集里应璩诗的部分完全照搬《古诗纪》，连冯惟讷所做的注都没有改动，却全然没有提及资料来源和原作者。[18]

从 40 年代开始，逯钦立（1910—1973）着手进行重订《古诗纪》的工作。经过二十年努力，他的成就远远超越了《古诗纪》，编纂出了至今为止最为完备的唐前诗歌总集《先秦汉魏晋南北朝诗》。1983 年，这部书分为三卷本出版。书前列出了详尽的引书目录。关于应璩诗作，逯钦立收集了相当丰富的文献材料。仅仅在《百一诗》之下，就列出了二十五首作品。[19] 虽然其中很多只是残句，但这已是对应璩诗最为完善的收集整理。逯钦立所收集的文献主要来源于各种类书。

除了上文已经提到的《艺文类聚》和《初学记》之外，应璩诗，至少是部分诗句，被另外两部类书广泛引用，即《北堂书钞》和《太平御览》。《北堂书钞》由虞世南（558—638）编纂于隋代。《太平御览》则是一部著名的宋代类书，于 982 年初步定稿，篇幅达

[18] 丁福保编，《全汉三国晋南北朝诗》（北京：中华书局，1959），卷 3，页 197—198。
[19] 逯钦立辑校，《先秦汉魏晋南北朝诗》（北京：中华书局，1983），页 469—473。

1000 卷。它所引用的材料大多来自之前的类书，而现在这些类书很多都已散佚。因此，《太平御览》中保存了大量已佚的六朝、唐代类书中的文献资料。《太平御览》里引用了两千多种书籍、文章和诗歌，不论是直接引用还是引自前朝类书，由于其引用极其丰富，因此对现今不存的书籍有重要的保存作用。

虽然所有类书都不会引用作品全文，但是《北堂书钞》和《太平御览》中对文学作品的引用，比上述其他类书都更为简短。大多数情况下，这两部书只会引用诗作的一韵。然而，在这两部书中更有价值的，是他们引用应璩诗时所大量使用的题目。题目分为几种，比较常见的是"杂诗"，这在前文冯惟讷《古诗纪》中也提到过。而更为有趣的一个题目是"新诗"。我已在上文说过，在公元五世纪，刘宋学者王俭所看到的《百一诗》单行本中，就将应璩诗命名为"新诗"。关于这个题目，有很多文献可以证明，比如，在《北堂书钞》和《太平御览》中，都有大量应璩诗在引用时被称为"新诗"。

《北堂书钞》（台北：文海出版社，1961）卷 58，页 1a：

> 应璩新诗云：侍中主喉舌，万机无乱也。（注：《艺文类聚》（卷 45，第 798 页）所引版本为"万机无不乱"。）

这两句在缺少上下文的情况下，可能显示不出其重要性。然而，它们是被节引自上文已经提到过的，关于政府官员职能的诗作。而诗中提出，官员的主要职责在于规诫君主。这首诗的主要观点在于，朝廷，乃至于整个国家，如果想得到良好的治理，那么君主必须要善于采纳臣子的批评意见。而应璩大概也把自己包括在诗中那些直言敢谏的臣子之内。

《北堂书钞》卷 144，页 2a：

> 应璩新诗云：平生居□郭，宁丁忧贫贱。出门见富贵，□□□□□。灶下炊牛矢，甑中装豆饭。

这首诗是应璩一些书信的主题在诗歌中的反映。在某一段时期内，应璩总是抱怨他贫困甚至难以糊口的生活。比如这段引文："谷籴惊踊,告求周邻。日获数升,犹复无薪可以熟之。虽孟轲困于梁宋,宣尼饥于陈蔡,无以过此。"[20]他在另一封书信中则称"值皇天无已之雨,薪蒭既尽,旧谷亦倾"[21]。

在其他一些被题为"新诗"的作品中,应璩写到宫廷中食物的丰盛以及权贵们所能享受到的奢华宴会。

《北堂书钞》卷145,页1a:

> 应璩百一诗云:"有酒流如川,有肉积如岑。"

在其后的几句中,他批评了负责御厨的官员倒卖皇家食品库中食物的现象。《太平御览》卷828,页11a:

> 应璩新诗:"太官有余厨,大小无不卖,岂徒脯与糗,酰醢及盐豉。"

应璩诗被命名为"新诗"的重要性何在?而这些诗又"新"在何处?关于这个问题,在其现存诗歌及残句所表达的观点中可以得到一部分答案。这些诗大部分都有所"刺"。虽然它们并不是像波普、德莱顿的作品那样发展成熟的讽刺文学作品,但确实蕴含着对朝廷上层的不满与批评。关于奢华生活和挥霍无度的诗歌看起来很符合明帝时期的情况。明帝在位期间,因为利用有限的国家财力在许昌和洛阳大修宫室,而受到一些朝廷官员的严厉批评。在公元232年左右,景福殿在许昌修成,准价八百余万,[22]明帝命群臣作赋以为纪念。在这一场合中作赋的臣子中就有何晏,他的赋还被收入《文选》[23](这实际也是何晏唯一被《文选》收录的作品)。在235年,明帝下令在洛阳修建两座大型宫殿——昭阳殿和太极殿,以及高十余丈的观景塔总章观。[24]几位当时名臣,包括陈群、杨阜、高堂隆及王肃等对此事和其他修建宫室的行为都强烈反对,各数切谏。正如徐公持所指出的,应璩诗中批评竭民用以兴宫室的

[20] 见《与董仲连书》,《艺文类聚》,卷35,页630所引。
[21] 见《与韦仲将书》,《艺文类聚》,卷35,页630所引。
[22] [北魏]郦道元著,陈桥驿校证,《水经注校证》(北京:中华书局,2007),卷22,页521。
[23] 译文见David R.knechtgs, trans, *Wen xuan, or Selections of Refined Literature*(《文选》, Prin-ceton: Princeton University Press,1981), vol. 2, pp. 279–304.
[24]《三国志》,卷3,页104。

[25]［唐］房玄龄等撰，《晋书》（北京：中华书局，1974），卷 121，页 3046；［北魏］魏收撰，《魏书》（北京：中华书局，1974），卷 96，页 2111—2112。

诗句，与这些直臣上疏中的一些语句有共通之感。

应璩现存的另一章残句明显嘲讽了缺乏能力而又谋求官职的人：

《北堂书钞》卷 79，页 2b：

京师何缤纷，车马相奔起。

借问乃尔为？将欲要其仕。

孝廉经术通，谁能应此举。

这首诗中涉及自汉朝早期开始的向朝廷荐举人才的制度。地方各郡长官可以向中央政府推举孝廉。虽然成为孝廉的基本要求是熟习经典，但应璩尖锐地指出，当时谋求官职的候选人们缺乏对经术的必要知识。

我们已经了解，李善所引的早期文献都称应璩创作了大量用以批评时事及在朝官员的诗歌。确实，在六朝时期，他被认为是出类拔萃的讽谏诗人。后人在创作训诫诗或讽谏诗时，甚至会将他的诗作为模板。一个明显的例子发生于氐人在四川建立的成汉国。开国皇帝李寿（300—343）在 338 年建立了成汉，此后他开始大兴土木，以便与定都邺城的石虎（295—349）抗衡。一些朝中官员劝他缩减用于建筑的人力物力，甚至放弃皇帝的称号，而他把这些人处以极刑。在这种情况下，一位名为龚壮的文士以应璩的口吻创作了一组七首诗歌，来责备李寿的行为。[25] 虽然龚壮的诗并未保存下来，但这明显是个很有代表性的例子，说明时人在写作政治题材的诗歌时，会使用应璩的体裁，甚至应璩的口吻。

应璩另一首署为"新诗"的作品似乎是在明确地针对当时的一项朝廷政令。自明帝朝起，朝廷下达了禁止渔猎的命令。虽然这首诗只保存了四句，但在这几句中可以看出，应璩对于禁止百姓在洛水捕鱼这一政令的后果提出了警告：

《太平御览》卷 834，页 10a：

应璩新诗："洛水禁罾罟，鱼鳖不为殖。空令自相啖，吏民不得食。"

这几句诗与高柔的一篇措辞幽默的上疏有异曲同工之妙。在那篇上疏中，与应璩一样，高柔也反对禁止猎鹿，并认为，即使禁止猎鹿，鹿也将因虎、狼和狐狸等猎食而数量骤减。每次读到这一上疏，我总是忍俊不禁："今禁地广轮且千余里，臣下计无虑其中有虎大小六百头，狼有五百头，狐万头。使大虎一头三日食一鹿，一虎一岁百二十鹿，是为六百头虎一岁食七万二千头鹿也。使十狼日共食一鹿，是为五百头狼一岁共食万八千头鹿。鹿子始生，未能善走，使十狐一日共食一子，比至健走一月之间，是为万狐一月共食鹿子三万头也。大凡一岁所食十二万头。"[26]

应璩作为讽谏诗人的声誉在六朝时盛传不衰。上文已谈到东晋学者李充对应璩讽谏诗的盛赞。而还有一种更早的著作也提到了应璩及其诗作，即《文章叙录》，又称《杂撰文章家集叙》，十卷本，为与应璩时代接近的荀勖所作。[27]它也许是荀勖为皇家藏书所编目录《中经新簿》中文学著作目录的部分。[28]《文章叙录》现已不存，但书中对应璩的记载被很多文献引用，其中最完整的版本称："曹爽秉政，多违法度，璩为诗以讽焉。其言虽颇谐合，多切时要，世共传之。"[29]

在六世纪早期，《文选》编纂之时，对应璩的强烈关注仍然存在，因此《文选》的编纂者们从他的《百一诗》中挑选了一首，收入这部地位颇高的选集。六世纪的两部最为重要的文学批评著作——钟嵘的《诗品》与刘勰的《文心雕龙》中也都明确提到了应璩。在《诗品》中，应璩受到相当高的评价：他的诗被列为中品。钟嵘也指出他的诗歌创作带有明确的讽谏色彩："指事殷勤，雅意深笃，得诗人激刺之旨焉。"而刘勰则欣赏他独立不惧的品格，以及用隐晦含蓄的方式表达讽谏之意的手法："璩百一独立不惧，辞谲义贞。"

关于应璩诗在六世纪时的地位，另一间接证据是当时的著名诗人何逊所作的一首题为《聊作百一体》的诗。这首诗的有趣之处在于，它表明在何逊的时代，"百一"作为一种诗体的地位已经确立。在这首诗中，何逊抱怨了他的贫穷和怀才不遇。上文已经说过，这也是应璩的一些诗作的主题。

[26]《三国志》，卷24，页689。
[27]《隋书》，卷33，页991。
[28] 关于本书辑佚，见鲁迅，《众家文章记录》，《鲁迅辑录古籍丛编》（北京：人民文学出版社，1999），卷3，页411—417。关于本书性质，见赵望秦，《荀勖〈中经新簿〉是有叙录的》，《中国典籍与文化》，2004年第4期，页10—15；陈君，《西晋荀〈录〉与汉魏乐府》，《乐府学》，2007年第2辑，页71—72。
[29]《三国志》，卷21，页604。

遗憾的是，关于《百一诗》的仿作，我们没有找到其他例证。这一时期最著名的仿作诗人是江淹（444—505），他创作了《杂体诗三十首》来模仿前代诗人的风格，但其中并不包括对应璩的模仿。

现在回到我之前提出的问题:应璩的诗作"新"在何处？答案在于，"百一诗"，不论其真实题目是什么，是第一组用五言诗体进行讽谏的组诗。虽然在应璩之前，有大量用于讽谏或讽刺的四言诗，但应璩似乎是最早用纯粹的五言诗表达其政治意图的诗人。虽然很难确定他创作这些诗的精确时间，但比起同时期的大名士阮籍所作的《咏怀诗》，应璩诗的创作时间应该更早。说到阮籍的《咏怀诗》，几乎每个人都同意它与当时，尤其是司马懿推翻曹爽之后的时事政治相关。然而，正和应璩的诗作一样，就算诗中真的影射了时事，现在实际上也已经昧而不彰了。

在文章的结尾，我们回过头来看《文选》所收的那首应璩的诗作。上文已经提到，所有提及《文选》所收《百一诗》的宋代批评家都认为这首诗并不具有记载中应璩诗本该具有的讽谏性质。如果果真如此，为什么在应璩的大量作品中，《文选》的编纂者们要挑选这样一首来作为唯一的代表作？我认为，如果更加仔细地分析这首诗，就可以发现，它并不像宋代批评家所说的那样与其他作品有很大区别。

我们首先来读一遍这首诗:

下流不可处，君子慎厥初。

名高不宿著，易用受侵诬。

前者隳官去，有人适我间，

田家无所有，酌醴焚枯鱼。

问我何功德，三入承明庐。

所占于此土，是谓仁智居。

文章不经国，筐篚无尺书。

用等称才学，往往见叹誉？

避席跪自陈，贱子实空虚。

宋人遇周客，惭愧靡所如。

这首诗的结构比较独特。诗中写到一个曾居高位，而今却隐居乡间的人和一位来客。来客认为主人的才能与其以往在朝中的高位不符，并认为他的文章对于治理国家也没有任何帮助。（此处似乎是明确地表达对曹丕的名言"文章，经国之大业"的态度。）然而，这位退休归隐的官员并没有为自己辩护，而是承认来客的批评是正确的。这种结构在诗中虽并不常见，在赋中却屡见不鲜。赋有一体称为"设论"，为自传体形式，作者通常在其中以退出官场或仕途坎坷的形象出现，而又有一来客批评他的不得志。[30] 然而与应璩之诗不同，在设论体赋中，被指责的一方会激烈地为自己辩护，不过，设论体的作者往往存在一种自我贬抑的倾向，这在应璩诗中也是明显可见的。

应璩的这首诗中带有一点自传色彩。在第十句里，诗人告诉我们他曾"三入承明庐"。承明庐在都城洛阳，是上朝时朝臣止息之所。根据李善注，应璩曾担任过三个得以进入承明庐的职位。[31] 我们也已知道，应璩在很长一段时间内官位不显，尤其是在明帝朝。在他的书信中有很多处抱怨自己生活贫困和身份卑微的内容。应璩暗示说，他之所以失去官职，是因为朝中的诽谤。由此，诗中的这种自轻情绪可能是故作反语，以便用这种自我贬抑的姿态来获得别人对其困境的同情。

我的这一猜测在最后一韵中得到证实。这一句是用周代著作《阙子》中的典故。《阙子》这部书现在只保存了一些片段，而其中一条便是从李善对这句诗所作的注中辑出。[32] 李善所引《阙子》曰："宋之愚人得燕石于梧台之侧，藏之以为大宝。周客闻而观焉，主人斋七日，端冕玄服以发宝。革匮十重，巾十袭。客见，俯而掩口，卢胡而笑曰：'此特燕石也，其与瓦甓不殊。'"应璩用此典的意图并不好理解。按李善所言，此处诗人是承认他曾窃居高位，并以此为耻，因此就像故事中的宋人在见到周客后为自己的错误而惭愧，以至于不知所措。而唐代另一《文选》注者刘良则认为此诗是为讽刺朝廷官员缺乏才干而尸位素餐，"皆讽朝廷之士有其位，无其才，能不愧乎"[33]，指出"大宝"只是普通石头的周客，正如诗中前几句质疑

[30] 关于"设论"的权威论文，见 Dominik Derlercq（戴麟），*Writing against the State:Political Rhetorics in Third and Fourth Century China*（Leidon：Brill，1998）。

[31]《文选》，卷21，李善注引陆机《洛阳记》曰："魏明帝在建始殿朝会，皆由承明门，然直庐在承明门侧。"据李善所说，应璩在朝中的三个职位为侍郎、常侍、侍中。

[32]《文选》，卷21，页1016。

[33]《六臣注文选》（《四部丛刊》本），卷21，页27a。

主人主持朝政能力的客人。然而，在《阙子》的原文中，宋人并没有承认他的错误，而是怒指周客之言为"商贾之言，医匠之心"。他不但没有感到羞愧，反而更加坚信石头的价值，将其保护得更为严密。如果用此典其实是为了影射这一内容，那么，诗的末句便确是故作自辱之语无疑。而应璩的真实含义是：不论朝中政敌的攻击给我带来何等影响，我也不会感到羞愧，我的名望和朝廷地位都是当之无愧的。窃以为，这首诗既然是设论体赋的缩影，那么我们应该这样来理解这处用典。

然而，由于最后一韵语焉不详，我们就可以理解，在这首诗上，为何宋代批评家们认为它缺少明显的政治含义。《文选》中的《百一诗》是现存应璩诗中唯一可以确认为完整作品的。由于保存其诗作的文献都由片段组成，因此其他署名为应璩所作的作品，即使看起来很完整，也仍然可能并非完整的诗作。考虑到这一点，《文选》的编纂者们只选取了组诗中的一首，而这实际上对应璩造成了相当大的伤害——因为他最有名的一首作品很明显并不能代表他的整体风格。"文选"的"选"字意味着"选集"，而这个字也指出了诗文选集的一大局限，即其选择性。正因如此，我将我的演讲命名为"选集的缺憾"。如果应璩的全部作品得以保存，我们就能更好地了解其诗歌的全貌。即使从断章残句中，我们也能看出，这位诗人具有在那个年代罕见的幽默感和讽刺感。对《百一》组诗来说，《文选》的"百一"分类几乎是没有意义的，因为读者不可能通过一首诗来确定这一诗体的真正面貌。此外，由于《文选》在日后成为中古文学的经典选本，其他的选集，即使对于某种文体收录更为完备，也往往因此而为人忽视。虽然应璩在他的时代以及整个六朝时期都享有盛名，但在如今却已湮没无闻。在大多数中国中古文学史中，他甚至无法得到一行脚注的位置。他之所以为人所知，也许仅仅凭借《文选》中所收的一首诗。然而，应璩的无足轻重，同样是由《文选》造成的：正是因为它的选择性，限制了后人对应璩作品的了解。这实在是个遗憾。虽然我们仍可以通过断章残句来抽丝剥茧地分析其诗作的面貌，但如果有更多数量的诗作得以保存的话，我们本可以对他所做的诗体创新有更深入的了解。

（金溪 译）

英译《文选》的疑难与困惑 *

* 本文原载于《国际汉学研究通讯（第十一期）》（北京：北京大学出版社，2016）。

《文选》英译本第一册成书之后，我在序言中是这么写的：翻译《文选》是"一项大胆，或许是不识时务的工作"[1]。自第一册、第二册、第三册英译《文选》先后出版至今，二十个寒暑转眼之间就匆匆地过去了，今天重拾《文选》未完成的译注工作，面对这项如此艰巨的工程，我似乎感到更加胆怯甚至气馁了，如果现在重写这篇序言，我会毫不犹豫地除去"或许"二字。我会这么写："译注《文选》是一项大胆，甚至不识时务的工作。"英文译注的《文选》目前已经由普林斯顿大学出版社出版了三册，包括所有赋篇的翻译与注解。注译工作的进展是如此缓慢，如果世界上有"最慢翻译家"的称呼，我想我应该可以当之无愧。

　　译注《文选》的进展如此缓慢，主要有两点原因：其一，《文选》本身所选的内容和题材；其二，我的治学方法。《文选》组织庞大、内容丰富、文体繁多、作者复杂、包涵的题材广阔，任何试图翻译整套《文选》的学者或专家，都将面临极大的困难和挑战。我想在这篇文章里谈谈我在翻译《文选》时所遭遇的一些困难以及相应的解决之道。

　　《文选》共有六十卷，七百六十一篇作品，三十九种文学体裁，其中包括赋、诗、骚、表、檄、诏、颂、赞、论、史论、诔、碑、哀、策问、弹文等等。《文选》中的作品篇幅长短不一，有的短诗仅有十行，有的赋篇或其他作品则长逾千行，当初编纂《文选》的主要目的之一，就是要汇编一套能够代表当时所有重要文学作品的选集，因此翻译《文选》就必先熟知各种不同的文体，充分了解每种文体形成的过程和发展的背景，并熟悉每种文体的语言特色。

　　翻译《文选》面对的主要挑战之一就是言语的艰涩与难解。《文选》是辞赋、骈体文的重要选集，赋篇占了三分之一，辞赋、骈体文辞藻富丽、言语艰涩，仅是读通、读懂，就得大费周章，遑论注释了。另外，《文选》也收集了大量的诗篇，这些诗中奇文怪字较多，典故连篇，就以陆机、潘岳、谢灵运、谢朓等人的诗文为例，即使有大量的注解和评注，还是难以真正读懂这些诗文。而在最需要注解的地方，注释学家却一笔带过，略而不谈，我想其中最主要的原因之一，就是历来注释学家在作注的时候，对最难解的词句仍是感到不知所云，所以也就只好含糊其辞，一笔带过了。

[1] David R. Knechtges, trans., *Wen xuan, or Selections of Refined Literature* (Princeton: Princeton University Press, 1981), p. xi.

在二十一世纪的今天，赏读《文选》还是如此地困难，原因之一就是语言环境和文化背景这两道鸿沟，将我们和古代、中古世纪的文学隔开了。即使是现代研究《文选》的中国学者，跟外籍学者相比，在诠释《文选》的内容方面，他们所遭遇的困难可能也不相上下。陆宗达教授曾经提到将《文选》翻译成白话文"注不容易，译恐怕更难，千余年前的文学作者的思绪，细微之处不易捕捉，独特之处尤难表述"[2]。有些外国翻译家在翻译与他们的母语类似的语言时，也有译错的时候。举例来说，法国诗人夏尔·博德莱尔（Charles Baudelaire）将爱德加·爱伦·坡（Edgar Allen Poe）的小说《金甲虫》（*Gold Bug*）翻译成法文的时候，他就误解了非裔美国人方言中"gose"的意思。在"as white as a gose"（像幽灵一般的惨白）短语中，"gose"是非裔美国人英语中的"ghost"（鬼或是幽灵），而他却误认为是"goose"（鹅），把原文译作"像白鹅一样的洁白"[3]。如果爱德加·爱伦·坡的英文小说，为法国译者误译，那么翻译中国古代作品的学者不禁要说，中外古今年代相离更远、文化差异更大，使用的语言更是完全不同，因时间、空间、语言的隔阂而造成的误译、误解，将更难以计算。

在翻译的过程中，阅读古文最大的困难就是了解每字、每句、每行和整篇的内容含义。除了了解内容含义外，还必须了解当时的文化背景和社会环境。举个例子，《文选》有许多描写京都、城市的作品。为了能够准确翻译这些作品的内容，我曾花了大量时间阅读关于长安、洛阳、建康、成都等古都的历史和建筑等方面的资料，审读历代的地理著作和新发掘的考古报告。在翻译描写皇宫和殿堂建筑的句子时，我也尽可能多采用中国古代建筑的词汇和术语。除了建筑术语之外，这类历代都城的作品也充满了对当时朝廷繁文缛礼的描绘。要把这些词语都正确地翻译出来，又必须全面阅读、了解有关当时礼仪的著作和典籍，尤其是涉及朝廷烦琐的典礼仪式和官服朝冠的著作。可说上至天文、下至地理，对植物、动物、鸟兽、鱼禽、矿石和星座的名称，翻译者都必须有充分的认知，才能着手翻译这类作品。翻译《文选》的赋篇，涉及的范围可说包罗万象，包括了中国的制度典章学、天文学、堪

[2] 陈宏天、赵福海、陈复兴主编，《昭明文选译注》（长春：吉林文艺出版社，1987），册1，页4。

[3] 见 Stephen Peitham, ed., *The Annotated Tales of Edgar Allan Poe*（New York: Avenel Books, 1981），p. 267. "博德莱尔"法文译文读"pâle comme une oie."见 Charles Baudelaire, *Histoires extraordinaires par Edgar Poe*（Paris: Louis Conard, 1932), p. 22.

[4] "Problems of Translation: Onegin in English," *Partisan Review*, 22（1955）: 496.

[5] *Nihongo: In defence of Japanese* （London: The Athlone Press, 1986）, p. 219.

[6]［南朝梁］萧统编,《文选》（上海: 上海古籍出版社, 1986）, 卷 12, 页 543。

[7] *Chinese Rhyme-Prose: Poems in the Fu Form from the Han and Six Dynasties Periods*（New York: Columbia University Press, 1971）, p. 72.

輿学、植物学、动物学、地质学、建筑学、园艺学、城市规划学等等知识领域。

我对翻译的信念是：执着作品的原文和原意。我十分赞同俄裔美国作家和翻译家纳博科夫（Vladmir Nabokov）的金科玉言"最笨拙的逐字翻译要比最流利的意译有用千倍"（the clumsiest literal translation is a thousand times more useful than the prettiest paraphrase）[4]。译文的流畅和可读性是每位翻译家所追求的目标，但是翻译古代或是中古时代的中国古典文学作品，翻译家就必须勇敢地做到美国著名的汉语、日语语言学专家罗伊·安德鲁·米勒（Roy Andrew Miller）所说的那样：翻译必须具有"字字斟酌、探讨语言和文字本义的勇气"（lexical and linguistic courage）[5]。我个人认为，在英译的过程中，必须尽可能正确地传达中文文本的原意，并且尽可能地保留或许会令读者惊讶的比喻说法，甚至是一些非比寻常的措辞用语。例如，西晋木华（生卒年不详，约公元 290 年在世）的《海赋》，他用"天纲渤澥"[6]形容尧舜时代的洪荒大水。华滋生（Burton Watson）翻译这句话的意思是"The Heaven-appointed waterways swelled and overflowed"（天定的洪水,波涛汹涌泛滥）[7]。这样的译文，尽管读起来十分顺畅，但是他错译了这句话的原义。"天纲"指的是"天之纲维"（mainstays of heaven），也就是维系天体的绳纲。这句话的意思当作：洪水泛滥高涨，连"天之纲维"都发泡起沫了——"the mainstays of heaven frothed and foamed"（渤澥［*bójué*］指洪水波涛的泡沫）。如果作直接的翻译，这样描述洪水的泛滥，或许令读者有些惊讶，因为这样描绘洪水并不合乎逻辑，而且和我们今天对天文的认知也有所差异。但是就我个人而言，我认为保留木华原来形容洪水泛滥的文字更为重要，若以"意译"来翻译中国古典文学，那么就很可能会失去原有文字滔天的表达效果和磅礴的气势。

尽管译者努力追求译文的准确性，但是有些时候，还是有许多词语无法在翻译的过程中被充分地表达出来。因此附加详细的注释是必要的。我赞成纳博科夫翻译的方式，就是在翻译中加入大量的注释。纳博科夫在表述这一观点时，说得十分精彩："I want translations with copious footnotes,

footnotes reaching up like skyscrapers to the top of this or that page so as to leave only the gleam of one textual line between commentary and eternity."（我要在译文中加入大量的脚注，脚注就像摩天大楼一样向上攀升，高到这页或是那页的顶端，占据了大部分篇幅，目的是在注释与永恒之间，只留下一行原文。[8]）翻译学术性的作品，更是应该负起这样的责任，也就是在译文中提供充分的注释。这类注释，事实上，就是一种评注，注明文中相关的词句和语法、特殊词汇、同字异音现象、特殊读音、典故出处，辨明字义，并且讨论罕见词句的用法。

　　英译《文选》我采用的方式如下：翻译的英文正文在右页，注解和说明列在左页，注解部分可能远超过翻译的正文，以《西都赋》为例，左面全页的注解远远超过右上半页翻译的十行正文：

[8] "Problems of Translation : Onegin in English," p. 512.

TWO CAPITALS RHAPSODY

Zhang Heng in his "Western Metropolis Rhapsody" (*Wen xuan* 2.16b). I suspect that this pool, which the *Xinshi San Qin ji* (cited by Li Shan, 1.8b) says flowed into the White Deer Plateau (Bailu yuan 白鹿原) in the Lantian area, was simply part of the Kunming Pond (actually a lake), and that Ban Gu used the terms "sacred ponds and divine pools" as synecdoche for the entire Kunming Pond complex.

L. 132: Jiuzhen 九眞 was a Han commandery located in the area of modern Than Hoa, Vietnam. In 61 B.C. Jiuzhen presented Emperor Yuan a "strange animal" variously referred to as "a white elephant," "a colt with unicorn's color, and ox horns," or "a unicorn." See *Han shu* 8.259, *HFHD*, 2:240. Schafer considers it "a different species of rhinoceros" ("Hunting Parks in China," p. 330).

L. 133: Dayuan 大宛 is the name of the Central Asian kingdom usually identified as Farghana. E. G. Pulleyblank, however, has argued that Dayuan refers to the Tochari people of Sogdiana; see "Chinese and Indo Europeans," *JRAS*, 1-4 (1966), 22-26. In 101 B.C. the general Li Guangli 李廣利 defeated Dayuan after a four-year campaign. Upon his return he presented Emperor Wu with the "blood-sweating horses of Dayuan." See *Han shu* 6.202, *HFHD*, 2:102; *Shi ji* 123.3160, *Records*, 2.266; *Han shu* 96A.3894, *HFHD*, 2:132-5; Arthur Waley, "The Heavenly Horses of Ferghana," *History Today* 5 (1955):95-103; A.F.P. Hulsewé, *China in Central Asia* (Leiden: E. J. Brill, 1979), pp. 132-34, n. 332.

L. 134: The identification of Huangzhi 黄支 is tentative, but most scholars believe it is probably Kanchi (modern Conjeveram) in India. See Gabriel Ferrand, "Le K'ouen-louen et les anciens navigations interocéaniques dans les mers du Sud," *JA* 13 (1919):452-56; Fujita Toyohachi 藤田豊八, *Tōzai kōshō-shi no kenkyū, Nankai hen* 東西交渉史の研究: 南海篇 (1930; rev. Tokyo: Ogihara seibun kan, 1943), pp. 124-30. For a more recent review see Su Jiqing 蘇繼廎, "Huangzhi guo zai Nanhai hechu" 黄支國在南海何處, *Nanyang xuebao* 7 (December 1951):1-5. The rhinoceros from Huangzhi was presented to Emperor Ping in A.D. 2; see *Han shu* 12.352, *HFHD*, 3:71.

L. 135: Various identifications for Tiaozhi 條支 have been proposed. Frederic Hirth, *China and the Roman Orient* (Shanghai: Kelly and Walsh, 1885), pp. 144-52 identified it as Chaldea. Shiratori Kurakichi 白鳥庫吉, *Seiiki-shi kenkyū* 西域史研究, in *Shiratori Kurakichi zenshu* 全書 (Tokyo: Iwanami, 1969-), 7:205-36 and "The Geography of the Western Regions Studied on the Basis of Ta-ch'in Accounts," *MTB* 15 (1956):146-60, considered it to be Mesena-Kharacene in the lower Euphrates valley. Fujita Toyohachi argues that Tiaozhi is actually Fars (Persis) in southern Iran; see *Tōzai kōshōshi no kenkyū, Seiki hen* 西域篇 (1930, rev. Tokyo: Ogihara seitun kan, 1943), pp. 211-52. Miyazaki Ichisada, *Ajiashi kenkyū* アジア史研究, 5 vols. (Kyoto: Tōyōshi kenkyū kai, 1957), 1:151-84 claims that it is a transliteration of Seleucia in Syria. Tiaozhi was famous for its ostriches; see *Shi ji* 123.3163, *Records*, 2:268; *Han shu* 96A.3888; Hulsewé, *China in Central Asia*, p. 113.

L. 136: The Kunlun 崑崙 Mountains, which in Han times had almost mythical significance, stretched from the Qinling range across what is now northern Tibet to the Pamirs.

L. 140: This and the following lines reflect the cosmological aspect of Chinese architecture. The city and the buildings in it ideally were constructed as microcosms of the universe. Ban Gu's description of the palaces as imitations of Heaven and Earth probably refers to the cosmic house known as the Luminous Hall (Mingtang 明堂). According to the *Record of Rites of the Elder Dai* (*Da Dai li ji* 大戴禮記), it was "round on top and square on the bottom" (*Han Wei congshu* 8.19b), meaning that the roof of the central hall (Taishi 太室) was conical to conform with Heaven (which was considered round), and the base was square to accord with Earth (which was conceived of as square). See *i.a.* Wang Guowei 王國維 (1877-1927), "Mingtang miaoqin tongkao" 明堂廟寢通考, in *Guantang jilin* 觀堂集林, *Wang Guantang xiansheng quanji* 王觀堂先生全集 (Taibei: Wenhua chuban gongsi, 1968), 3.10-26; trans. by J. Hefter, "Ming-t'ang-miao-ch'in-t'ung-k'ao: Ausschluss über die Halle der lichten Kraft,

114

WESTERN CAPITAL RHAPSODY

Are located here and there.
Within the park:
　There are unicorns from Jiuzhen,
　Horses from Dayuan,
　Rhinoceroses from Huangzhi,
135　Ostriches from Tiaozhi.
　Traversing the Kunlun,
　Crossing the great seas,
　Unusual species of strange lands,
　Arrived from thirty thousand *li*.

IV

The palaces and halls:
140　Their forms were patterned after Heaven and Earth;

[9] 见 *Wen xuan* 9，p. 417.

[10] 见姜小川，《中国古代刑讯制度及其评析》，《证据科学》，2009年第17卷，页522。

除了上述《西都赋》，《文选》内其他的选文还包含了许多罕见的奇字或术语，要作通盘的研究才能翻译成适当的英文。例如西晋潘岳（247—300）的《射雉赋》，潘岳用了几个跟弓弩、雉鸡有关的专有名词，"捧黄间以密彀，属刚罫以潜拟"，"黄间"和"刚罫"为弓名和箭名，我把这句翻译成：I raise the yellow crossbow and quietly bend it，/ Fit the steel barb and stealthily take aim. "摘朱冠之艳赫，敷藻翰之陪鳃。首药绿素，身拖黼绘。青鞦莎靡，丹臆兰綷"，则是形容雉鸡身上如彩绘一般的羽毛，我翻译为：It displays the scarlet splendor of its vermilion comb，/ Spreads the ruffled quills of its ornate plums. / Its head is enveloped in green and white，/ From its body trails an embroidered design. 这些难解的词语，幸有刘宋时代徐爰（394—475）详细的注解，徐爰与潘岳生活的年代相去不远，徐爰的注解解开了潘岳所用的谜语似的词语。例如"尔乃擘场挂罳"（And then，I open up a clearing and erect a blind）一句，徐爰的注解作："擘者，开除之名也。今伧人通有此语。射者闻有雉声，便除地为场，挂罳于草。"[9] 由于徐爰的注解，今人才得知"罳"是在树丛中搭起的"隐身之物"。

最近正在准备翻译任昉的《奏弹刘整》——任昉弹劾刘整侵凌寡嫂，苛待孤侄之行。结语有这么一段话："令史潘僧尚议……辄收付近狱测治。""测"字在任昉时代具有特别的意思，作"刑讯"解，也就是"命囚犯站立称测，拷打逼供为罚……被囚禁的人，先断其饮食三天，然后才容许家人送粥二升，如果是妇女、老人和小孩，可在一天半以后送粥，测罚满十天停止"[10]。因此"测"字我译作"subject to interrogation"。"测"字在这段行文中的用法与一般的用法不同，如果不仔细研究，很容易译错。

《文选》所包含的各种文体中，赋体可说最具有挑战性，司马相如的赋以铺张著称，就以他的《子虚赋》为例，他对丹青雌黄、赤玉昆吾、江蓠东蔷、龟甲玳瑁、楠木桂椒等都有着极其奢张的铺陈，现在引用部分原文作例：

In their soil:	其土
Cinnabar, azurite, ocher, white clay,	则丹青赭垩，

Orpiment, milky quartz,	雌黄白坿,
Tin, prase, gold, and silver,	锡碧金银,
In manifold hues glisten and glitter,	众色炫耀,
Shining and sparkling like dragon scales.	照烂龙鳞。
Of stones there are:	其石
Red jade, rose stone,	则赤玉玫瑰,
Orbed jades, vulcan stone,	琳珉昆吾,
Aculith, dark polishing stone,	瑊玏玄厉,
Quartz, and the warrior rock.	碝石碔砆。
To the east there is:	其东则有
Basil Garden,	蕙圃衡兰,
With wild ginger, thoroughwort, angelica, pollia,	芷若射干,
Hemlock parsley, sweet flag,	芎䓖菖蒲,
Lovage, selinum,	江蓠蘪芜,
Sugar cane, and mioga ginger.	诸柘巴苴。
To the south there are:	其南则有
Level plains and broad marshes,	平原广泽,
Rising and falling, splaying and spreading,	登降陁靡,
Steadily stretching, distantly extended.	案衍坛曼。
They are hemmed by the Great River,	缘以大江,
Bordered by Shaman Mount.	限以巫山。
The high dry lands grow:	其高燥则生
Wood sorrel, oats, twining snout, iris,	葴菥苞荔,
Cudweed, nutgrass, and green sedge.	薛莎青薠。
The low wet lands grow:	其卑湿则生
Fountain grass, marshgrass,	藏莨蒹葭,
Smartweed, water bamboo,	东蔷雕胡,
Lotus, water oats, reeds,	莲藕觚卢,
Cottage thatch, and stink grass.	菴䕡轩于。
So many things live here,	众物居之,
They cannot be counted.	不可胜图。
To the west there are:	其西则有
Bubbling springs and clear ponds,	涌泉清池,
Where surging waters ebb and flow.	激水推移。

On their surface bloom lotus and caltrop flowers;	外发芙蓉菱华,
Their depths conceal huge boulders and white sand.	内隐巨石白沙。
Within them there are:	其中则有
The divine tortoise, crocodile, alligator,	神龟蛟鼍,
Hawksbill, soft-shell, and trionyx.	玳瑁鳖鼋。
To the north there is:	其北则有
A shady grove.	阴林巨树,
Its trees are elm, *nanmu*, camphor,	梗楠豫章,
Cinnamon, pepper, magnolia,	桂椒木兰,
Cork, wild pear, vermilion willow,	檗离朱杨,
Hawthorn, pear, date plum, chestnut,	楂梨樗栗,
Tangerine and pomelo sweet and fragrant.	橘柚芬芳。
In the treetops there are:	其上则有
The phoenix, peacock, simurgh,	鹓雏孔鸾,
Leaping gibbon, and tree-jackal.	腾远射干。
Beneath them there are:	其下则有
The white tiger, black panther,	白虎玄豹,
The *Manyan* and leopard cat.	蟃蜒貙犴。[11]

[11]《文选》，卷 7，页 350—351。

[12] Bernard Emms Read, *Chinese Materia Medica: Animal Drugs* (1931; rpt. Taipei: Southern Materials Center, 1977); *Chinese Materia Medica: Avian Drugs* (1932; rpt. Taipei: Southern Materials Center, 1977); *Chinese Materia Medica: Dragon and Snake Drugs* (1934; rpt. Taipei: Southern Materials Center, 1977); *Chinese Medicinal Plants from the Pen Ts'ao Kang Mu A.D. 1596* (1936; rpt. Taipei: Southern Materials Center, 1977); *Chinese Materia Medica: Fish Drugs* (1939; rpt. Taipei: Southern Materials Center, 1977); *Chinese Materia Medica: Insect Drugs* (1941; rpt. Taipei: Southern Materials Center, 1977); with C. Pak, *Chinese Materia Medica: A Compendium of Minerals and Stones* (1928; rpt. Taipei: Southern Materials Center, 1977).

[13] Luo Xiwen（罗希文）, trans. and annot., *Compendium of Materia Medica*（Bencao Gangmu）, 6 vols,（Beijing: Foreign Languages Press, 2003）.

[14] 见《文选胶言》(1822 年；台北：广文书局，1966);《文选笺证》(1858 年；台北：广文书局，1966；合肥：黄山书社，2007);《文选集释》(1836 年；台北：广文书局，1966)。

[15] 见 Hu Shiu-ying, *An Enumeration of Chinese Materia Medica*（Hong Kong: Chinese University Press, 1980）; Hu Shiu-ying, *Food Plants of China*（Hong Kong: The Chinese University Press, 2005）; Francine Fèvre, Georges Métailié, *Dictionnaire Ricci des plantes de Chine*（Paris: Association Ricci—Les Éditions du Cerf, 2005）; 高明乾主编，《植物古汉名图考》(郑州：大象出版社，2006)。

这段短文，充满了险僻生冷的词语，辨认十分困难，感谢伯纳德·里德（Bernard Read）[12] 和近代学者 [13] 英译的《本草纲目》，使翻译的工作容易多了。另外清代选学专家如张云璈、胡绍瑛（1791—1860）、朱珔（1759—1850）[14] 等的著作，以及中、西植物辞典等，[15] 都对我的《文选》译注工作有

极大的帮助。在翻译的过程中，若是有些词语没
有现成的英文词，我就按照中文的原意，寻找英
文对等的词语，自创新词。例如上文提到的"昆
吾"，原指火山顶上发现的一种富于铜和金的矿石，
因此英文译作"vulcan stone"（火山石）。"碔砆"
一词也很难确定是哪一种矿石，因此按照字义译
作"warrior stone"（武夫石）。有关植物的名称，我一般译成英文俗名（通
用名称），附上拉丁学名，或是没有合适的词语，我就直译拉丁文学名的含
义，例如"苞"字拉丁学名作 *Rhynchosia volubilis*，我翻译的英文"twining
snout"就是从拉丁学名直接翻译过来的。如果专家学者对古植物的名称意见
不同，不能统一，我就自创译名，比方，"轩于"又称"莸草"，气味奇特难闻，
这种植物早在《左传》时代就已经有了。僖公四年："一薰一莸，十年尚有
臭。"（这句话我认为可以翻译成：Now there is a fragrant plant, then a foul-
smelling one; / In ten years there still will be a stench.）因此我将"轩于"译成
"stink grass"（臭草），并加注：*Youcao*（莸草）is variously identified:
Digitaria sanguinalis（crabgrass），*Caryopteris divaricata/nepetaefolia*（spreading
bluebeard），or possibly a *Potamogeton*. See Read, *Chinese Medicinal Plants,* 36,
no. 143; Fèvre and Métailié, *Dictionnaire Ricci*, 555.

中国神话中的奇人或是怪物也是翻译家经常面临的难题。有些常用词
语的英文翻译已经广为接受，如鸾、凤，前者作 simurgh，后者作 phoenix。
但是也有许多难以翻译的怪异的动物名称，我处理这类名称的方式有两种，
或以拼音表示，或另组英文新词，如枭羊作"roving simian"，蜚遽作"flying
chimera"，翳鸟作"canopy bird"，而焦明作"blazing firebird"[16]。上文引
用的最后一行提到"蝚蛵"，这个词语相当难解，郭璞认为这是一种"大兽，
似狸，长百寻"[17]。但是有些评注家则认为这种大兽"长百寻"是作者夸大
其辞，事实上这种动物只有"八尺长"[18]。蝚蛵是一种想象中的动物，究竟
有多长，这不重要，或许郭璞是受了张衡《西京赋》的影响，张衡认为蝚蛵
为"巨兽百寻"[19]。蝚蛵到底是一种什么样的动物，汉学家（翻译家）的看
法不一，华滋生只译作"leopard"（豹子），而没有作任何的解释，[20]法国

[16] 见 *Wen xuan*, Vol. 2, p. 102, L. 329n,
    L. 330n, L. 334n, and L. 344n.
[17] 见《文选》，卷 7，351 页。
[18] 见高步瀛著，曹道衡、沈玉成
    点校，《文选李注义疏》（北京：
    中华书局，1985），卷 7，页
    1660—1661。
[19]《文选》，卷 2，页 76。
[20] 见 *Chinese Rhyme-Prose*, p. 33.

汉学家吴德明（Yves Hervouët）认为其是"百尺之狼"（loup long de cent mètres—a hundred meter long wolf），并作了详细的说明。他引用《说文解字》的说法，"獌"为"狼属"[21]。但是"獌"指的是"貐獌"或是"貐犴"，是一种狸猫，或是山猫一类的动物。[22] 蟃蜒既然是一种想象中的动物，各家说法又不能一致，我的译文就用"音译"，另外作注来说明。[23] 蟃蜒从名称来看，很明显是形容这种动物很长，而从字义上分析，当作"蔓延"（这种动物也写作"曼延"），我曾经想将其译作"behemoth"（比蒙巨兽），但是后来放弃了这样的想法，因为西方的比蒙巨兽指的是"河马"。既然欠缺合适的英文词语，我只好采用音译的方式来表达这种动物的名称。

除了上面提到难以辨认的罕字奇文之外，最难翻译的词汇当属描写性的复音词，我曾经写了一篇文章专门讨论这一类词的翻译，[24] 这篇文章也已经被翻译成中文了。[25] 凡是具有两个相同声母或韵母的描写性词语，现代汉语通常把这些词称为联绵词或是叠韵词。联绵词或是叠韵词这类复音词在早期的诗歌，尤其是《诗经》和《楚辞》中就很常见，而对后来的辞赋家来说，或许为了展示他们的才华，他们特别喜爱采用这类词语表达，而且越是冷僻就越好。

[21] *Le Chaptire 117 du Che-ki* (*Biographie de Sseu-ma Siang-jou*)（Paris: Presses Universitaires de France, 1972), p. 30.

[22] 见［清］郝懿行，《尔雅义疏》（《四部备要》本），卷6，页6上。

[23] 见 *Wen xuan*, vol. 2, p. 63.

[24] David R. Knechtges, "Problems of Translating Descriptive Binomes in the *Fu*," *Tamkang Review*（《淡江评论》），15（Autumn 1984-Summer 1985）：329-347；rpt. in David R. Knechtges, *Court Culture and Literature in Early China*（Aldershot: Ashgate Publishing Limited, 2002）.

[25]《赋中描写性复音词的翻译问题》，俞绍初、许逸民编，《中外学者文选学论集》（北京：中华书局，1998），页1131—1150；另见苏瑞隆编，《康达维自选集：汉代宫廷文学与文化之探微》（上海：上海译文出版社，2013），页135—156。

[26]《文选》，卷12，页560。

要了解这些词语，自然免不了要参考许多注释。然而，注释家所作的解释对于现代的读者来说，总是不够详细，不够精确。例如对某一个联绵词的注解或作"高貌"，或作"乱貌"。如果精确一点的，也不外乎作"流水声貌"这一类的解说。这些注解并没有提供精确的含义，只是简单说明这个词语在特定语境中所暗示的意义。例如，郭璞的《江赋》有两句包含了四个联绵字："潏湟淴泆。潎洌潏汩。"李善的解释作"皆水流漂疾之貌"[26]。李善的注解虽然有助于了解这两句话的词义，但是他没有提供任何有关这八个字的具体注解。清代学者曾经作过这方面的研究，提供和该字有关的或体字，比方，胡绍煐认为"潏湟"

或作"聿皇"，也就是扬雄《羽猎赋》中所称的"水疾"[27]。诸如此类，不胜枚举。

我翻译这类联绵词的时候，尽量采用双声或是对等的叠韵词来表达原文悦耳的谐音效果。[28] 郭璞《江赋》的这两句话。我的翻译是：

Dashing and darting, scurrying and scudding,

Swiftly streaking, rapidly rushing.

这一类的翻译，我会尽量在注解中解释每个字翻译的来源。举例来说，双声字"潗㵫"一词，或是"倏"（sudden）和"闪"（flashing）的同义字。

近年来，我翻译《文选》遭遇了另外一个令人困惑的问题，使得翻译的进展更为缓慢。这个问题就是《文选》"异字"的问题，我当初开始着手翻译《文选》的时候，以为《文选》已是定稿，只要依据可靠的胡克家的版本就行了。事实不然，不久我就发现，《文选》有许多不同的版本，在准备翻译之前，必须事先比较各种不同的版本，其他版本跟胡克家的版本相较，有些差异较小，有的差异就很大。如何处理这个问题呢？

限于篇幅，现在只以谢灵运（385—433）的《述祖德诗》为例加以说明。这首诗的敦煌版本现藏在俄罗斯圣彼得堡亚洲研究中心。[29] 很明显，这是一本唐代的手抄本，但是研究这首诗的学者对这首诗抄定的年代有不同的意见，我认为北京大学傅刚教授的说法最可信，他将时代定在唐太宗年代。[30]《述祖德诗》是谢灵运为赞颂他曾叔祖谢安和他祖父谢玄而作。这首诗的第一句话作："达人贵自我。"达人指知命通达、豁达开放的人，指谢安和谢玄。李善引用《吕氏春秋》作注"阳（＝杨）生贵己"。[31] 阳生指杨朱，也就是"拔一毛而利天下，不为"的杨朱。（[清] 焦循撰，沈文倬点校，《孟子正义》[北京，中华书局，1987]：卷 27，页 915。）以自我为中心的贵己／贵自我的观念似乎与无私、豁通的达人正好相悖。俄罗斯圣彼得堡亚洲研究中心收藏的版本作"达人遗自我"。此

[27]《文选笺证》，卷 14，页 367。
[28] *Wen xuan*, vol. 2, p. 327.
[29] 孟列夫（L.N.Menshikov）、钱伯城主编，《俄藏敦煌文献》（上海：上海古籍出版社，1992—2000），册 8，页 338—358。
[30] 见傅刚，《文选版本研究》（修订增改版）（北京：中华书局，2014），页 285—295。
[31] 见许维遹校注，《吕氏春秋集释》（北京：中国书店，1985），卷 17，页 30 下。

处"贵"作"遗"字。不具名的评注家作注："墨翟贵己，不肯流意天下，故贵自我。作贵胜。遗，弃。"罗国威则认为"墨翟……所著《墨子》一书，主张'兼爱'和'节用'……墨翟非'贵己不肯流意天下'之人，注非"[32]。敦煌本的评注家很可能见过原文作"达人贵自我"而非"达人遗自我"，但是又如何解释他曲解墨翟的中心思想来说明谢灵运"达人贵自我"这句话的行为呢？以"贵己"或是"贵自我"来解释"达人"似乎不合逻辑。但是如果从另一个角度来解释"达人"为"遗"（舍己、忘己）或是"遗自我"的人，那么圣彼得堡版本作"达人遗自我"就合乎逻辑了。类似这样不同版本造成的困扰，就必须在注解中充分说明。

这篇短文，只能略谈翻译《文选》所遭遇的一些困难。希望所举的几个例子能够明确说明，翻译中国古典文学之前，研究中国的考据、考古、训诂、声韵等学科是同等重要的，如果不能正确地了解原文原意，何谈正确地翻译呢？

（张泰平 译）

[32] 罗国威，《敦煌本〈昭明文选〉研究》(哈尔滨 : 黑龙江教育出版社, 1999), 页 133。

图书在版编目（CIP）数据

赋学与选学：康达维自选集 / (美) 康达维著 ; 张
泰平等译 . -- 南京：南京大学出版社 , 2019.10
（海外汉学研究新视野丛书 / 张宏生主编）
ISBN 978-7-305-22360-0

Ⅰ . ①赋… Ⅱ . ①康… ②张… Ⅲ . ①中国文学—古
典文学研究—汉代 - 魏晋南北朝时代 Ⅳ . ① I206.2

中国版本图书馆 CIP 数据核字 (2019) 第 132060 号

出版发行　南京大学出版社
社　　　址　南京市汉口路 22 号　邮 编 210093
出 版 人　金鑫荣

丛 书 名　海外汉学研究新视野丛书
主　　编　张宏生
书　　名　**赋学与选学：康达维自选集**
著　者　[美]康达维
译　者　张泰平　等
责任编辑　李晨远　李　亭
书籍设计　瀚清堂 / 朱　涛
责任校对　张　敏

照　　排　南京紫藤制版印务中心
印　　刷　南京爱德印刷有限公司
开　　本　635×965　1/16　印张 13.75　字数 250 千
版　　次　2019 年 10 月第 1 版　2019 年 10 月第 1 次印刷
I S B N　978-7-305-22360-0
定　　价　68.00 元

网　　址 : http://njupco.com
官方微博 : http://weibo.com/njupco
官方微信号 : njupress
销售咨询热线 : (025) 83594756